USA TODAY BESTSELLING AUTHOR

DALE MAYER

Jusqu'aux Orteils dans les Tulipes

Jolis Jardins Maudits 20

Jusqu'aux orteils dans les tulipes : Jolis Jardins Maudits, tome 20
Beverly Dale Mayer
Valley Publishing Ltd.

Copyright © 2023

Traduit de l'anglais par Marie-Camille Brault et Valentin Translation

Il s'agit d'une œuvre de fiction. Les noms, les personnages, les lieux, les marques, les médias et les incidents mentionnés sont le produit de l'imagination de l'auteur ou utilisés de manière fictive. Toute ressemblance avec des événements, des lieux ou des personnes, existant ou ayant existé, est entièrement fortuite.

ISBN-13 : 978-1-773369-61-7
Format Print

Résumé du livre

Une nouvelle saga cosy mystery de l'auteure best-seller d'USA Today, Dale Mayer. Suivez la jardinière et détective amatrice Doreen Montgomery et ses amusants (et vraiment adorables) chat, chien et perroquet, tandis qu'ils attrapent les meurtriers et résolvent des crimes dans la merveilleuse ville de Kelowna, en Colombie-Britannique.

Du luxe à la misère... Le temps guérit toutes les blessures... mais des faits passés continuent de hanter... même les innocents !

Après avoir aidé le capitaine à résoudre l'affaire qui le tourmentait depuis longtemps, la réputation de Doreen est bel et bien établie à Kelowna. Cela se vérifie lorsqu'une jeune femme est assassinée dans son appartement et que la police commence à s'intéresser à son petit ami. Alors que la ville est sur les dents, ce jeune homme demande l'aide de Doreen pour prouver son innocence.

Le caporal Mack Moreau est de retour aux tâches légères – principalement garder un œil sur Doreen, si le capitaine a son mot à dire. Ce n'est guère difficile, car il adore être près d'elle, lorsqu'elle ne s'occupe pas de ses affaires en cours. Et pourtant, étrangement, elle parvient à dénicher d'anciennes affaires qui recoupent les siennes, ce qui lui donne une idée démesurée de ses limites.

Ce qui semble simple en apparence remonte le cours de l'histoire jusqu'à une affaire résolue, le tueur étant désormais en liberté, en quête de vengeance. Mais, bien sûr, ce n'est pas si simple ni si facile. Et, lorsque Doreen et son équipe d'animaux ont terminé, le monde a changé pour bien plus qu'une seule personne dans cette affaire.

Inscrivez-vous ici pour être informés de toutes les nouveautés de Dale !
https://geni.us/DaleNews

Chapitre 1

Jeudi soir, à peine une semaine plus tard...

PRESQUE UNE SEMAINE plus tard, Doreen était assise dehors, le visage tourné vers le soleil, appréciant de n'avoir rien à faire – pas de tueurs à traquer, pas de fous à poursuivre, juste retrouver un semblant de normalité dans son monde. Le capitaine avait été plus que généreux dans ses remerciements et, comme elle l'avait expliqué à tout le monde par la suite, il y avait eu plusieurs annonces sur l'affaire enfin résolue.

Comme beaucoup de gens savaient déjà que Doreen était sur l'enquête, elle avait reçu beaucoup d'encouragements et de soutien.

Elle devait bientôt se rendre chez Nan, et Mack l'accompagnait pour cette célébration repoussée. Ils auraient dû faire la fête bien avant, mais Mack s'était fait tirer dessus. Depuis, ils n'avaient pas pu l'organiser – jusqu'à ce soir. Dans une dizaine de minutes, Mack serait là. Elle se leva, épousseta l'herbe sur sa robe et se dirigea lentement vers la maison. Elle s'avança vers la porte d'entrée et trouva Mack sur le perron, près des hortensias.

— Waouh, je crois que je ne t'ai jamais vue en robe, déclara-t-il.

Elle baissa les yeux, sourit et répondit :

— Je n'avais pas de raison d'en porter une.

— Es-tu prête à marcher jusqu'à Rosemoor ?

— Oui. Et toi ?

Le policier opina et ils fermèrent la maison à clé. Lentement, ils longèrent le ruisseau, accompagnés des animaux. Doreen avait insisté pour qu'ils soient présents, car ce n'était pas juste d'organiser une fête pour Mack et elle, alors que les animaux méritaient tout autant d'être remerciés dans la résolution de ces enquêtes. Et la direction de Rosemoor avait finalement accepté.

— Ce fut un été mouvementé, fit-elle remarquer, Mack à ses côtés.

— Tu trouves ? plaisanta-t-il. Mais le capitaine est aux anges parce que tu as résolu toutes ces affaires classées, même si nous avons dû en ouvrir de nouvelles à cause de toi.

Il conclut sa phrase en levant les yeux au ciel.

— Je trouve ça normal que les familles aient une explication à la disparition de leurs proches et que le meurtrier soit derrière les barreaux.

— Tout à fait, reconnut-il en serrant la main de la jeune femme.

— Ah ! croassa Thaddeus à l'oreille de Doreen.

Il était monté sur son épaule, fredonnant doucement pendant qu'ils marchaient. Toutefois, il venait de sortir sa tête de sa chevelure et dardait un regard perçant sur Mugs.

Doreen reconnut les signes et s'empressa de l'avertir :

— N'y pense même pas. Tu restes gentil. Mugs se comporte bien, donc tu es mignon.

Le volatile tourna son regard vers elle, et la jeune femme allongea le pas.

— Des problèmes ? l'interrogea Mack qui suivait le rythme en observant Thaddeus avec curiosité. Il se tient bien.

— Pour l'instant, mais pas pour longtemps. Je connais cette lueur dans ses yeux.

D'un mouvement habile, le perroquet renifla de dédain et sauta prestement sur l'épaule de Mack.

— Hé-hé-hé ! se mit-il ensuite à crier.

Doreen le foudroya du regard, puis se contenta de l'ignorer. Tant qu'il ne chevauchait pas Mugs ni ne prenait Goliath en chasse, ils passeraient le ruisseau sans catastrophe.

Alors qu'ils se rapprochaient de Rosemoor, elle admira les maisons situées de l'autre côté du ruisseau.

— Il y a de très belles propriétés ici.

— En effet.

— Et j'ai finalement réussi à contacter Scott à la salle des ventes.

— Oh, super. Tu vas recevoir quelque chose ?

Doreen leva les yeux vers lui.

— Oui, je vais recevoir un sacré chèque pour les livres. Je ne l'ai même pas dit à Nan.

— Est-ce que ce sera suffisant pour te permettre de survivre pendant un certain temps ? Au moins pour te payer des pizzas ? s'enquit-il avec un sourire.

Quand elle lui annonça le montant, il s'arrêta net.

— Mon Dieu, tu peux presque acheter une maison à Kelowna avec ça !

— Ce n'est pas ce que je souhaite.

— Pourquoi pas ? Tu n'as pas l'intention de rester ?

— Oh, si, mais j'ai un faible pour la maison de Nan.

Il sourit et serra sa main contre lui.

— Au moins, maintenant, je n'aurai plus à m'inquiéter du fait que tu n'as pas assez d'argent pour te nourrir.

— Les gens ne cessent de me répéter que ça ira, « *tant que je ne fais pas de folies avec* ». Mais je ne sais pas exactement ce qu'ils sous-entendent.

— Tu le sauras bientôt. Tu es une femme intelligente.

— La pom-pom girl est de retour, rit-elle.

— Il n'y a rien de mal à être une pom-pom girl, répliqua Mack avec un regard sévère. Surtout quand on le pense vraiment.

— Je me débrouille beaucoup mieux avec mon argent. Je n'aurais jamais pensé en arriver là, néanmoins, je m'en sors beaucoup mieux.

— Tu t'en sors très bien, je n'ai jamais voulu insinuer autre chose.

— Bien, car l'été a été long et difficile à bien des égards, mais aussi très enrichissant.

— En effet. Pour moi aussi… Et j'ai parlé à mon frère aujourd'hui.

— Oh, bien. Comment se passe le déménagement ?

— Il a dit qu'il avait essayé de t'appeler plusieurs fois aujourd'hui.

Elle fronça les sourcils, sortit son téléphone et grimaça.

— Oui, j'ai vu ça tout à l'heure, et j'ai pensé que c'était le fameux appel.

— Tu recommences à l'éviter ?

— Non, pas vraiment, admit Doreen, toutefois je sais que l'avocat de mon ex et lui sont encore en négociations.

— Ils sont parvenus à un accord, nota Mack.

— C'est vrai ? s'enquit-elle en s'arrêtant pour le regarder. Nick ne m'en a pas parlé.

Mack lui lança un regard entendu.

— Il faudrait que tu répondes au téléphone pour ça.

— Tu as raison, reconnut-elle en grimaçant. T'a-t-il

donné plus de détails ?

Mack secoua la tête.

— Ce n'est pas à moi qu'il doit dire ça. C'est ton avocat, et tu dois t'en charger.

— Tu penses que mon ex va me lâcher maintenant ?

— Je l'espère. La question est de savoir s'il se sentira menacé.

— Oh non, ça veut dire que si mon avocat est content, mon ex-mari ne le sera pas ?

— C'est une éventualité, souligna Mack. Quoi qu'il en soit, promets-moi d'appeler Nick demain.

— Je l'appellerai… Je te le promets, affirma-t-elle alors qu'il la regardait droit dans les yeux, puis arrivant chez Nan, elle lui demanda : tu as de nouvelles affaires ?

— Ce qui veut dire : « *tu ne me donnes pas assez d'affaires* ». Je me trompe ?

— Je n'en dirais pas tant. Cependant, nous avons planché dernièrement sur *le silence dans les tournesols*, et c'était il y a une semaine.

— Qu'est-ce que ça veut dire ? Que tu dois avoir une nouvelle *fleur* pour tes enquêtes ?

— Oui, c'est ce à quoi je pensais, mais je n'ai pas d'idée. Sur quoi pourrais-je travailler ?

Mack proposa plusieurs idées. Certaines la firent rire.

— Je pense à des *orteils*, suggéra Doreen. Des orteils dans…

Elle se tut, aperçut des tulipes fanées sur le bas-côté qui n'avaient pas été coupées et lança :

— *Des orteils dans les tulipes !*

— Je n'ai rien de ce genre dans mes enquêtes.

— Vous n'avez pas trouvé de cadavres récemment ? l'interrogea Doreen avec curiosité.

Il la dévisagea et soupira.

— Si… une jeune femme.

— Oh, désolée, s'excusa-t-elle, se dégrisant instantanément. C'est toujours triste quand il s'agit d'une jeune personne.

— Je suis d'accord.

Puis il se figea et jura.

— Un problème ?

Il la fusilla du regard.

— Elle a été trouvée dans un jardin.

Doreen rayonna.

— S'il te plaît, s'il te plaît, s'il te plaît, dis-moi que c'était un jardin avec des tulipes.

— Mais les tulipes ne fleurissent pas à cette époque de l'année, fit-il remarquer en secouant la tête.

Le visage de Doreen s'assombrit.

— Sauf que… reprit Mack, manifestement en proie à une terrible prise de conscience, ce n'était pas vraiment un jardin. Des fleurs avaient été disposées autour de son corps. Des fleurs en *plastique*.

— Et ? s'enquit-elle, les yeux écarquillés.

— C'étaient des tulipes.

— Oui ! *Des orteils dans les tulipes*, ma nouvelle enquête ! se réjouit-elle.

Il s'arrêta, l'attira à lui, posa une main de chaque côté de son visage et murmura :

— *Ma* nouvelle enquête concerne *des orteils dans les tulipes*.

Elle se hissa sur la pointe des pieds et l'embrassa rapidement avec passion. Elle aperçut une étincelle illuminer le regard du policier avant de s'éloigner prestement.

— Mon enquête, affirma-t-elle. La *mienne*.

Sur ce, elle se mit à rire en courant vers Nan.

Sa grand-mère se tenait sur sa terrasse et, lorsqu'elle les vit tous les deux, ouvrit grand les bras avant de s'écrier :

— Vous voilà ! Vous êtes enfin arrivés et la fête peut commencer !

Chapitre 2

Jeudi soir, deuxième semaine de septembre...

N AN AVAIT ENFIN trouvé le bon moment pour célébrer le travail acharné de Doreen et de Mack dans la résolution de toutes ces enquêtes. Il s'agissait également de commémorer la vie de Paul, le cousin du capitaine, tué une quarantaine d'années plus tôt, avec d'autres personnes qui se réjouissaient d'avoir élucidé toutes ces affaires.

Sa grand-mère avait tout organisé rapidement, et c'était charmant.

De plus, cela permit à tout le monde de dire au revoir à Chrissy, l'une des résidentes de Rosemoor et amie de Nan, qui était décédée, mais pas d'une mort naturelle. L'ancienne cuisinière de la maison de retraite, Peggy, avait empoisonné Chrissy. Son neveu, Peter Riley, qui figurait sur le testament de cette dernière, était même venu après la résolution de l'enquête et avait remercié Doreen d'avoir découvert la vérité sur la mort de sa tante. Doreen s'était rendue à Rutland pour annoncer la nouvelle à Cassandra, la fille reniée de Chrissy, qui s'était également présentée ce soir. C'était à la fois une occasion joyeuse et triste parce qu'une résidente et amie de Rosemoor avait été assassinée, et personne n'en avait conscience – jusqu'à ce que Doreen ait commencé à creuser.

À ce stade, sa réputation était déjà bien établie et il lui serait difficile de se soustraire aux propos des invités, tels que « *Elle devrait en faire son métier* » et « *Elle devrait se pencher sur la mort de Grand-Mamie Jo* ».

Doreen s'excusa de la plupart de ces conversations aussi vite que possible. Elle garda un œil sur son équipe, qui errait en liberté dans la pièce où se déroulait la fête, s'assurant qu'ils ne faisaient pas de bêtises. Elle sourit en voyant Thaddeus passer d'une personne à l'autre, discutant avec chacune d'entre elles. Les personnes âgées aimaient parler avec lui. Certains de ces pauvres gens avaient survécu à leur famille et ne recevaient pas beaucoup de visites.

Les sourcils froncés, Doreen tenta de repérer Mugs et Goliath. Le premier était dans son élément, se frottant aux jambes de tant de personnes, qui étaient heureuses de lui donner une tape sur la tête ou de le gratter derrière les oreilles. *Mais où est Goliath ?* Doreen craignait un peu qu'il ne saute sur la table du buffet. Peut-être aurait-elle dû le garder en laisse, loin de toute tentation.

C'est alors qu'elle aperçut son énorme maine coon, assis avec joie au pied de l'un des résidents, qui le nourrissait. Doreen sourit et secoua la tête. Peut-être que cela permettrait à Goliath de se tenir correctement pendant quelques heures. Elle les surveillerait régulièrement au cours de la soirée.

Elle fut ravie de constater la présence de Darren et du capitaine, qui représentaient les autorités locales, ainsi que les membres des familles qui avaient perdu des êtres chers. Le capitaine sourit à Doreen, lui faisant comprendre qu'ils étaient en bien meilleurs termes à présent. Après tout, elle avait contribué à élucider le meurtre de son cousin, vieux de plusieurs décennies, qui avait tourmenté le capitaine toute sa vie. Il l'avait prise à part à plusieurs reprises durant la soirée pour la remercier.

— Je suis heureuse, énonça-t-elle avec un sourire. Vous pouvez enterrer vos démons.

Il acquiesça lentement.

— Et pourtant, dans un sens, j'aimerais ne pas les oublier. Il reste encore beaucoup d'affaires à résoudre.

— Bien entendu, convint Doreen. Je n'en doute pas. En même temps, nous avons tous nos limites.

— Comment ça ? Même vous ? la taquina-t-il avec un sourire en coin.

— Surtout moi, répliqua Doreen en riant, le regard attentif. Il y a des jours où l'on pense pouvoir tout faire, et d'autres où l'on se réveille et où l'on se rend compte que l'on ne devrait pas sortir du lit.

Le capitaine s'esclaffa.

— Bienvenue dans le monde d'aujourd'hui.

La jeune femme marqua une pause, puis l'interrogea :

— J'ai entendu parler du décès d'une jeune femme, qu'avez-vous à me dire à ce sujet ?

— Mack ne vous en a pas parlé ? s'enquit-il, les sourcils arqués.

— Vous connaissez Mack, souffla Doreen avant de pivoter vers l'intéressé qui se tenait près d'un groupe de personnes âgées.

— Si j'avais su qu'une célébration de la vie de Paul aurait touché autant de personnes que celles qui sont venues ici ce soir, j'en aurais organisé une moi-même. Je vous remercie encore une fois pour ça, et je transmettrai également mes remerciements à Nan. Je sais que c'est important pour beaucoup de gens de tourner la page, et j'en ai parlé à Sarah, la mère de Paul, à plusieurs reprises.

— Parfois, il est préférable de laisser les choses en suspens, tant que les gens n'oublient pas qui était Paul et ce qui comptait dans sa vie. C'était un enfant, alors… c'est difficile de savoir quoi faire.

— Je la laisse décider, et si sa mère décide de faire quelque chose, je suis tout à fait disposé à la soutenir.

— Vous êtes un homme bien, approuva Doreen avec un sourire.

Le capitaine tressaillit.

— Ce compliment me ferait chaud au cœur si c'était moi qui avais résolu l'affaire de Paul.

— Vous y avez contribué, le rassura-t-elle.

— Qu'est-ce qui vous fait dire ça ? la questionna-t-il en la dévisageant d'un air confus.

Mack arriva derrière eux.

— C'est sa logique, alors j'ai hâte d'entendre sa réponse.

Doreen lui lança un regard noir.

— Je ne te parle pas. Tu te souviens ?

Le policier leva les yeux au ciel, et le capitaine parut encore plus confus. Mack lui tapota l'épaule.

— Ce n'est rien. N'essayez pas de comprendre.

— Pourquoi est-elle en colère contre toi ? demanda le capitaine à l'attention de Mack.

— Parce que je ne veux rien lui dire à propos de notre nouvelle enquête, soupira-t-il.

Doreen lui décocha un nouveau regard noir.

— Je peux t'aider. Comme je l'ai démontré à maintes reprises.

— En effet, acquiesça Mack avec douceur. En attendant, pourquoi n'expliquerais-tu pas au capitaine comment il a contribué à la résolution de ce meurtre ?

— Vous m'avez demandé d'enquêter sur cette affaire,

donc vous y êtes pour quelque chose.

Le capitaine cilla, puis se mit à rire.

— Je suis heureux que vous ayez une attitude aussi positive et que vous reconnaissiez mon mérite, mais ce n'est vraiment pas nécessaire.

— Bien sûr que si, objecta Doreen en prenant délicatement son coude. Vous avez entretenu la mémoire de Paul, ainsi que le scénario, et avec les bonnes conditions, tout s'est mis en place.

— Les bonnes conditions que *vous* avez réunies, souligna-t-il, avant de laisser échapper un petit rire. Vous avez tissé l'histoire toute seule.

— Peut-être, reconnut Doreen en haussant les épaules. Néanmoins, je ne suis que l'aiguille. C'est vous qui êtes à l'origine de tout ça.

Il eut l'air un peu plus enjoué après avoir entendu cela, et, lorsqu'on l'appela, il s'excusa pour se diriger vers deux femmes âgées qui semblaient se disputer à propos de quelque chose.

Mack vint se placer à côté de la jeune femme et chuchota :

— Tu as fait une bonne action.

— Qu'est-ce que j'ai fait ?

Il la contempla attentivement pendant un moment, puis sourit.

— Tu vois ? C'est l'une des raisons pour lesquelles tout le monde t'aime. Tu fais des choses comme ça, et tu ne t'en rends même pas compte.

— Mais il a fait quelque chose de très spécial, argumenta Doreen.

— Certes, mais il ne l'aurait pas vu de lui-même. Il ne voyait que sa culpabilité et s'en voulait de ne pas être capable d'assembler les pièces du puzzle, expliqua Mack.

Elle fronça les sourcils.

— Je l'ai donc aidé à voir les choses sous un angle différent. Ce n'était pas grand-chose.

Mack lui sourit.

— Et pourtant, pour beaucoup de gens, c'est énorme.

— Je n'en ai pas l'impression, soupira Doreen. Pas du tout, même. Je regrette de ne pas pouvoir en faire plus.

Le caporal éclata de rire.

— Tu ne t'ennuies pas *déjà*, quand même ! Tu as sûrement beaucoup à faire chez toi.

— C'est vrai, admit-elle avant de grommeler. Je dois désherber, déblayer… du jardinage, en somme. Et à mon grand désarroi, le ménage ne se fait jamais seul dans la maison.

Elle leva les yeux au ciel et continua.

— Et plus tard, quand j'aurai un peu d'argent, si ça arrive un jour, je dois envisager quelques rénovations.

— Tu les envisages sérieusement ? demanda Mack avec curiosité.

— Je ne sais pas, répondit-elle, l'air songeur. Certains éléments doivent être remis au goût du jour.

— Comme quoi ?

— Je reconnais que je ne l'utilise pas autant que toi, mais je pensais à la cuisine.

— C'est une très bonne idée.

— Les parquets sont usés et auraient besoin d'être poncés et vitrifiés. J'ignore le reste. J'en parlerai d'abord à Nan, afin de dresser une liste par ordre d'importance. Ensuite, je devrai m'adresser à quelques entrepreneurs… Mais ce n'est pas à l'ordre du jour, conclut Doreen.

— Envisages-tu de vendre la maison ?

— Non. Elle est spéciale à mes yeux. J'adore être proche de la rivière. Je n'ai souffert d'aucune inondation et, avec un peu de chance, ça n'arrivera jamais. Toutefois, je ne me sens pas capable de vendre la maison de Nan.

— Tu as raison. Elle est spéciale, et tu peux toujours agrandir la maison, si tu veux plus d'espace. Tu pourrais même engager une rénovation complète pour moderniser toute la structure. Ça coûterait cher, mais, si tu reçois tout cet argent rien qu'avec les vieux livres, sans compter toutes les antiquités de Nan, tu pourrais faire quelque chose de sympa.

— Je me disais, commença Doreen, puis elle baissa d'un ton et ajouta : si je devais vendre la maison de Nan et déménager – bien que je ne l'envisage pas pour l'instant – ce ne serait pas avant que Nan…

Elle ne put se résoudre à prononcer ces mots.

Mack acquiesça lentement.

— Je comprends, et c'est tout à fait logique.

— Je ne sais pas quoi faire de la majeure partie de la maison, comme le sous-sol et la chambre froide, mais les salles de bains mériteraient d'être rénovées, songea Doreen.

— Honnêtement, tout a besoin d'être rénové, surtout les éléments de base, comme la plomberie et l'électricité. Ça coûterait une petite fortune de tout remettre à niveau.

— Alors, c'est très bien comme ça pour l'instant, déclara-t-elle.

Il sourit malicieusement.

— Oui, seulement imagine ta plomberie sans ce bruit d'écoulement quand tu tires la chasse d'eau, tes disjoncteurs qui ne sautent plus sans cesse parce que tu as allumé deux appareils en même temps ? Pense à ce genre de choses. Jusqu'à présent, j'ai réparé les petits problèmes, néanmoins tu devrais peut-être faire appel à un plombier et à un électricien professionnels pour les résoudre.

— Je vois. Ce n'est clairement pas un sujet d'actualité, pas tant que Scott ne m'aura pas versé l'argent.

— Mais tu as le catalogue de *Christie's* maintenant, releva Mack.

— C'est vrai, opina-t-elle avec un sourire en coin. Tout a l'air si beau. Or, je m'inquiète de l'argent que je vais recevoir, ou pas.

— Je te l'accorde, tu n'en as pas la *certitude*. D'un côté, tu espères toucher plus que le devis initial, mais de l'autre, tu crains d'en avoir moins.

— C'est dur de ne pas envisager la possibilité de s'enrichir.

— Naturellement, après avoir vécu avec si peu. Malgré tout, tu as beaucoup à faire en ce moment, alors prends le temps de te détendre.

— Tu essaies encore de me tenir à l'écart de ton enquête, soupira Doreen.

Il éclata de rire.

— En effet, admit-il. Souviens-toi, ce n'est pas une affaire classée.

— Mais *les orteils dans les tulipes*, c'est mon affaire, marmonna-t-elle.

— Non, cingla Mack avec un regard noir.

— D'accord, céda-t-elle en haussant les épaules.

Cependant, elle savait en son for intérieur que c'était le nom qu'elle lui donnerait.

— Je vais devoir trouver une affaire non résolue liée à celle-là.

— Que dirais-tu de ne rien trouver ? gronda-t-il. On a déjà assez de pain sur la planche.

La jeune femme fit danser ses sourcils, comme pour dire : *Que dirais-tu d'avoir de l'aide ?*

— Non. Dès que tous ces amateurs s'immiscent dans les affaires de la police…

— Le procureur a-t-il déjà parlé de mon implication ?

— On essaie de faire en sorte que ton nom n'apparaisse pas, dans la mesure du possible. C'est difficile d'expliquer ta contribution. Quand un civil est mêlé à l'affaire, les choses deviennent compliquées.

— Dis seulement que je suis une *citoyenne inquiète*, proposa Doreen.

Le policier s'esclaffa.

— Tu *comptes* appeler mon frère ?

— J'ai dit que je lui téléphonerai demain, or c'est déjà fait. Je te l'ai promis et j'ai tenu parole. Même si c'était rapide, car il était occupé.

— Bien. Qu'a-t-il dit ?

Elle envisagea de ne rien lui dire, seulement parce qu'il jouait les difficiles à propos de son enquête. Puis elle conclut que, de toute façon, Nick le lui dirait sûrement.

— Ils ne leur restent que des détails à régler. Mathew a approuvé la majeure partie de l'accord. Nick m'a demandé si je voulais connaître le montant exact, et j'ai refusé. Je crois que ma réponse l'a choqué, ajouta-t-elle en fronçant les sourcils, mais en riant intérieurement.

— J'imagine, dit Mack, le sourire aux lèvres.

— Je n'ai pas l'impression que c'est réel, et je ne veux pas rester plantée là à penser qu'une grande partie de son argent va me parvenir parce que Mathew n'est pas une personne ordinaire, et l'idée de le contrarier m'effraie.

Le visage de Mack s'assombrit.

— Tu penses toujours qu'il serait capable de s'attaquer à

toi ?

— Encore une fois, je n'ai pas demandé la somme exacte, donc si ce n'est qu'un petit montant, je pense que Mathew n'y verra pas d'inconvénient. En revanche, j'ignore la définition de « petit montant » dans la tête de Nick.

— Je ne pense pas que Nick cherche les petites sommes, nota Mack, d'un ton décontracté, comme pour ne pas l'alarmer. Et, dans ce cas, je suis d'accord avec lui. Mathew s'est livré à un tas de choses illégales pour te priver d'un vrai divorce, sans compter ce qu'il a fait pour te retirer entièrement du testament de Robin. Il ne mérite donc pas d'être épargné.

— Peut-être, mais si ça me facilite la vie, ça me va. N'importe quelle somme m'aiderait.

— *Hmm, hmm,* souffla Mack, la mine renfrognée. À court terme. Mais, sur le long terme, tu auras besoin d'argent pour subvenir à tes besoins.

— J'ai toujours la récompense de Bernard, lui rappela-t-elle.

— Que tu as partagée équitablement avec Esther. Mais, te connaissant, ces cinq mille dollars te dureront très longtemps. Malgré tout, pas éternellement. Soyons réalistes. Depuis que tu as emménagé ici cette année, Nan t'a beaucoup aidée. Donc, quand tu commenceras à tout payer toi-même, tu te rendras compte qu'on ne va pas très loin avec cinq mille dollars.

La jeune femme grimaça.

— J'y ai déjà réfléchi. J'ai une liste de choses à faire, et certaines d'entre elles sont un peu plus coûteuses que ce que je pensais. Enfin, c'est ce que Nan et Richie m'ont dit.

— Comme quoi ?

— Rien d'important. Changer les toilettes, par exemple,

répondit Doreen en haussant les épaules.

— Tu parles de celles dont le siège est fissuré ?

Elle opina du chef.

— Tu peux seulement changer le siège.

— Ils vendent les pièces séparément ? s'étonna-t-elle.

Mack réussit à contenir son rire, sauf que Doreen le remarqua.

— Pourquoi ne pas l'avoir dit plus tôt ? se récria-t-elle. On aurait pu le faire avant !

— En effet, mais ça coûte quand même de l'argent que, jusqu'à présent, tu n'avais pas.

— Oh, c'est vrai. De *combien* parles-tu ? s'inquiéta-t-elle aussitôt.

— Pour remplacer le siège ou l'ensemble des toilettes ?

— J'ignore l'ampleur des travaux, néanmoins il faut faire les choses correctement.

— Cette façon de penser me plaît. Je passerai et on y jettera un œil. Il y a de fortes chances qu'il soit assez vieux. Tu devras donc en acheter un plus économe en eau, ce qui te permettra de réduire tes factures d'eau une fois que tout sera installé. Ce que tu dépenses aujourd'hui, tu l'économiseras demain.

— Ça ne serait pas de trop non plus, concéda Doreen en levant les yeux au ciel.

Au même moment, le téléphone de Mack sonna.

— C'est sûrement à propos de cette affaire ? devina Doreen.

— Non, ça m'étonnerait, marmonna-t-il.

Il consulta son téléphone et fronça les sourcils, puis se tourna vers le capitaine qui regardait lui aussi son téléphone. Les deux hommes levèrent la tête en même temps, et leurs regards se croisèrent au-dessus de la foule, les deux dominant tous les autres invités. Mack pivota ensuite vers Darren, qui venait déjà à sa rencontre.

— Je suppose que le devoir vous appelle, soupira Doreen.

— Ça te dérange si je pars ?

Elle secoua la tête.

— Non. Pas du tout. Ce ne sera jamais mon genre.

— Comment ça ? s'étonna-t-il en la dévisageant.

— Quelqu'un qui déteste que le travail l'appelle, répondit-elle. Par contre, ce que je détesterais, c'est que tu ne partages pas tes informations.

Sur ce, elle le salua d'un signe de la main.

— Va, tu as du travail. Je vais voir si je peux trouver des ennuis ici.

Il lui adressa un regard noir et elle sourit.

— Maintenant, je suis contente.

— Pour une fois, tu pourrais essayer de ne *pas* t'attirer d'ennuis, rétorqua-t-il, la mine grave.

— Je pourrais, toutefois j'ignore si je vais y arriver.

— Tu ne sauras pas tant que tu n'auras pas essayé, insista-t-il.

— On doit y aller, annonça le capitaine derrière eux.

— J'essaie de la convaincre d'éviter les ennuis, indiqua Mack.

Le capitaine éclata de rire.

— C'est peine perdue. À ta place, je lui conseillerais d'être prudente. Le message passera mieux.

Ainsi, il sortit de la maison de retraite et se dirigea vers son véhicule sans regarder derrière lui.

— J'imagine qu'il a raison, soupira Mack.

Il se pencha et offrit un doux baiser à Doreen.

— Alors, sois prudente, conclut-il avant de partir.

Elle pivota et tomba sur Nan et Richie qui opinaient du chef.

— C'est quoi ces têtes ? leur demanda-t-elle en s'approchant.

— Mack et toi, répondit Richie. Ça *nous* plaît.

— C'est gentil, mais on y va à notre rythme, grommela Doreen.

Le vieil homme leva les yeux au ciel.

— C'est seulement parce que vous êtes jeunes, s'esclaffa-t-il en décochant un clin d'œil à Nan. Ceux d'entre nous, qui n'ont plus autant de temps, vont un peu plus vite en besogne.

Doreen sentit le rouge lui monter aux joues. Impatiente de changer de sujet, elle lança :

— Je regrette de ne rien savoir sur sa nouvelle affaire.

— Quelle affaire ? s'enquit Maisie en apparaissant.

Elle jeta un regard de travers à Nan, qui se raidit, mais resta muette.

— Je ne sais pas, répondit Doreen. Quelque chose à propos d'une jeune femme qui est morte récemment.

— Ce doit être Annabelle, releva Maisie.

— Qui est Annabelle ? l'interrogea Doreen.

— Elle a été tuée chez elle, intervint Nan. Elle préparait ces grands étalages de fleurs coupées et imbibées de produits chimiques pour les conserver éternellement. Elle s'occupait des bouquets pour l'un des événements de la ville, or elle ne s'est pas présentée au travail. Aux dernières nouvelles, elle a été retrouvée dans son appartement au milieu des fleurs.

Doreen dévisageait sa grand-mère, fascinée.

— Je ne cesse de m'étonner que les résidents de Rose-moor soient toujours au courant de tout avant tout le monde.

Nan lui lança un regard complice.

— *Bref*, continua Doreen avec un sarcasme désinvolte. Je ne sais rien à propos de cette affaire, et Mack ne veut rien me dire. Comment puis-je obtenir ces informations, alors que Mack me met sur la sellette ?

— C'est parce que vous n'arrêtez pas de lui mettre des bâtons dans les roues, asséna Maisie avec son franc-parler habituel.

Doreen la fixa du regard, et Maisie ricana.

— Elle s'appelle Annabelle Hopkins. Maintenant, vous pouvez aller faire vos recherches par vous-même.

Sur ce, la femme s'en alla.

Nan se tourna vers sa petite-fille.

— Au moins, elle avait quelque chose à offrir cette fois. La plupart du temps, elle est…

Elle positionna un doigt au niveau de son oreille et traça des cercles.

Doreen saisit sa main, la baissa et chuchota :

— Ne fais pas ça. Tu sais bien que ça énerve les gens.

Nan se mit à rire aux éclats.

— Tu plaisantes ? Les autres disent la même chose de moi.

— Oh, dans ce cas, j'imagine qu'ils ont raison, la taquina Doreen.

Sa grand-mère la fusilla du regard, puis rit.

— Tu commences à être douée pour les plaisanteries.

— C'est vrai ? s'étonna Doreen qui n'en était pas si sûre. Je n'ai pas vraiment matière à plaisanter.

— C'est parce que tu ne t'es pas encore débarrassée de ton maudit ex-mari, et que tu dois aller de l'avant avec Mack, répliqua Nan.

— On avance. De plus, on veut faire les choses à notre

façon.

— C'est très bien, mais à condition que vous passiez la seconde.

La vieille dame conclut en levant les yeux au ciel.

Richie pouffa et changea de sujet.

— J'ai peut-être quelque chose sur cette affaire Hopkins.

— Ah oui ? Je vous écoute ! l'intima Doreen.

— Je crois que Darren m'a dit quelque chose sans faire exprès, chuchota Richie.

— Comment ça ?

— Elle avait signé des contrats pour plusieurs projets en ville. Elle était très appréciée, et apparemment son petit ami n'aimait pas son travail. D'après ce que j'ai entendu, ils le considèrent comme suspect.

— Intéressant, nota Doreen. Ils se tournent toujours vers la famille en premier.

— Je ne pense pas qu'il soit coupable, renchérit Richie. L'intérêt des flics à son sujet l'inquiète.

— Pourquoi ? S'il n'est pas coupable, il n'a rien à se reprocher.

— Peut-être, mais…

Le vieil homme hésita.

— Vas-y, Richie, l'encouragea Nan. Si tu sais quelque chose, tu ferais mieux de cracher le morceau avant de mourir.

— Le petit ami allait demander à Annabelle de l'épouser. Donc, je ne pense pas qu'il l'ait tué. C'est impossible d'être coupable quand on pleure autant.

— Oui, mais on sait également que les relations peuvent se dégrader rapidement, ajouta Doreen. Comment s'appelle-t-il ?

— Oui. C'est dur d'être en couple. Il s'appelle Joseph Moody.

— Eh bien, je suis sûre que Mack va découvrir la vérité. S'il y avait un lien avec une autre affaire… une affaire *classée*, songea Doreen, son regard dansant entre ses deux interlocuteurs, ce serait une autre histoire, et je pourrais m'en mêler. Mais si ce n'est pas le cas, j'ai un tas de choses à régler chez moi.

— Comme quoi ?

— Il se peut que je jette à nouveau un coup d'œil au dossier de Solomon, en particulier ses recherches sur Bob Small, mais il y a tellement d'informations que je vais devoir y aller à tâtons.

Nan acquiesça lentement.

— Honnêtement, ce dossier va te prendre du temps, vu que c'est un tueur en série.

— Je pensais aussi rendre visite à Wendy.

— Bonne idée, opina Nan.

— Repose-toi quelques jours, suggéra Richie. Juste au cas où cette enquête éclaterait au grand jour. Alors, nous aurons besoin que tu sois prête.

Doreen remarqua la lueur conspiratrice dans son regard.

— Bien vu, répondit-elle en les étudiant attentivement.

Elle se demanda ce qui se passait dans ces deux esprits.

Puis elle embrassa Nan sur la joue.

— Merci d'avoir organisé cette fête. Tu as fait un travail formidable. Maintenant, si tu n'y vois pas d'inconvénient, je vais m'éclipser. On se parle plus tard.

Doreen rassembla son équipe à toute vitesse et rentra chez elle.

Chapitre 3

DOREEN PRIT QUELQUES profondes inspirations. Elle avait retrouvé Mack devant chez elle et, à présent, elle voulait simplement boire une tasse de thé et profiter du calme au bord de la rivière. Elle rentra ensuite avec les animaux à ses côtés.

Elle se dirigeait vers son jardin quand un homme l'interpela depuis le côté de sa propriété.

— Bonjour ?

Elle pivota sur les marches de sa terrasse et vit un jeune homme qui l'attendait nerveusement près de la clôture de Richard. Doreen lui sourit.

— Bonjour, que puis-je faire pour vous ?

Elle était contente d'avoir ses animaux avec elle, cependant, aucun d'entre eux ne semblait profondément alarmé par la présence de cet inconnu.

Elle monta sur la terrasse et déverrouilla la porte arrière de la cuisine, afin que les animaux puissent boire un peu d'eau, si nécessaire. Au lieu de cela, ils saluèrent le visiteur avec humeur, avant de s'éloigner vers les buissons. Ils profitaient de l'extérieur, dans la fraîcheur du soir.

Le jeune homme respira un grand coup.

— Je m'appelle… commença-t-il, la voix brisée. Joseph Moody.

Les sourcils de la jeune femme se redressèrent.

— Ah.

— Je vois que vous avez déjà entendu parler de moi, déclara-t-il d'une voix sinistre.

— Malheureusement, oui. Je vous présente toutes mes condoléances.

Elle crut voir ses yeux briller de larmes.

— Merci. Peu de gens comprennent ce que c'est que de perdre quelqu'un.

— Et être considéré comme suspect de meurtre, en même temps.

— N'est-ce pas ? se récria-t-il. Comment est-ce possible ? J'ai déjà assez à faire, sans avoir les flics sur le dos.

— Je comprends, mais ils finiront par découvrir la vérité. Si vous n'avez rien à vous reprocher, alors ne vous inquiétez pas. Ils trouveront le coupable.

— Peut-être. Pourtant, ils ont l'air déterminés à me pourrir la vie en attendant.

Doreen grimaça, car il n'était pas le premier à faire ce genre de remarque.

— Je ne doute pas que ce soit difficile. Qu'est-ce que je peux faire pour vous ? D'ailleurs, comment avez-vous eu mon adresse ?

— L'ami d'un ami d'un ami, répondit-il vaguement, en agitant une main. Vous commencez à avoir une sacrée réputation.

— C'est possible.

Elle s'assit à la table, pas franchement à l'aise à l'idée de l'inviter chez elle.

— Ça n'explique toujours pas ce que vous faites ici.

Il remua nerveusement, serra les poings, puis les rouvrit.

— Ça vous dérange si je m'assieds ?

— Pas du tout, allez-y.

Il s'exécuta.

— J'espérais obtenir votre aide.

— Pour quoi ?

— M'aider à retrouver celui ou celle qui a fait ça. Pour que la police me lâche les baskets. Vous devez m'aider à me disculper.

— Ah, souffla Doreen en le dévisageant. En général, on m'ordonne de ne pas m'immiscer dans les enquêtes policières en cours. Je n'ai pas de diplômes, je ne suis pas de la police, et ils n'aiment pas que je me mêle de leurs affaires.

— J'ai également entendu parler de ça. En revanche, on m'a dit que vous n'écoutiez pas tout le temps.

Elle grimaça de nouveau.

— Eh bien, j'ai vraiment mauvaise réputation, n'est-ce pas ?

Il esquissa un bref sourire.

— Je pense que les flics ne s'intéressent qu'à moi, ce qui m'angoisse encore plus.

— Naturellement, reconnut Doreen. La dernière chose que vous souhaitez, c'est que quelqu'un suppose que vous êtes coupable.

— Surtout que je n'ai rien fait ! se défendit-il. C'est déjà difficile de perdre la femme que j'aimais, mais savoir que tout le monde me soupçonne de l'avoir tuée ? Eh bien, ce n'est pas…

Il se tut, puis reprit.

— Je ne sais pas comment m'en sortir et, pour couronner le tout, je n'ai même pas d'argent pour vous payer.

Elle se renfrogna intérieurement, mais s'efforça de garder

un visage impassible. Ce n'était pas gagné, elle était un livre ouvert.

— C'est normal, soupira-t-elle. Presque tous les gens que je connais n'ont pas d'argent.

— Vous voyez ? Ce n'est pas facile de gagner honnêtement sa vie de nos jours.

Elle réfléchit à sa réponse, néanmoins il était difficile d'argumenter. Sa façon de faire n'était clairement pas un bon moyen de gagner sa vie. Sans Nan et Mack, Doreen serait sûrement déjà morte de faim.

— J'ignore si je peux vous aider, admit-elle. Avez-vous été complètement honnête avec la police ?

— Oui. Il y a bien mon frère. Il étudie pour devenir avocat et il veut m'aider, seulement il n'a pas fini ses études. Il peut m'indiquer la marche à suivre, mais c'est tout.

— Il fait ses études ici ?

— Il est inscrit à l'université de Vancouver. Il est absent la plupart du temps, même s'il revient nous rendre visite de temps en temps.

— Ça doit lui revenir cher, à force.

— Je ne vous le fais pas dire. J'ignore comment il peut se le permettre, pour être honnête. À vrai dire, sa petite amie est très riche et elle l'entretient pas mal.

Doreen sourit.

— Dans ce cas, il a de la chance.

— Il a beaucoup de chance, acquiesça Joseph. Et je sais qu'il se fait beaucoup de souci.

— Avez-vous une idée de la raison pour laquelle quelqu'un a tué Annabelle ?

Il secoua la tête, les larmes aux yeux.

— Non, c'est ça le problème. Je ne comprends absolument pas pourquoi quelqu'un a fait ça. C'était une fille brillante, pétillante, tout le monde l'aimait.

— Tout le monde, sauf une personne, précisa Doreen.

Joseph se renfrogna.

— Vous avez raison, tout le monde, sauf une personne, répéta-t-il avec une certaine amertume. Et je ne sais pas comment nous sommes censés découvrir son identité.

— C'est là que le défi réside, déclara la jeune femme, avec un demi-sourire, parce que quelqu'un ne l'aimait pas spécialement, ou l'aimait trop.

Confus, il dévisagea Doreen, puis, comme s'il venait d'avoir une révélation, sembla plus choqué qu'autre chose.

— Vous pensez qu'elle avait quelqu'un d'autre ? l'interrogea-t-il avec hésitation.

— Non, ce n'est pas du tout ce que je dis, mais quelle est la probabilité que quelqu'un désire être avec elle ? Plus que vous ?

— Mais alors, cette personne s'en serait pris à moi, non ?

— Pas forcément. Les ressorts affectifs sont difficiles à contrôler, qu'il s'agisse de rejet ou d'obsessions tordues, et les actions qui en résultent deviennent ensuite leur faute.

Joseph cilla, puis haussa les épaules.

— Je ne vois toujours pas en quoi c'est pertinent.

— C'est-à-dire ?

— Elle n'avait personne d'autre dans sa vie. Il n'y avait que moi.

— Je suppose que c'est également pourquoi la police s'intéresse tant à vous.

— Bien entendu, marmonna-t-il. Pourtant, j'étais au travail au moment de son meu… meurtre.

— Au moment du meurtre ? répéta Doreen.

— Les policiers m'ont dit qu'ils estimaient l'heure sur une fenêtre de trois heures, et j'étais au travail à cette heure.

— Où travaillez-vous ?

— Dans l'un des pubs du centre-ville.

Joseph lui donna le nom, mais elle ne le connaissait pas.

— D'accord, donc, beaucoup de gens peuvent confirmer votre alibi.

— Mais ça n'a pas changé grand-chose pour le policier qui m'a interrogé.

— Ah.

— Il… Il était… commença Joseph d'une voix hésitante. Il était effrayant.

— Il était grand ?

— Oui, très grand, à peu près…

Il leva ses mains bien au-dessus de sa tête.

— Oui, c'est le caporal Mack Moreau, affirma Doreen en se frottant les tempes. Il n'appréciera pas vraiment que je m'en mêle.

Le jeune homme eut l'air abattu.

— Je vous en supplie, je ne sais pas quoi faire.

Doreen soupira.

— Trouvez autant d'informations que possible sur vos vies séparées et communes. Je veux que vous soyez minutieux et que vous listiez les personnes qui faisaient partie de sa vie, pour que la police puisse enquêter sur elles également, expliqua-t-elle. Dans ce genre de situation, on ne sait pas vraiment ce qui est important, c'est pourquoi vous devez vraiment y réfléchir et rassembler tout ce qui peut vous sembler crucial ou non.

— Mais comment ? Ils m'ont posé un tas de questions et je leur ai donné un tas de réponses.

— Vous avez un alibi qui sera rapidement pris en compte.

— Peut-être. Mais qu'ils me considèrent comme suspect

ou non, je veux vraiment découvrir la vérité. Je souhaite trouver le coupable.

— Bien. Accrochez-vous à cet objectif et ne vous laissez pas dominer par des émotions incontrôlables. Attendez une minute. Je vais chercher un papier et un crayon.

Doreen s'exécuta tandis qu'il patientait.

— Ça veut dire que vous allez m'aider ?

— Oui, en revanche, je ne peux pas vous garantir de ne pas divulguer ces informations à la police, avoua-t-elle. Parfois, je dois leur prêter main-forte en aidant les gens.

— Ils n'ont pas l'air de s'en préoccuper.

— Je pense que vous seriez surpris de savoir de qui et de quoi ils se préoccupent, souligna-t-elle. Même si ce n'est pas toujours *l'impression* qu'ils donnent.

— Non, je suis persuadé qu'ils s'en moquent, insista-t-il sur un ton frôlant le délire.

— Savez-vous s'il s'est produit quelque chose concernant l'affaire ce soir ? demanda-t-elle.

— Je l'ignore, répondit Joseph en haussant les épaules. Je ne sais rien du tout. Personne ne me dit quoi que ce soit.

— C'est normal. Repassons tout en revue. Voyons si on peut ajouter quelques éléments à ce que vous avez dit à la police. Même si ce n'est que son café préféré et ses habitudes.

Joseph secoua la tête.

— Annabelle était à la maison, elle travaillait ? l'interrogea Doreen.

— Oui, elle avait promis de créer quelques bouquets pour un événement en ville. Une fête pour révéler le sexe d'un bébé ou quelque chose comme ça, je crois, répondit-il, perplexe. Je ne comprends pas. Avant, on attendait la naissance de l'enfant. Ensuite, on découvrait si on avait un garçon ou une fille, mais aujourd'hui ? Ils s'étalent tous. Une séance photo sur la plage pour annoncer leur grossesse et une autre quand elles sont prêtes à accoucher. Ces fêtes sont tellement exagérées.

Il divaguait, incapable de s'en tenir au sujet, et Doreen comprit qu'il avait du mal à accepter tout cela.

— Ce n'est pas votre truc. Malgré tout, c'est important pour beaucoup de femmes aujourd'hui.

— J'imagine, reconnut Joseph en haussant les épaules d'un air peu convaincu. Bref, Annabelle était super contente parce qu'elle avait de nombreuses commandes, ce qui représentait des milliers de dollars, et elle envisageait même d'ouvrir une boutique pour ne plus travailler à la maison.

— Je suppose que cet événement en a été bouleversé.

— Oui, et ils étaient très contrariés. Pas seulement par leur commande, mais parce qu'ils connaissaient Annabelle. Ils l'aimaient bien.

— Je vois. Qui sont ces personnes ? Je vais devoir leur parler.

Joseph l'observa avec surprise et répliqua :

— Pourquoi ?

— Dans ce genre d'affaires, nous interrogeons tout le monde afin d'obtenir les réponses nécessaires, seulement certaines personnes habitent très loin parfois.

— Peu importe, lança-t-il avant de lui donner les noms de Larry et Sylvie Halstead. Ils vivent sur Bernard Avenue. C'est leur premier enfant, donc ils voulaient quelque chose de *spécial*.

Il conclut en levant les yeux au ciel.

— Je comprends, acquiesça Doreen.

C'était le cas. Elle ne savait pas si elle souhaitait se lancer dans une telle entreprise, or, connaissant Nan et tous les autres résidents de Rosemoor, ils voudraient tous quelque chose en termes de célébration, alors qui sait ce que Doreen finirait par choisir. *Waouh*. Elle était là, en train de se demander si elle organiserait un jour une fête pour révéler le sexe de son bébé, et plus encore. Elle se demanda même si elle tomberait un jour enceinte.

— Est-ce que tout va bien ?

La voix de Joseph Moody tira Doreen de ses pensées.

Lorsqu'elle l'interrogea sur la scène du crime, il passa rapidement en revue les événements tels qu'il les avait vus.

— J'étais au travail. Je suis rentré tard et je l'ai trouvée là.

Il déglutit bruyamment et leva les yeux vers elle.

— Je n'ai vu personne d'autre. Je ne savais pas quoi dire.

— Comment a-t-elle été tuée ?

Il fit une pause, déglutit à nouveau, puis répondit :

— On lui a tiré dessus.

— Quelqu'un s'est donc procuré une arme.

— Ce n'est pas compliqué, nota Joseph, avec un regard sévère. Tout le monde sait comment se procurer une arme.

— Peut-être. Toutefois, se procurer une arme – ou du moins savoir comment s'en procurer une, puis aller jusqu'au bout et tirer sur quelqu'un avec, tout ça demande énormément de préméditation.

— C'est vrai. Et c'est un autre problème.

Doreen se demandait maintenant où cette conversation allait les mener, car Joseph avait changé d'attitude.

— Comment ça ?

— J'ai une arme, avec laquelle on lui a tiré dessus.

Et elle qui pensait que ce serait une affaire simple.

Chapitre 4

DOREEN DÉVISAGEA JOSEPH avec stupeur.

— C'est le coup de grâce.

— Tout à fait, souligna-t-il avec morosité.

— Donc, vous viviez ensemble ?

Joseph opina du chef en grimaçant.

— Et votre arme dormait chez elle en permanence ? Aurait-elle sorti cette arme si quelqu'un avait essayé de s'introduire chez vous ?

— Bien sûr, répondit-il, le dos droit. C'est ce qui a dû se passer.

— C'est un des scénarios possibles, temporisa Doreen. Cependant, nous sommes loin d'avoir fait le tour de la question.

Malgré cela, le jeune homme paraissait plus joyeux. Elle était ravie d'avoir pu lui apporter un peu de joie.

— Aviez-vous un permis pour cette arme ? continua-t-elle.

— Non… Ce qui n'arrange toujours pas mon cas.

— Pourquoi la mort d'Annabelle a-t-elle été considérée comme un meurtre ? N'est-il pas possible qu'elle se soit suicidée ?

— Non. Du moins, je ne crois pas.

Il fronça les sourcils, comme s'il y réfléchissait.

— Je ne suis pas autorisée à voir les photos de la scène de crime, donc j'ignore comment elle a été trouvée, précisa Doreen. Pourriez-vous me la décrire ?

— Elle était allongée sur le dos, habillée, les bras en croix, comme si elle venait de tomber à la renverse. Il y avait un impact de balle entre… sur son front, parvint-il à articuler, la voix lourde d'émotions. Les fleurs avaient été jetées, ou elle les tenait, et elles sont tombées sur elle.

— D'accord. Que portait-elle ?

— Un T-shirt bleu, un jean, des chaussettes blanches.

La jeune femme fronça les sourcils en enregistrant ces détails.

— C'était sa tenue habituelle, à moins que nous ne sortions quelque part. Son style, c'était plutôt jean et T-shirt.

— Très bien. Je suis pareille.

— C'est compliqué de porter autre chose, surtout dans la vie de tous les jours, n'est-ce pas ?

— Exactement, acquiesça Doreen, avant d'ajouter : maintenant, j'ai besoin d'une liste de toutes les personnes avec lesquelles elle a travaillé – fournisseurs, clients, même des dépanneurs ou autres.

— Elle m'a parlé de la croissance de son entreprise. Et comme je travaille le soir, je me faisais discret pendant la journée, chaque fois qu'un client se présentait. Et ce n'est pas comme si elle avait un gros client qui lui fournissait beaucoup de travail – elle ne m'en a pas parlé en tout cas. Donc, selon moi, elle recevait des propositions de contrats ici et là de la part de personnes diverses. Certains de ces contrats ont été conclus uniquement par téléphone ou par email. Il faudrait étudier ses factures pour connaître sa clientèle.

— A-t-elle travaillé ailleurs ?

Il secoua la tête.

— Elle travaillait dans une épicerie avant. Un petit magasin de producteurs, sur Spall Road, mais c'était il y a des années. À mon avis, ils n'ont rien à voir avec... ça.

— Peut-être. Cependant, ça nous aidera à nous faire une idée de sa personnalité.

Joseph la fixa d'un regard perplexe.

— Vous avez une certaine opinion d'Annabelle, ça ne signifie pas que tout le monde la partage, expliqua Doreen.

— Ça devrait être le cas, cingla-t-il. C'était une femme magnifique, à l'intérieur comme à l'extérieur.

— Quelle était la nature de votre relation ?

— Comment ça ? l'interrogea-t-il, confus.

Richie avait dit à Doreen que Joseph était prêt à demander Annabelle en mariage.

— Aviez-vous l'intention de l'épouser, ou bien viviez-vous cette relation au jour le jour ? demanda-t-elle.

Elle avait du mal à trouver les bons mots pour expliquer ce qu'elle sous-entendait.

— Je ne sais pas. On n'est jamais allés aussi loin.

— Depuis combien de temps étiez-vous ensemble ?

— Trois ans.

Elle le fixa du regard et il rougit.

— OK, on a peut-être déjà eu cette discussion, n'empêche que je n'étais pas vraiment prêt à m'engager.

— Ça, c'est une réponse plus sincère, et si vous expliquez ça à la police, leur réaction n'en sera que meilleure.

— C'est vrai ? Je... C'est... Je ne gère pas très bien les questions d'ordre sentimental.

— Vous n'êtes pas le seul. Quoi d'autre ?

Joseph haussa les épaules.

— Je pense pouvoir trouver une liste de ses clients à la maison. Je me souviens qu'Annabelle avait parlé d'un fichier.

— Bien, envoyez-le-moi. Avait-elle des amies ?

— Rosa et Linda.

Doreen nota les prénoms.

— J'ai besoin de leurs numéros de téléphone.

Il se renfrogna.

— Ils sont dans son portable, et les flics l'ont embarqué comme preuve.

— Évidemment.

La jeune femme réfléchit un instant.

— Vous êtes certain de ne pas avoir de répertoire papier ?

— Elle faisait tout sur son téléphone ou son ordinateur portable.

— Et leurs noms de famille ?

Il les épela.

— Je suis peut-être en mesure de les retrouver avec ça, releva Doreen.

Il eut l'air de vouloir renchérir, mais parut hésiter. Elle se contenta de patienter.

— Elles ne feront sûrement pas mon éloge.

— Pourquoi ? Elles ne vous aimaient pas ? s'enquit-elle, sans vraiment le regarder.

Elle voulait voir quelle était sa réaction face à toutes ces questions.

— Comme vous venez de le dire, je ne parlais jamais de m'engager sur le long terme, et je pense que ses amies la tannaient à ce sujet.

— Je vois. Les gens veulent voir tout le monde marié.

— Certes, mais nous ne sommes pas tous certains que ce soit le meilleur moment pour se marier.

— Souvent, la chance ne se présente plus, déclara-t-elle en le fixant du regard.

Il fit de même et son visage se décomposa.

— Ce n'est pas ce que je voulais dire, ajouta-t-elle.

— Pourtant, vous l'avez dit, marmonna Joseph d'une voix empreinte de tristesse. Et vous avez raison. Je n'aurai plus cette chance maintenant.

Il se leva lentement, tel un vieillard.

— Si vous pouvez faire quelque chose pour m'aider… continua-t-il.

— J'ai besoin de votre numéro de téléphone. Ensuite, je verrai si je trouve quoi que ce soit.

Il acquiesça lentement et, après lui avoir donné son numéro, il tourna les talons et s'éclipsa.

Doreen retourna à l'intérieur et l'observa tandis qu'il traversait la cour et montait dans une vieille voiture. Petite, argentée, mais elle n'avait aucune idée du modèle. Dès que la voiture fut hors de vue, elle appela Mack.

— Je suis occupé, répondit-il. Je peux te rappeler ?

— Oui, consentit-elle, d'une voix hésitante. Tu as quelque chose en rapport avec la mort de cette pauvre femme ?

— Non. Je dois vraiment te laisser.

Il raccrocha.

Elle savait qu'il n'était pas disponible. Pourtant, elle trouvait dommage de ne pas pouvoir lui parler à cet instant. D'un autre côté, cela lui donnait une raison de lui mettre un peu plus de bâtons dans les roues. Même si ce n'était pas ce qu'il désirait. Et quand il découvrirait qui était venu lui rendre visite, elle était persuadée que Mack serait furieux.

Elle ne savait pas quoi faire à présent. Elle remplit sa bouilloire électrique et, une fois l'eau frémissante, elle sortit une jolie théière et prépara du thé qu'elle emporta à la rivière. C'était ce qu'elle avait prévu de faire depuis qu'elle était rentrée chez elle, mais maintenant ? Les choses avaient changé. Elle ne savait pas combien elles avaient changé, car elle ne pouvait toujours pas s'immiscer dans l'enquête de Mack. Cependant, elle voulait lui en parler. Cela semblait plutôt… important.

Alors qu'elle était assise sur son banc au bord de la rivière et qu'elle cherchait autant d'informations que possible sur son téléphone – soit pas énormément, étant donné qu'il s'agit d'une nouvelle affaire et que la police n'avait pas divulgué grand-chose –, Mack la rappela.

— Salut. Désolé, je parlais avec quelques personnes.

— Ce n'est rien. On peut discuter demain. Je sais que tu es fatigué.

— Ça dépend. C'est à quel sujet ?

Il entendit l'hésitation de la jeune femme et grommela aussitôt.

— *Oh, oh*. J'arrive tout de suite.

— Non, non, non, non, ce n'est pas la peine.

Mais il était trop tard, car il avait déjà raccroché. Elle gémit en regardant les animaux.

— Comment se fait-il qu'il comprenne à chaque fois ? marmonna-t-elle.

Elle n'avait jamais été très douée pour mentir. Elle constata qu'elle avait manqué un appel. Elle recomposa prestement le numéro qu'elle ne connaissait pas, et n'avait donc aucune idée de l'identité de la personne qui l'avait appelée. Elle se figea en entendant la voix masculine et familière à l'autre bout du fil.

— Tu me rappelles enfin, déclara sévèrement son futur ex-mari.

— Désolée, répliqua-t-elle, sans réfléchir.

Elle regretta sa réponse aussitôt. Les vieilles habitudes.

— On était chez Nan, pour une célébration de la vie, et je suis restée plus tard que prévu.

— Si tu pouvais demander à ton avocat de me lâcher, ce serait sympa.

— Je ne suis au courant de rien. Je n'ai même pas demandé de détails.

Un silence étonné se fit sur la ligne, puis Mathew éclata de rire.

— Oh, c'est la meilleure. À l'évidence, tu n'en ressens pas le besoin, parce qu'il te protège.

— Pourquoi m'appelles-tu ? Maintenant, je vais devoir lui dire que je t'ai rappelé par accident.

Il rit de plus belle.

— Tant mieux, je te mets dans le pétrin parce que tu m'as mis dans le pétrin.

— Je ne t'ai pas mis dans le pétrin ! objecta Doreen.

— Ton charmant avocat a encore quelques problèmes à aborder.

— Ah oui ? Quel genre de problèmes ?

— Les bijoux que je t'ai offerts pour ton anniversaire ?

— Intéressant, n'est-ce pas ? Apparemment, tu ne me les as pas vraiment offerts. Tu voulais seulement me les *prêter*, pour que je joue les trophées déguisés.

Le silence se fit de nouveau.

— C'est ça le problème. Ils t'ont été offerts, admit-il avec réticence. Je voulais simplement m'assurer que tu les voulais vraiment.

— Tu avais vraiment l'intention de les donner à une autre femme ?

— Non. Je pensais les ramener chez le bijoutier et les

revendre.

— Waouh. Dans ce cas, j'aimerais garder mes cadeaux, merci.

La voix de Mathew devint chaleureuse et persuasive.

— Je peux te les remettre en main propre.

Doreen fronça les sourcils. Elle ne voyait pas où il voulait en venir.

— Tout ça doit passer par mon avocat.

— Pourquoi ne pas laisser nos avocats en dehors de ça ? rétorqua-t-il sèchement. Surtout le tien, quelle plaie !

— Peut-être, mais je te retourne le compliment !

Sur ce, elle raccrocha.

Chapitre 5

DOREEN S'EMPRESSA DE téléphoner à Nick pour lui dire ce qu'elle venait de faire.

— Tu peux arrêter de répondre au téléphone, sauf si c'est moi qui t'appelle ? maugréa-t-il.

— Ce serait bien, non ? Je n'ai pas reconnu le numéro. Il ne s'est pas affiché sur mon écran, se défendit-elle avant d'expliquer ce que Mathew voulait.

— J'espère que tu lui as dit que tu voulais les bijoux.

— En effet, et il voulait venir me les donner en main propre.

Sa réponse fut accueillie par un silence à l'autre bout du fil.

— Je lui ai dit qu'il fallait passer par nos avocats, ajouta-t-elle.

— Bien, approuva Nick. Très bien.

— Il m'a ordonné de tenir mon avocat pénible loin de tout ça… loin de nous. Il m'a dit que tu étais une plaie.

Nick éclata de rire.

— Ce n'est pas terminé, déclara-t-il d'un ton enjoué. S'il rappelle, raccroche-lui au nez. Je vais lui envoyer un email pour lui demander tous les bijoux. Tu m'as donné une sacrée liste.

— Oui, il y a eu beaucoup d'anniversaires pendant ce mariage, souligna-t-elle. Je sais que ça me donne une image de femme très, très cupide, et j'essaie de ne pas l'être, mais...

— Quoi ? demanda-t-il avec curiosité.

— Il a fait fabriquer des contrefaçons pour chacune des parures.

Nick rit de plus belle.

— Tu devais les porter en public ?

— Tout à fait. Je soupçonne fortement que c'est ce qu'il essaiera de te remettre.

— Ça n'arrivera pas. Maintenant que je suis dans la confidence, nous allons nous assurer d'avoir les originaux.

Doreen sourit.

— Je ne suis pas rancunière, mais en ce moment, rien que l'idée que tu sois une plaie pour lui me rend heureuse.

— C'est bon à savoir. Je te rappellerai pour te raconter.

Ainsi, ils raccrochèrent. Doreen pivota et tomba sur un Mack furieux.

— C'était qui ?

— Ton frère, répondit-elle en lui rendant son regard noir. Pourquoi es-tu de si mauvaise humeur ?

— Qu'est-ce que tu manigances maintenant ? répliqua-t-il, les sourcils froncés.

— Pour l'instant, rien du tout. En revanche, tout à l'heure... Je t'ai appelé pour discuter, mais tu étais occupé. Ensuite, Mathew m'a appelée, et j'ai fait l'erreur de le rappeler parce que je n'ai pas reconnu le numéro.

Mack la fustigea du regard, et elle leva les mains.

— Ce n'était pas le numéro habituel. Qu'est-ce que j'étais censée faire ?

— Et si tu ne répondais pas aux numéros inconnus ? soupira-t-il. Au moins, tu as appelé Nick.

Elle se mit à lui expliquer ce que son ex-mari cherchait.

— J'ai précisé à ton frère que Mathew gardait des contrefaçons de tout.

Mack rit.

— Il essaie sûrement de te refiler les faux.

— Ça ne me surprendrait pas du tout. À mon avis, il espérait que je ne veuille rien de tout ça, que je le détestais à ce point.

— Je suis surpris que tu les veuilles, riposta Mack en la fixant d'un regard attentif. Valeur sentimentale ?

— Non, il m'a énervée, c'est tout, dit Doreen, avant de se tapoter la tempe. Tu crois que Nan s'est infiltrée dans ma tête et que je l'entends scander : « *Prends-les ! On pourra toujours les vendre !* » ?

Le caporal éclata de rire.

— Elle a raison. J'ignore où l'on peut vendre de telles choses, toutefois, grâce à toutes les relations que tu construis petit à petit, quelqu'un devrait être en mesure de te fournir ce genre d'information.

— C'est ce que je me demandais.

Il avança vers elle en bâillant et annonça :

— Je ne reste pas. Je vais rentrer chez moi et dormir un peu. Ça n'arrive pas souvent ces derniers temps.

La jeune femme l'observa, stupéfaite.

— Je ne t'aurais rien dit, si j'avais su que tu avais passé une mauvaise journée.

— Mais bien sûr, ironisa-t-il.

— Tu n'en sais rien, objecta-t-elle, le regard noir.

Mack leva les yeux au ciel.

— Crache le morceau, alors.

Elle ouvrit la bouche, puis la referma, ignorant par où commencer.

— *Oh, oh*, lança-t-il en s'avançant. Tu m'inquiètes quand tu agis comme ça.

— Tu n'as aucune raison de t'inquiéter.

— Tu t'es mêlée de mon affaire ? s'emporta-t-il, et la jeune femme voûta les épaules. Oh non, je t'en prie. Qu'est-ce que je t'ai dit ?

— Je n'ai pas eu le choix ! se défendit-elle en levant à nouveau les mains. Ce type est venu à moi.

— Quel type ?

Le policier eut l'air confus.

— Joseph Moody.

Mack ferma les yeux et jura entre ses dents.

À voix basse et en essayant de prendre un air innocent, Doreen expliqua ce que Joseph lui voulait.

Mack se laisse tomber lourdement à côté d'elle.

— Même quand j'essaie de t'empêcher d'interférer, souffla-t-il en secouant la tête.

— Je n'ai rien fait, insista-t-elle.

Il hocha la tête d'un air morose.

— Le problème, c'est qu'à l'heure actuelle, tu es devenue une force à part entière.

— Pas vraiment. Je veux dire, je ne pouvais rien lui dire parce que je ne sais rien. Je lui ai dit que je vous parlerais, conclut-elle en haussant les épaules. Ça m'a semblé être la meilleure chose à faire.

— Tout à fait, soupira Mack. Et crois-moi, je t'en suis reconnaissant.

— Tu as l'air d'en avoir marre, déclara-t-elle d'un air boudeur.

— C'est difficile quand tout le monde décide qu'une détective amateur – il lui fit un clin d'œil – ferait mieux que nous.

— Je pense que lorsque les gens se retrouvent dans cette situation, ils réagissent uniquement par peur.

— Par peur de quoi ?

— Je sais qu'il est votre suspect principal, seulement à cause de sa relation avec la victime.

— Pourtant, il a un alibi, reconnut Mack.

— Je sais, et c'est ce qu'il m'a dit. Avez-vous vérifié auprès de ses collègues ?

— Oui.

— Donc techniquement, il ne devrait pas être sur votre liste.

— Il est forcément sur la liste. Mais pas en première position.

— Je vois. Néanmoins, si vous n'avez aucune piste à suivre, je ne dérange personne. Et si je vous donne toutes les informations que je trouve…

Mack la foudroya du regard et elle leva encore une fois les mains.

— Que voulais-tu que je lui dise ? J'ai essayé de lui faire comprendre qu'il devait vous fournir toutes les informations en sa possession, et que vous le traiteriez convenablement. Et aussi que, parfois, on a l'impression que la police ne s'intéresse qu'à une seule personne, alors que ce n'est pas le cas.

— C'est ce que tu lui as dit ? s'étonna-t-il.

— Quelque chose comme ça. Ne me prends pas au mot, je suis très fatiguée.

— Et moi donc, soupira-t-il. Je n'avais pas spécialement besoin de ça ce soir.

— Naturellement, acquiesça-t-elle avec un sourire. Tu n'as jamais besoin de ça.

Il lui rendit son sourire.

— C'est vrai. On verra ce qui en résulte. Mais sois prudente, s'il te plaît.

— Entendu.

Mack se leva, et cette fois, il parut encore plus fragile et âgé qu'avant.

— Tu es sûre de ne pas vouloir rester ? Boire une tasse de thé ?

— Je ne pensais *pas* à une tasse de thé. Plutôt siroter un whisky au bord de l'eau. Or, il faut que je rentre, avant de ne plus avoir l'énergie pour faire la route.

Sur ce, il tourna les talons et se dirigea – ou peut-être devrait-elle dire *tituba* – vers la cuisine. Elle lui emboîta le pas, plus inquiète qu'elle ne l'avait été depuis longtemps. Il avait l'air vraiment fatigué. Elle attendit qu'il monte dans son véhicule et qu'il parte. Puis elle envoya un message à Nick.

Mack a l'air plutôt mal en point ce soir, vraiment fatigué.

Au lieu de lui répondre par SMS, il lui téléphona.

— Qu'est-ce qui se passe ? demanda-t-il avec curiosité.

— Je ne sais pas. Je… Eh bien, je me suis mêlée d'une de ses enquêtes, donc il n'est pas ravi, mais il vient de partir, et il avait l'air épuisé.

— C'est peut-être le travail. Je vais lui passer un coup de fil pour voir comment il va.

— Ce serait bien. Je ne sais pas si c'est parce qu'il en a *assez de tous ces crimes* ou s'il manque tout simplement de sommeil. Il n'a pas voulu en parler.

— Pas de soucis. Merci de m'avoir prévenu.

Nick raccrocha, certainement pour appeler son frère.

Doreen se demanda si elle avait bien agi. Cette question lui trotta dans la tête toute la nuit, mais elle réussit à trouver le sommeil dont elle avait tant besoin.

Chapitre 6

Vendredi matin...

DOREEN SE RÉVEILLA le lendemain matin, entourée de tous ses animaux. Après les avoir câlinés chacun leur tour, elle se doucha et s'habilla. En descendant, elle repensa à Mack. Elle lui envoya un simple **Bonjour** par SMS et elle reçut un emoji heureux en retour. La jeune femme sourit, car même si elle ignorait ce qui le tracassait, elle voulait qu'il sache qu'il n'était pas seul. Cela la fit réfléchir.

N'y avait-il pas lieu de se réjouir qu'elle en soit arrivée là ?

Elle songea aux changements qui s'opéraient dans son monde – certains très rapidement – et pourtant elle était là, à essayer de se débarrasser de son ex. Elle oscillait entre « *ex* » et « *mari* » parce que, légalement, il l'était toujours. Cependant, c'était malsain. Elle n'aimait rien chez lui, et plus vite elle réglerait cette affaire, mieux ce serait pour sa santé mentale et sa tranquillité d'esprit. Quand son téléphone sonna, elle pensa que c'était Mack, mais c'était son frère.

— Salut, Nick. Comment allait Mack hier soir ?

— Il était épuisé, répondit-il catégoriquement. J'espère qu'il suivra mon conseil et prendra quelques jours de repos.

Je pense qu'il n'est pas complètement remis de sa blessure.

— En effet, acquiesça-t-elle. Peu importe ce que je lui dis, il ne s'arrête jamais.

Nick rit.

— Ça fonctionne dans les *deux* sens, n'est-ce pas ?

— Je suppose qu'on forme une sacrée paire.

— C'est vrai. Alors, tu devrais le soulager et lui faire savoir.

— Il le sait déjà, objecta Doreen d'une voix douce. Même si nous n'en avons pas discuté en détail.

— Tu en es sûre ?

— Oui. C'est… ce divorce. Mathew…

— Oh, je comprends. C'est en partie pour ça que Mack attend avec impatience que je mette un point final à ton divorce.

— Je ne m'engagerai pas dans une relation tant que je ne serai pas libre.

Un silence surpris s'installa à l'autre bout du fil.

— Ça devrait t'inciter à aller de l'avant. Tu sais que la plupart des gens ne s'imposent pas cette contrainte.

— Je ne suis pas la plupart des gens, nota-t-elle. De plus, vous ignorez combien Mathew est dangereux. La dernière chose que je désire, c'est qu'il s'en prenne à Mack.

— Oh, mon Dieu. Tu crois vraiment que Mathew en serait capable ?

— Je n'en sais rien, il n'est pas…

Elle hésita avant de reprendre.

— Je… Je ne sais pas quoi dire. Je sais qu'il n'est pas normal, c'est tout. Il n'est pas comme tout le monde, et donc le simple fait de dire que vous êtes parvenus à un accord me rend très méfiante.

— Il avait l'air d'en avoir assez de tout ce processus.

— Peut-être, mais je ne suis pas sûre d'y croire non plus, murmura-t-elle. Il n'a pas du tout parlé du testament de Robin, si ?

— Ce n'est pas avec moi qu'il parlerait de ça, sauf pour découvrir qui s'en charge.

— Il ne peut pas m'empêcher de recevoir quoi que ce soit, n'est-ce pas ?

— Je ne pense pas. Je peux vérifier auprès de l'avocat, si tu veux.

— Je veux bien, approuva Doreen. Tu pourrais aussi me donner un délai pour l'héritage ? Ça va être la galère pour moi, jusqu'à ce que j'aie de l'argent.

Nick rit.

— Tu n'as pas envie que mon frère t'aide non plus, j'imagine ?

— Jamais de la vie. Il en fait déjà beaucoup pour moi. As-tu la moindre idée de tout ce qu'il achète ?

— Réfléchis à tout ce qu'il mange aussi. Au passage, tu lui évites de manger tout seul.

Sur ce, Nick raccrocha.

Assise dehors avec sa tasse de café, elle médita ses paroles. Lorsque Nan l'appela quelques minutes plus tard, Doreen était inhabituellement silencieuse.

— Qu'est-ce qui se passe ? l'interrogea Nan. Tu n'as pas l'air d'aller bien.

— Ça va. Je suis fatiguée, c'est tout.

— Tu es peut-être fatiguée, mais tu as également l'air d'être plongée dans une fatigue songeuse.

Doreen éclata de rire.

— Qu'est-ce que ça veut dire ?

— Oublie. Tant que tout va bien.

— D'accord. As-tu appris quelque chose à propos de

Joseph Moody ?

— Non, mais je vais me renseigner. C'est pour ça que j'appelais. Une des résidentes connaît une de ses clientes.

— Tu veux dire une des clientes d'Annabelle ?

— Oui, soupira Nan, comme si sa petite-fille aurait dû le deviner.

— OK, et ?

— Tu devrais lui parler.

— Y a-t-il une raison particulière ?

— Il faut parler à tout le monde.

— Cette personne est-elle à Rosemoor ?

— Non, non, non. Tu dois aller rencontrer la cliente, rectifia Nan, avant de paraître hésitante. Tu as vraiment l'air fatiguée aujourd'hui.

— Je vais bien, Nan. J'essayais seulement de suivre la conversation.

— C'est ce que je dis, répliqua sa grand-mère d'une voix étrange. Et on dirait que tu as du mal, ma chérie.

— Tout va bien, Nan, insista Doreen avec un petit rire.

— Je suis contente d'entendre ça. Alors, tu vas y aller dans la journée ?

— Tu as les coordonnées ? l'interrogea Doreen, qui essayait encore de comprendre cette conversation.

— Bien sûr.

Nan lui dicta le nom et l'adresse.

— As-tu un numéro de téléphone ?

— Non, répondit la vieille dame. Tu vas devoir te présenter à sa porte.

— Super, lança Doreen, avant de bâiller.

— Ou peut-être que tu devrais retourner au lit, suggéra Nan aussitôt.

— Je vais bien. Je vais bien. Je vais bien, scanda sa petite-fille. Je ne suis pas encore tout à fait réveillée.

— Je ne sais pas comment tu peux dormir aussi long-temps de toute façon. Il n'y a que quelques heures dans une journée. Tu as des choses à faire.

Nan était toujours pleine d'une énergie qui surgissait de nulle part.

— Je la contacterai aujourd'hui, déclara Doreen, pour contenter sa grand-mère.

— Bien, conclut cette dernière, avant de raccrocher.

Mais ce n'était pas terminé pour Doreen. Alors qu'elle buvait sa deuxième tasse de café, son téléphone sonna à nouveau. Elle prit son bloc-notes et sortit en répondant :

— Allô ?

C'était Joseph Moody.

— Bonjour, j'ai une bonne nouvelle.

— Je vous écoute ?

— Je ne suis plus suspect ! s'exclama-t-il avec joie.

— C'est super, reconnut-elle avec un sourire. J'imagine qu'ils ont vérifié votre alibi.

— Oui, Dieu merci.

— C'est merveilleux. Maintenant, on doit les laisser faire leur travail.

— Ça vous dérangerait d'y jeter un coup d'œil quand même ? demanda-t-il avec hésitation.

— Je vais voir ce que je peux trouver, mais je ne promets rien.

— Bien sûr. Maintenant que la police s'oriente petit à petit vers la bonne voie, tout devrait bien se passer.

— Alors vous êtes sûr de vouloir que je me penche sur la question ?

— Pourquoi pas ? répliqua-t-il, perplexe.

— Pour rien.

— Oui, je suis sûr. Je veux… Je veux m'assurer que le coupable soit arrêté. J'apprécierais donc que vous vous penchiez sur la question.

— D'accord.

Sur ce, Doreen raccrocha. Elle se rendit compte qu'il ne lui avait pas donné toutes les autres informations qu'elle lui avait demandées la veille. Toutefois, elle pouvait s'en passer pour l'instant. De plus, Doreen devait contacter la cliente dont Nan lui avait parlé ce matin.

Peu importe que Doreen soit fatiguée ou non, elle savait pertinemment que Nan et Richie lui tomberaient dessus si elle ne donnait pas suite à cette piste. Avec un demi-sourire, elle chercha le nom et trouva un numéro de téléphone. Lorsqu'elle le composa, une femme d'âge mûr lui répondit.

— Claire à l'appareil. Qui est-ce ?

— Je m'appelle Doreen. J'ai cru comprendre que vous étiez une cliente d'Annabelle.

— Oh oui, oui, oui, ma chère. J'ai entendu dire que votre grand-mère cherchait les clients d'Annabelle pour que vous puissiez leur parler.

— En quelque sorte. Nous essayons seulement de retracer ses derniers jours. Et de voir si quelqu'un a des informations sur l'origine de ce meurtre.

— C'est terrible, répondit Claire. Elle était très gentille. Son petit ami n'était pas recommandable, mais ça arrive souvent, apparemment.

Doreen marqua une pause.

— Son petit ami était-il une raclure ?

— Il est plutôt du genre fainéant, vous voyez ? Annabelle rêvait d'avoir sa propre entreprise, et elle travaillait dur pour y arriver. Il ne comprenait pas pourquoi, selon lui, comme il avait déjà un travail, ils pouvaient s'en contenter. Il n'y a pas de mal à ça, néanmoins, ce n'était pas l'homme idéal pour elle, si vous voulez mon avis.

— La question qui se pose est de savoir si elle était heureuse ?

— Je pense que oui, étonnamment.

— Au final, c'est ce qui compte, non ? Même si nous sommes persuadés qu'une personne serait mieux avec quelqu'un d'autre, nous ne pouvons pas en être certains.

— Vous avez raison, consentit Claire.

— Que pouvez-vous me dire sur Annabelle ? Combien de fois avez-vous eu recours à ses services ?

— Comme c'est une fille du coin, nous la connaissions depuis longtemps. C'était la première fois que je faisais appel à son entreprise. Ma fille est enceinte et nous voulions organiser une fête pour dévoiler le sexe du bébé.

— Je suppose que la fête a été annulée, comme vous n'avez pas reçu votre commande.

— Nous avons quand même fini par l'organiser hier. J'ai fait un gâteau, ajouta Claire d'un ton ironique, à la place des fleurs, après la mort de la pauvre Annabelle.

— Comment l'avez-vous appris ?

— Je me suis présentée chez elle, et sa voisine m'en a informé. Annabelle ne répondait pas à mes appels, donc j'ai commencé à m'inquiéter. Je me suis rendue à son appartement, mais elle n'est pas venue m'ouvrir la porte. C'est là que la voisine est sortie et m'a annoncé qu'Annabelle était morte. J'étais sous le choc.

— Quelle voisine ?

— Elles vivaient au même étage, l'une en face de l'autre. À mon avis, elle est du genre curieuse.

— Je vois.

Doreen en avait rencontré beaucoup.

— J'irai peut-être lui parler, énonça Doreen.

— Je suis sûre qu'elle en serait ravie, grinça Claire. Quoi qu'il en soit, j'ignore qui a tué cette belle jeune femme. Elle s'est toujours montrée professionnelle. Elle était honnête et ses tarifs abordables. Je trouvais cette idée de fête amusante pour ma fille. Dans tous les cas, ça n'a abouti à rien. Mais ce n'était pas la faute de cette pauvre fille.

— Je vous le confirme. Je ne sais pas qui s'occupe de son corps, nota Doreen. Savez-vous si elle a de la famille dans les environs ?

— Je crois qu'ils vivent tous à l'est. Votre policier vous le dira.

Doreen grimaça. Tout le monde connaissait Mack.

— Je lui poserai la question. Il a certainement dû l'annoncer à la famille proche.

— Quelle tâche terrible, souffla l'autre femme.

— En effet. Heureusement, je n'ai jamais eu à le faire.

— Et vous n'en avez pas envie. Quelle pauvre fille.

Claire se lança de nouveau dans une série de commentaires sur la beauté et la gentillesse de cette pauvre fille.

— Savez-vous où elle a étudié ?

— En centre-ville. Au lycée de Kelowna, je crois, puis elle est partie à l'université, même si j'ignore quel cursus elle a suivi. Elle n'était pas très vieille. Elle devait avoir 23 ans.

— D'accord, dit Doreen en prenant des notes. D'après vous, elle n'avait pas de problèmes, pas de… pas d'ex-petit ami, rien de tel ?

— Elle avait un amoureux à l'époque, indiqua Claire. Il lui correspondait mieux que l'actuel, mais c'est trop tard maintenant.

Doreen ne pouvait qu'acquiescer.

— Savez-vous comment il s'appelait ?

— *Hmm*, je dirais quelque chose qui ressemble à Brent, néanmoins je n'ai pas de nom de famille à vous donner.

— OK.

— Sans compter que c'était il y a longtemps. Je crois qu'elle n'a eu personne dans sa vie, à part Joseph, depuis un bon moment.

— Savez-vous où ils se sont rencontrés ?

— Non, sûrement dans le bar où Joseph travaille, devina Claire.

— Annabelle avait-elle un problème d'alcool ?

— Oh là là, je n'en sais rien. Toutefois, elle n'avait pas une tête à ça.

— Et Joseph ?

— Je ne sais pas non plus. Néanmoins, il travaille dans un bar, donc je suppose qu'il boit de l'alcool.

Longtemps après avoir raccroché, Doreen s'interrogea sur le rapport entre la tête de quelqu'un *et* un problème d'alcool. D'après elle, personne n'avait une tête à avoir une addiction.

Elle imaginait Joseph avec ce genre de problème. Il avait eu l'air un peu tremblant quand il était venu ici. Mais le chagrin pouvait devenir une excellente motivation pour reprendre la bouteille. Et pour beaucoup de gens, c'était un excellent moyen de tout oublier. Elle espérait que Joseph serait lui aussi soutenu, car il ne semblait pas que la ville verrait d'un bon œil sa participation à cet événement. Mais il était encore tôt.

Ainsi, elle passa de nouveaux appels. Elle devait rester à la pointe de l'information.

Chapitre 7

APRÈS LE DÉJEUNER, Doreen remarqua que ses animaux semblaient un peu nerveux.

— Et si on allait se promener ?

Mugs aboya. L'appartement d'Annabelle et Joseph n'était pas très loin. Il était à proximité de l'université, et cela représentait une quarantaine de minutes de marche. Elle pouvait aussi faire un bout de chemin en voiture et le reste à pied. Il y avait beaucoup de beaux quartiers, parfaits pour une promenade quotidienne dans un nouvel environnement.

Ainsi, elle chargea ses animaux et conduisit jusqu'au parking de l'université. Elle décida de faire le tour du pâté de maisons, puis, s'ils le souhaitaient plus tard, ils pourraient marcher jusqu'à la plage.

Son chien et son chat en laisse, et Thaddeus sur son épaule, Doreen traversa la route et se lança à la recherche de l'immeuble qu'elle cherchait. Elle le trouva en quelques minutes. Elle monta au premier étage en se demandant si Joseph était autorisé à entrer ou non.

Elle misait sur la seconde option, étant donné que sa petite amie avait été tuée ici. Elle monta les escaliers et frappa, essayant de se trouver une excuse pour expliquer sa présence. Si Joseph était là, elle lui dirait simplement qu'elle devait voir la scène de crime. Elle frappa de nouveau et n'obtint toujours pas de réponse. Cependant, une porte de l'autre côté du couloir s'ouvrit et une dame âgée aux cheveux hérissés sortit la tête.

Elle aperçut Doreen accompagnée de tous ses animaux et hoqueta.

— Oh, je ne pense pas que vous ayez le droit d'amener des animaux ici, ma chère.

Doreen observa son équipée et fronça les sourcils.

— Désolée.

— Ce n'est pas grave. Vous cherchiez la pauvre Annabelle ?

— Joseph, à vrai dire.

— Pauvre Joseph, soupira la vieille dame. Mais vous êtes au courant pour cette pauvre petite ? C'est terrible.

— J'en ai entendu parler, répondit Doreen. Je ne savais pas s'il était autorisé à revenir ou pas.

La femme la regarda avec curiosité.

— Je suppose qu'ils ne le laisseront pas entrer avant un certain temps, n'est-ce pas ?

Doreen haussa les épaules.

— Je ne sais pas. S'il n'est pas là, je ne peux pas lui poser de questions.

— Quelles questions ?

— J'aime bien jouer les détectives, déclara Doreen en levant les yeux au ciel. Joseph et moi avons discuté d'Annabelle hier, et j'avais encore quelques questions à lui poser.

— Il vous aide ? s'étonna la femme. Ce n'est pas le plus sympathique des voisins.

— Ah oui ? Et Annabelle ?

— Annabelle était un amour, répondit la voisine curieuse. Joseph est… Je pense qu'il a beaucoup de chance de l'avoir rencontrée, seulement cette petite n'a pas eu de chance en le rencontrant.

— Oh, c'est intéressant, souffla Doreen. Quelques personnes m'ont dit qu'il ne faisait pas spécialement grand-chose de sa vie.

La vieille dame pouffa.

— Non, mon père l'aurait traité de bon à rien.

Doreen se retint de sourire, car elle connaissait bien cette expression. Son mari ne l'utilisait que rarement, toutefois Mathew méprisait les gens qui n'essayaient pas activement de réussir dans la vie.

— Curieux. J'ai cru comprendre qu'il était heureux de travailler au bar.

— Peut-être, mais ce n'est pas un travail à long terme, donc je ne comprends pas comment il peut être heureux ou se contenter de cet emploi.

Doreen ne renchérit pas. Pour beaucoup de gens qui travaillaient dans les bars, c'était certainement un travail à long terme, et les pourboires étaient supposés excellents. Ce commentaire piqua sa curiosité.

— Annabelle travaillait-elle aussi au pub ?

— Non, je ne crois pas. Son affaire marchait plutôt bien et elle voulait la développer pour ouvrir une boutique de fleurs à plein temps, or ça n'arrivera jamais maintenant.

La voisine lança un regard triste en direction de l'appartement.

— En effet, c'est triste. Apparemment, Annabelle aurait dû être un peu plus protégée. Avez-vous entendu quoi que ce soit le jour du meurtre ?

— J'ai entendu le coup de feu. Je ne savais pas que ça

venait de chez elle, et j'ai dit à la police que je n'avais pas réalisé que c'était un coup de feu, mais il y a eu ce bruit *sec*, vous voyez ? Je n'ai pas regardé dehors. Je n'ai même pas pensé que quelque chose n'allait pas, et croyez-moi. Je vais devoir vivre avec.

Elle était face à la porte d'Annabelle, la lèvre tremblante.

Doreen grimaça.

— Même si vous aviez appelé la police, ça n'aurait rien changé.

— C'est aussi ce qu'ils m'ont dit. Mais on se demande toujours, si on avait vraiment tendu l'oreille… peut-être que cette jolie petite serait encore en vie.

Elle ne pouvait pas la rassurer sur ce point, car Doreen n'avait absolument aucun moyen de savoir si ce que cette femme craignait était réel ou non.

— Vous vous entendiez bien avec eux ?

— Je m'entendais parfaitement bien avec Annabelle. Avec lui ? Pas vraiment.

— Quelqu'un lui a-t-il rendu visite ce fameux jour ?

— Non, c'est pourquoi j'ai été si surprise par le tir. Je me suis demandé… expliqua la voisine, qui hésita un instant. Je me suis demandé si Annabelle n'avait pas attenté à sa vie.

— Selon moi, la police n'envisage pas le suicide. Malgré tout, je peux me tromper, car nous n'avons pas encore les résultats de l'autopsie.

— Ah, quelle horreur, maugréa la vieille dame.

— Peut-être, mais nous devons en passer par là pour résoudre certaines affaires.

— Certes. N'empêche que je n'ai pas envie qu'on m'entaille.

— Si ça vous arrive, vous ne sentirez rien.

La voisine frissonna.

— Peut-être pas, n'empêche que je serai là-haut, en train de regarder, et ça ne me plaira pas si quelqu'un m'impose ça.

— Espérons que vous ne vous retrouverez pas dans une situation où ce sera nécessaire, dit Doreen avec douceur.

— Pas avant de très nombreuses années, du moins je l'espère, soupira l'autre femme. Annabelle était si gentille.

— Donc, vous n'avez ni entendu ni vu personne, cependant, vous avez perçu un coup de feu, mais vous n'avez pas contacté la police.

— Non, jusqu'à ce qu'une dame frappe à la porte, à la recherche d'Annabelle, et que je lui annonce la nouvelle. Son petit ami l'a trouvée, vous savez ?

Doreen vérifia ses notes, comme si elle n'en était pas sûre, puis acquiesça.

— Vous avez raison.

— Il devait être dans tous ses états. C'est la seule fois où j'ai eu de la sympathie pour lui.

— Ce doit être horrible de rentrer chez soi et d'être témoin d'une telle scène.

— C'est vrai, et il était tard. Le temps que la police arrive, le raffut m'a réveillée.

— Vous m'en voyez désolée. Je suis sûre qu'Annabelle n'aurait pas voulu vous déranger.

— Annabelle était un amour, répéta la voisine en secouant la tête.

Doreen avait l'impression d'entendre un disque rayé.

— Annabelle n'aurait dérangé personne. Je suis seulement triste de n'avoir vu personne avant.

— Avaient-ils une alarme chez eux ?

— Je ne pense pas. Si tel était le cas, je ne l'ai jamais entendue sonner.

— Je me demande comment le coupable a pu entrer

dans l'appartement.

— Elle a dû l'inviter. Selon moi, la police n'a pas parlé d'effraction ou autre. Ils m'ont demandé si j'avais entendu quelqu'un essayer de fracturer la porte, mais j'étais au lit. Personne n'a l'air de le comprendre, s'offusqua la voisine, à présent contrariée. Je n'ai rien entendu.

— D'accord. La police va continuer ses recherches.

Les épaules de la vieille dame s'affaissèrent.

— Je l'espère. Je ne vois pas… Je dois avouer que je ne dors pas très bien en ce moment.

— Vous avez peur d'un cambriolage ?

— Je ne sais pas de quoi j'ai peur, admit-elle. C'est le problème. Je veux dire, et si cette personne décidait de revenir ?

— Ça n'arrivera pas, supposa Doreen avec précaution. Pourquoi reviendrait-elle ? Elle a déjà trouvé la personne qu'elle cherchait.

— Mais si c'était un hasard ?

— Si c'est aléatoire, la personne ne reviendra pas ici. Pour quelle raison, sinon ? Elle a déjà provoqué le chaos, et maintenant la police s'intéresse à tous ceux qui sont venus ici récemment. Alors, si elle revient, elle aura l'air encore plus suspecte. Elle attirera l'attention.

— Si vous le dites, répliqua la voisine, les sourcils froncés et l'air peu convaincu.

— Si c'est le cas, fermez votre porte à clé. En attendant, laissez la police faire son travail et ne vous attirez pas d'ennuis.

— Je l'espère bien.

La femme rentra chez elle, ferma la porte, puis la rouvrit.

— La police sait-elle que vous êtes ici ?

— Bien sûr, acquiesça Doreen avec un sourire. Dès que

j'aurai terminé ma visite, je parlerai au caporal Mack Moreau de tout ça.

— Bien. Sinon, je devrai aussi signaler votre présence.

Doreen ne comprit pas immédiatement ce que la voisine venait de dire.

— *Signaler ma présence* ?

— Vous m'avez bien entendue. Je dénonce toute présence dans l'immeuble, répliqua la voisine, d'un ton assez vif.

— Je vois. Qui d'autre avez-vous dénoncé jusqu'à présent ?

— Je ne devrais pas vous le dire.

— Ça m'aiderait si vous me le disiez, et ça m'éviterait de longues recherches.

— Joseph a essayé de revenir.

— Évidemment. Toutes ses affaires sont là, y compris ses vêtements. Et je suis sûre qu'il avait besoin de ses affaires de travail…

À en croire l'expression de la femme en face d'elle, Doreen avait manqué quelque chose.

— Je n'y avais pas pensé. Mais j'ai dit à la police qu'il était revenu.

— Quelqu'un d'autre est passé ?

— Seulement la femme qui venait chercher ses fleurs… À part ça, c'est plutôt calme.

— Personne d'autre ? Ne serait-ce que pour jeter un coup d'œil ? insista Doreen, qui sentait que quelque chose ne collait pas.

— Je n'ai vu personne. Enfin, le concierge est monté avec la police, et il est revenu une autre fois pour vérifier que l'appartement était fermé à clé. Mais à part ça, rien.

— Merci pour les informations.

Sur ce, la voisine jeta un coup d'œil nerveux dans le couloir avant de rentrer chez elle et de fermer sa porte d'entrée.

Chapitre 8

DOREEN SORTIT TRANQUILLEMENT et s'arrêta pour humer l'air frais. Mugs s'assit, pas tellement pressé de marcher. Elle le regarda et lui sourit.

— Hé, mon grand, il faut qu'on se maintienne en forme.

— Pas d'animaux dans l'immeuble ! l'interpela un homme.

Elle leva la tête et vit qu'il la fustigeait du regard.

— On vient de me le dire. Désolée, mais nous sommes dehors à présent.

— Les gens enfreignent toujours les règles ici. Je dois sans cesse rappeler à ceux qui veulent emménager ici que les animaux ne sont pas autorisés.

— C'est justement l'une des raisons pour lesquelles je n'emménagerais pas.

Son regard restait noir.

— Vous avez déposé votre dossier ?

— Non, j'ai déjà une maison.

— Alors, qu'est-ce que vous faites là ? l'interrogea-t-il, d'un air soupçonneux.

— Je cherche Joseph.

L'homme se renfrogna.

— Il est pas là. Il a pas le droit de revenir.

— Je pensais que la police aurait vidé l'appartement afin qu'il puisse y vivre.

Il haussa les épaules.

— Je ne sais pas quand ça arrivera. Et ils sont en retard sur leur loyer, donc je ne sais pas à qui je dois transmettre l'information.

— Aïe, ça va être compliqué.

— Annabelle était censée payer le lendemain de sa mort, nota-t-il en levant les mains. Et si je dis quoi que ce soit, je passe pour quelqu'un d'horrible.

Doreen le confirma intérieurement, cependant, elle avait une tâche à accomplir.

— Ce ne doit pas être facile pour vous, toutefois je suis sûre qu'Annabelle aurait préféré payer son loyer que se retrouver six pieds sous terre.

— C'est vrai. C'était la gentille dans ce couple.

— Joseph n'était pas sympa ?

— Il n'était pas *méchant*. Il ne pensait qu'au bar, à faire sa vie. Néanmoins, elle était adorable. C'est dommage, parce que c'est également Annabelle qui s'occupait du loyer.

— Vous ne pouvez pas l'expulser pour une telle raison, si ?

— Je n'en sais rien, mais je vais devoir m'y résoudre prochainement. S'il ne paie pas le loyer, quel choix me reste-t-il ?

— Étaient-ils vraiment si fauchés tout le temps ? Je pensais que les affaires d'Annabelle tournaient bien.

— Je l'ignore, répliqua l'homme en haussant les épaules. Elle n'avait clairement pas d'argent pour payer le loyer, du moins c'est ce qu'elle m'a dit. Je n'ai pas envie de découvrir aujourd'hui qu'elle me menait en bateau.

— J'en doute. Tout le monde croyait en elle.

— Il était facile de croire en elle. Joseph, c'était une autre histoire. Il travaillait au bar et rentrait souvent chez lui avec du vent dans les voiles.

— Ça fait partie des risques du métier, souligna Doreen.

— Oui, malgré tout, ça ne les empêche pas de payer le loyer.

Il avait l'air d'être très préoccupé par ces loyers impayés.

— Vous auriez dû les expulser dans combien de temps ?

— Si elle avait payé demain, ils seraient repartis pour un mois de plus, or, elle n'a pas payé, donc c'est un problème.

— D'accord. Il doit donc trouver rapidement l'argent du loyer.

— Oui, très vite. Mais il y a toujours une procédure à suivre, et c'est là le problème. Même si j'essaie de l'expulser, ça prendra du temps.

— Et, s'il vous remet l'argent, lui donnerez-vous une autre chance ?

— Je n'en ai pas spécialement envie. Je me suis trop souvent retrouvé dans cette situation avec lui. Malgré ça, s'il paie le loyer, ça ira jusqu'à ce qu'il ne paie plus.

L'homme fronça les sourcils en observant le bâtiment.

— Sa vie est plutôt compliquée en ce moment.

— Je sais. Et je suis de tout cœur avec lui, mais j'éprouvais plus de sympathie pour elle.

Après ça, il tourna les talons et partit en trombe.

— C'était manifestement le concierge, marmonna-t-elle à l'attention de Mugs.

Ce dernier aboya.

— N'oubliez pas. Les chiens sont interdits ! lança-t-il au même moment.

— Merci, dit Doreen en essayant d'adopter un ton

agréable. Je suppose que les animaux ne sont pas non plus autorisés à rendre visite aux habitants ?

Il hésita, puis acquiesça.

— Si, tant que vous nettoyez derrière eux.

— Je n'y manque jamais, répliqua-t-il joyeusement.

Il lui adressa un dernier regard noir.

Cet homme n'avait pas l'air de connaître la joie. Il semblait être constamment de mauvaise humeur.

— On n'a aucune raison de rester. Allons à la plage, proposa-t-elle à Mugs.

Ils prirent la direction de la voiture. Une fois tout le monde à l'intérieur, elle commanda un café dans un drive-in voisin et se rendit à la plage.

En arrivant, Doreen constata que les chiens n'étaient pas admis ici non plus. Elle lut le panneau et fronça les sourcils. Elle avait le droit de les promener sur le trottoir, mais pas sur la plage de sable, là où Mugs voulait vraiment marcher.

— Quelle déception, soupira-t-elle.

Elle longea le trottoir, s'efforçant de retenir Goliath et Mugs qui voulaient tous deux descendre sur le sable.

Elle finit par abandonner.

— On rentre à la maison. Je ne vais pas passer mon temps à me faire traîner et à vous disputer.

— Vous êtes sûr ? intervint une voix masculine. Ils ont l'air de vouloir piquer une tête.

— En effet, sauf que les chiens ne sont pas autorisés, répondit-elle en désignant les panneaux.

L'homme leva les yeux au ciel.

— Pas étonnant. Tout ce qui est amusant dans cette ville est interdit.

Elle l'avisa avec curiosité. Il n'était pas très vieux, une trentaine d'années, d'après elle.

Il s'approcha de Mugs, qui était bien content d'avoir de l'attention et de ne plus lutter pour descendre à la plage.

— Votre chien est magnifique, dit-il, avec un sourire.

— C'est vrai. Allez, Mugs. Rentrons.

— Rentrer *où* ? l'interrogea-t-il avec intérêt.

— Je vais les ramener à la maison et nous irons jouer dans la rivière au lieu de nous disputer au sujet du panneau.

— Vous voyez ? C'est ça le problème. La plage devrait être pour tout le monde.

— Je suis d'accord. Mais il est clair que je n'ai pas le droit de les détacher, et Mugs ne coopérera pas s'il ne peut pas sauter dans l'eau.

— Tous les chiens aiment l'eau. Je sais qu'il y a quelques parcs pour chiens dans le coin.

Il se retourna et fronça les sourcils, comme s'il les apercevait dans son champ de vision.

— J'aurais dû me renseigner avant de venir. J'étais dans le coin et je pensais pouvoir les promener. Ce n'était manifestement pas une bonne idée.

— C'est une excellente idée, objecta-t-il. Cette ville n'est pas très généreuse avec les chiens.

Doreen n'approuvait pas cette remarque. La plupart des gens s'étaient montrés sympathiques à son égard.

— Ce n'est pas grave.

Elle le salua d'un geste de la main et tira sur la laisse de Mugs.

— Allez, viens. Ça suffit maintenant.

Il obtempéra, mais il n'était pas content.

— Je sais. Quand on rentrera à la maison, on ira à la rivière.

— Où habitez-vous ? lui demanda l'homme au loin.

Elle fit semblant de l'ignorer, car la dernière chose qu'elle voulait, c'était d'avoir affaire à un étranger qui se présenterait à sa porte. L'homme répéta sa question et Mugs s'arrêta pour aboyer.

— Non, non et non, marmonna-t-elle. Allez. Rentrons à la maison.

Elle le réprimanda jusqu'à sa voiture.

Elle réussit tant bien que mal à le faire monter, tandis que Goliath boudait. Thaddeus était toujours lové dans son cou.

— Je ne sais pas ce qui te prend, Mugs. Je suis désolée que la plage soit interdite. Et oui, ça aurait pu être un endroit génial, mais nous n'étions pas les bienvenus, et tu ne pouvais pas y aller sans laisse.

Lorsqu'elle prit conscience qu'elle était dans sa voiture en train de raisonner un chien, elle grommela.

Après avoir mis le contact, elle remarqua la présence du même homme à proximité. Elle lui sourit et sortit rapidement du parking. Elle ignorait pourquoi il la mettait mal à l'aise. Peut-être était-ce parce qu'il lui posait des questions personnelles auxquelles elle n'était pas prête à répondre, et qu'elle n'avait pas de réponses toutes faites. Cherchait-il à l'aborder ? Elle n'aimait pas franchement les rendez-vous non plus.

À ce moment-là, Mugs se montrait très peu coopératif, ce qui était également inhabituel. Elle lui lança un regard noir en rentrant chez elle.

— Qu'est-ce que c'était que ça ? Ça ne te ressemble pas du tout.

Il aboya de nouveau, puis s'affala sur le plancher du véhicule avant de laisser tomber sa tête sur ses pattes.

— Je me sens mal, maintenant. Je suis désolée, mais je dois suivre *certaines* règles. Sinon, il va nous arriver des ennuis.

C'était une chose pour elle d'avoir des ennuis, c'en était une autre d'avoir des ennuis avec les animaux. Jusqu'à présent, tout le monde appréciait leur présence, et la plupart des gens étaient bienveillants. Mais elle ne pouvait pas se permettre de recevoir des amendes, car elle n'irait pas bien loin avec ses économies dans ce cas.

— Et si on allait voir Nan ? proposa-t-elle.

Doreen espérait que cela remédierait à la déception de Mugs.

Il dressa les oreilles. Pendant qu'elle conduisait, elle réfléchit, puis se décida en pénétrant dans son allée.

— Allons-y à pied, en longeant la rivière.

Au moment où elle atteignait la rivière et envisageait de s'asseoir un instant, Nan l'appela.

— Je pensais venir te rendre visite, répondit la jeune femme.

— C'est pour ça que je t'appelle. Tu devrais venir.

— Pourquoi ?

— On a quelques informations pour toi.

— D'accord, acquiesça Doreen en fermant les yeux. Mugs est vexé parce que je n'ai pas pu l'emmener à la plage. Il y avait des panneaux « Chiens interdits » partout.

— N'est-ce pas stupide ? répliqua sa grand-mère. Tout cet espace, toute cette belle plage, et ils ne laissent pas les chiens s'amuser.

— C'est frustrant et Mugs est remonté contre moi.

— Alors, amène-le. Je vais raviver sa bonne humeur, conclut la vieille dame avant de raccrocher.

Chapitre 9

DOREEN ÉTAIT À quelques pas de chez Nan, et Mugs se comportait toujours bizarrement. Elle ne savait pas trop ce qu'il lui arrivait, mais il n'avait pas l'air d'être très content. Lorsqu'ils tournèrent à l'angle de la rue, le chien aperçut Rosemoor droit devant lui, et il accéléra la cadence, entraînant Doreen derrière lui.

— Hé, hé, hé ! cria-t-elle. Ne nous affolons pas.

Mais, comme précédemment, il n'écouta pas. Il traça vers Nan et sauta même par-dessus la petite barrière de la terrasse pour la saluer.

— Il est bizarre depuis ce matin, souligna Doreen, qui s'arrêta de marcher. Je ne sais pas ce qu'il lui prend.

— Il a vu quelque chose qu'il désirait vraiment, et il n'a pas pu l'avoir. Ils sont comme les enfants. N'importe qui serait déçu de ne pas avoir ce qu'il ou elle souhaite.

Doreen y réfléchit et haussa les épaules.

— Possible. Il avait l'air de vouloir se jeter dans l'eau à la plage.

— Tu devrais peut-être l'emmener dans un parc pour chiens, où il serait libre et pourrait patauger.

— Dans ce cas, autant rester au bord de la rivière, objecta Doreen. Il peut tout aussi bien patauger dans le ruisseau. Il le fait tout le temps.

Nan rit.

— C'est logique, et tu as raison. Pourquoi l'emmener dans un endroit où il risque d'avoir des ennuis, alors qu'il peut se défouler librement ici. Cependant, un changement de décor pourrait lui faire du bien.

— Il aurait pu s'en remettre, sauf que… Je ne lui ai pas laissé le temps de jouer en venant ici. Alors, il est encore plus en colère contre moi.

— Eh bien, ce n'est facile pour personne, raisonna Nan en caressant Mugs. Qu'est-ce qu'il y a, mon grand ?

Il aboya à plusieurs reprises, comme s'il essayait de lui raconter ses malheurs, puis finit par s'effondrer à ses pieds en la regardant avec adoration.

Doreen s'assit à la table de la terrasse.

— Il a l'air d'aller mieux, maintenant qu'il est là.

— Évidemment, rétorqua Nan de sa voix énergique. Il a tout pour se sentir mieux, il est chez lui ici.

— Un foyer parmi tant d'autres, approuva Doreen, avec un sourire pour sa grand-mère. Tu aurais des informations pour moi ?

— Oui et non. Je voulais seulement que tu viennes pour qu'on puisse en discuter.

— Me voilà. Quoi de neuf ?

Nan zieuta plusieurs fois autour d'elle pour s'assurer que personne n'écoutait.

Doreen arqua un sourcil.

— Tu penses que quelqu'un pourrait nous entendre ?

— On ne sait jamais par ici, répondit Nan, d'un air presque contrarié. Beaucoup de résidents ont les oreilles qui traînent.

La jeune femme attendit que son aïeule apporte la théière et qu'elle s'assoie enfin avec elle. Doreen se demanda si l'attitude de sa grand-mère n'était pas due à sa solitude. Ce qui irait dans le sens du comportement de Mugs.

— Je crois que quelque chose ne va pas chez Mack, finit par déclarer la vieille dame.

La mâchoire de Doreen se décrocha.

— Quoi ?

Nan haussa les épaules.

— Darren a dit que Mack envisageait de prendre un congé.

— Qu'est-ce que tu racontes ? s'enquit Doreen, les sourcils froncés.

— Je pense qu'il est fatigué, usé, et qu'il devrait prendre quelques jours de repos, c'est tout. Mais je devine que tu n'étais pas au courant que Mack comptait prendre des congés, n'est-ce pas, ma chérie ?

Doreen secoua lentement la tête.

— Non, il ne m'a rien dit à ce sujet.

— Tu devrais lui parler.

Doreen se massa les tempes.

— Je pense que, si quelque chose n'allait pas, il me l'aurait dit, ajouta-t-elle d'un ton hésitant.

— C'est possible. Et peut-être… qu'il a seulement besoin d'attention.

Doreen leva les yeux au ciel.

— Ce n'est pas un écolier comme les autres.

Ce fut au tour de Nan d'arquer un sourcil.

— Tu sais quoi, ma chérie ? Tu dis toujours des choses très bizarres.

Sa petite-fille soupira.

— Je sais, je sais. Mack est fidèle à lui-même, conclut

Doreen, avec un autre soupir.

— Je pense que tu n'apprécies pas spécialement ce qu'il traverse.

— Pas du tout. Il a toujours été très autonome, organisé et indépendant, donc c'est difficile d'évaluer ce qu'il traverse.

— Tout à fait, reconnut la vieille dame.

— Pourquoi Darren est-il au courant ?

— Comme je l'ai dit, Darren a appris que Mack envisageait de prendre un congé.

— Il a repris le travail très rapidement après s'être fait tirer dessus, lui rappela Doreen.

— À mon avis, tu dois faire davantage pour Mack.

La jeune femme grimaça.

— Tu crois ?

— Oui, et Richie aussi.

Doreen grommela.

— Vous êtes incapables de nous laisser nous débrouiller seuls, je me trompe ?

— Vous êtes tellement mauvais, marmonna Nan.

Elle dévisagea sa grand-mère. Elle ne s'attendait pas à se prendre ça en pleine figure. Pour sa défense, Doreen répliqua :

— Il travaille sur de nombreuses enquêtes. Surtout en ce moment, il en a deux qui lui causent des problèmes. Malgré ça, et la fatigue, je ne pense pas qu'il y ait de problème.

— Je pense que tu as tort.

— Éclaire ma lanterne, alors.

— J'ignore l'essentiel. C'est à toi de le découvrir. Mais… tu dois accélérer le rythme. Sans tarder.

Doreen redoutait la tournure de cette conversation et des événements.

— Sans doute, mais… D'accord, je parlerai à Mack afin

de voir ce qu'il en est.

— Et plus vite que ça.

Cet avertissement répété trahit l'inquiétude de Nan.

— Quel est le problème à ton avis ? lui demanda Doreen.

— Je ne sais pas. N'empêche que… quelque chose tracasse Mack, et tu dois en découvrir la source.

— Tu crois ? Je n'ai pas constaté de problème.

— *Toi*, peut-être, mais nous, si.

— Très bien, je parlerai à Mack plus tard… céda Doreen. Quand il aura quitté le travail.

Nan étudia l'expression de Doreen afin de voir si elle était sincère et acquiesça.

— D'accord, ça devrait suffire.

— Suffire ?

— *Suffire* à apaiser mes craintes, précisa sa grand-mère. En revanche, tu dois t'exécuter rapidement, car j'ignore ce qu'il se trame.

— Nan, je ne veux pas que tu t'affoles à ce sujet.

— C'est trop tard, cingla-t-elle. On a remarqué que Mack avait changé et, pour moi, il est évident que quelque chose ne va pas.

— OK, il y a peut-être quelque chose qui ne va pas dans la vie de Mack, reconnut Doreen avec prudence, mais je ne pense pas que ce soit de la plus haute importance.

— C'est parce que tu ne vois pas les mêmes choses que nous, rétorqua Nan.

Doreen n'appréciait pas la tournure que prenait cette discussion.

— Entendu, je parlerai à Mack ce soir, affirma-t-elle, les sourcils froncés.

— Bien, approuva sa grand-mère avant de changer de

sujet. Comment se passe ton enquête ?

— Pas très bien, admit Doreen. Tous ceux à qui j'ai parlé jusqu'à présent pensaient que le petit ami ne méritait pas Annabelle. Personne ne l'apprécie vraiment. Je ne suis pas encore allée au bar et je n'ai parlé à aucune des personnes de l'entourage de Joseph. J'ai parlé à l'une des clientes, à la voisine et au concierge. Tout le monde encense Annabelle et critique Joseph, rien qui tienne la route.

— C'est souvent comme ça.

Nan avait raison, malheureusement. Souvent, les femmes qui travaillaient dur étaient appréciées et, selon tout le monde, elles méritaient un meilleur partenaire.

— Nous n'avons toujours pas de motif. Et comme ils n'avaient pas payé leur loyer, l'argent était clairement un problème.

Nan grommela.

— L'argent est la racine de tous les maux dans ces cas-là, n'est-ce pas ? Mack n'aurait pas de problèmes d'argent par hasard ?

Doreen la regarda avec surprise, puis secoua lentement la tête.

— Non, il n'a pas de problèmes d'argent.

— Tant mieux.

Sa grand-mère reprit la conversation en cours, avant de revenir à Mack quelques minutes plus tard.

— Écoute, Nan, s'exaspéra Doreen. Je t'ai déjà dit que je lui parlerai, et je tiendrai ma promesse. Ton inquiétude n'arrange rien.

La vieille dame tapota la table avec ses doigts.

— Je veux m'assurer que tout va bien, c'est tout, répliqua-t-elle sèchement. J'aime Mack. Je ne veux pas qu'il lui arrive quelque chose.

— Et tu penses sincèrement que quelque chose ne va pas ?

— Oui ! affirma-t-elle, hochant brusquement la tête. Quelque chose ne tourne pas rond.

— J'ai compris. Je lui parlerai plus tard. Passons à autre chose.

Nan parut enfin se calmer.

Elles continuèrent à discuter, mais après les déclarations inquiètes de Nan, une atmosphère étrange s'installa, comme si la vieille dame était de nouveau stressée à propos de Mack. Doreen se leva.

— Je vais ramener les animaux à la maison et on va se poser près de la rivière pour se détendre.

— Bonne idée, approuva Nan. Peut-être que tu pourrais inviter Mack.

— Ça pourrait lui faire du bien, consentit Doreen, sans rien promettre.

Elle rentra chez elle, accompagnée de ses animaux. Sans trop savoir pourquoi, sa grand-mère s'inquiétait réellement pour Mack. L'inquiétude de cette dernière commençait à déteindre sur la jeune femme, qui appela Nick.

— Waouh, deux appels en moins de vingt-quatre heures, la taquina-t-il. Je suis flatté.

Elle comprit qu'il se moquait d'elle.

— Mon œil, répliqua-t-elle en riant.

— Tu as des ennuis ? lui demanda Nick avec curiosité.

— Pas du tout, cependant, ma grand-mère est persuadée que quelque chose ne va pas chez Mack.

— Comment ça ?

— J'ignore comment le décrire, mais elle est dans tous ses états.

— Je lui ai parlé tout à l'heure. Il m'a dit qu'il était fatigué, c'est tout.

— Darren, l'autre policier que nous voyons tout le temps à la maison de retraite, aurait dit que Mack envisageait de prendre quelques congés.

Nick émit un bruit étrange.

— J'en doute fort. Néanmoins, Mack aura bientôt quelques jours de repos, car il ne peut pas travailler plus d'un certain nombre d'heures d'affilée.

— C'est ce dont il devait parler, devina Doreen, soulagée.

— Peut-être. Pourtant, il n'y a pas lieu de s'inquiéter autant.

— Tu ne connais pas ma grand-mère, s'amusa Doreen. Elle est un peu perchée, mais elle a le cœur sur la main. Je verrai comment va Mack quand je l'appellerai.

— D'accord. C'est plutôt sérieux entre vous, *non* ?

— Je ne sais pas si c'est sérieux, répondit-elle prudemment. Je peux te dire que… discuter de ce qu'il y a entre nous n'est *pas* à l'ordre du jour… Donc on n'en a pas beaucoup parlé.

Nick éclata de rire.

— C'est un indice ?

— Je ne sais pas, répéta-t-elle. J'ai l'impression que, au moment où je règle une chose, une autre vient tout embrouiller.

— Je pense que tout est clair entre mon frère et toi, déclara Nick. En revanche, il se sentirait mieux si votre relation était mieux définie.

Doreen grimaça.

— Tu n'es pas la première personne à me faire cette remarque. Je n'ai vraiment pas envie d'y penser pour l'instant.

— J'imagine, pas avec le divorce en cours, reconnut

Nick. Et tu n'as pas besoin que je te mette la pression.

— En effet, j'en subis déjà assez comme ça.

— Es-tu mêlée à une nouvelle affaire ? l'interrogea-t-il avec curiosité.

— Oui, et malheureusement, c'est l'enquête de Mack.

— Je croyais que tu n'avais pas le droit de t'en mêler...

— Oui, mais que faire quand l'un des principaux suspects vient me voir et me demande de l'aider à se disculper ?

— C'est vrai ?

— Oui. Alors, je ne sais pas quoi faire.

— Je suppose que Mack n'est pas content. D'un autre côté, c'est intelligent de la part du suspect.

— Intelligent, comment ça ?

— Eh bien, en faisant ça... il se débarrasse de tous les soupçons qui pèsent sur lui. Bref, je dois y aller, conclut-il avant de raccrocher.

Elle resta à fixer son téléphone du regard, se demandant ce que Nick insinuait. Son téléphone sonna de nouveau, et elle fut tentée de ne pas répondre. Mais elle vit le numéro de Mack et décrocha.

— Allô.

— Waouh, tu as l'air fatiguée.

— Tu trouves ? J'aimerais vivre recluse en ce moment.

— Tu essaies de me faire passer un message ?

— Non, répliqua-t-elle d'un air contrarié. Tu es la seule personne que j'ai envie de voir. Mais les autres ? Ils ont l'air de tous se mélanger les pinceaux. Aujourd'hui, j'ai l'impression de faire du hors-piste. Soit ça, soit c'est moi le problème, et dans ce cas, j'ai besoin d'une pause.

— Ah, je comprends. As-tu dit à mon frère que je n'allais pas bien ?

— Oui, admit Doreen. Je viens de l'avoir au téléphone

parce que Nan ne cesse de me rabâcher son inquiétude. Elle est persuadée que quelque chose ne va pas chez toi.

Un moment de silence s'ensuivit.

— Sérieusement ?

— Oui. Alors, au cas où tu aurais l'intention de quitter la ville ou de faire quelque chose de complètement fou, dingue et farfelu, ou stupide, tu dois prendre conscience que beaucoup de gens à Kelowna sont apparemment touchés par tout ce que tu fais et comment tu le fais.

— Oh, bon Dieu.

Le policier se mit à rire.

Le son était tellement contagieux que la jeune femme sourit.

— Tu vois ? Je me sens déjà mieux. Tu n'as pas l'air aussi épuisé qu'hier.

— Je n'ai pas dormi de la nuit, commenta Mack, sans s'arrêter de rire.

— Qu'est-ce que c'est que cette histoire de congés ?

— Des congés ? s'étonna-t-il.

— Oui, et ne t'en prends pas à lui, mais Darren aurait soi-disant dit que tu allais prendre des congés, donc Richie est allé voir Nan, qui est venue me voir. Enfin, je suis allée la voir… quand elle m'a appelée. Bref, tu vois l'idée. Et tout le monde pense que tu as le cœur brisé, que tu es épuisé ou que tu as repris le travail trop vite après avoir reçu une balle, ce qui, nous le savons tous, est tout à fait vrai, néanmoins tu ne veux pas l'admettre, énonça-t-elle. Qui sait ce qu'ils imaginent d'autre ?

Mack se remit à rire à gorge déployée.

— C'est drôle. Je pensais que tout le monde s'en moquait.

— La plupart du temps, ils se font du souci pour toi,

mais parfois je me demande s'ils ne s'ennuient pas simplement.

Le caporal rit de plus belle.

— J'avais besoin de ça. C'était une mauvaise journée.

— Pour moi aussi.

Elle expliqua sa virée chez Annabelle et la colère de Mugs suite à l'incident de la plage.

— Alors, je vais l'emmener à la rivière, me détendre et le laisser jouer dans l'eau. Et je ne veux pas faire ni penser à quoi que ce soit. Je te jure, Mugs est toujours en colère contre moi. Son regard…

— Oh, il s'en remettra. Je te proposerais bien de venir dîner chez toi, mais on dirait que tu as déjà des projets.

— Tu pourrais faire partie de mes projets, surtout si tu as besoin d'un peu de temps pour te détendre. La rivière est vraiment idéale pour ça, tu sais ?

— Tu as raison. Et, si tu es d'accord, je viendrai dès que j'aurai terminé ma journée.

— D'accord. Toutefois, je n'ai pas grand-chose à cuisiner.

— Je suis sûr qu'on peut se débrouiller.

— Entendu, à condition que tu sois prêt à manger ce qu'il y a ici, le prévint-elle.

— Comme toujours. Je serai là dans une heure.

Et il raccrocha.

C'est ainsi que, le sourire aux lèvres, Doreen se dirigea vers la rivière pour l'y attendre. Sa journée prenait enfin une tournure positive, et elle s'en réjouissait.

<h1 style="text-align:center">Chapitre 10</h1>

L E LENDEMAIN MATIN, l'aube était claire et lumineuse. Doreen se leva, prépara du café et, au lieu de s'asseoir sur la terrasse, se rendit directement à la rivière. Elle s'assit sur le rivage, détendue. La jeune femme était encore fatiguée, somnolente même. Tandis que les animaux se livraient à leur habituelle exploration matinale autour d'elle, elle essaya de réveiller son cerveau. Elle ignorait ce qui l'attendait aujourd'hui. Elle ne se sentait pas à l'aise à l'idée de se mettre en travers du chemin de Mack, dû à leur accord tacite.

Même s'il la réprimandait sans cesse à ce sujet, et qu'elle le taquinait, Doreen comprenait parfaitement que la mort d'Annabelle faisait l'objet d'une enquête policière active. Et maintenant que le seul suspect, Joseph Moody, était hors de cause, elle n'avait pas le droit de s'en mêler de quelque manière que ce soit. Pourtant… quelque chose n'allait pas. Elle réfléchit aux aléas de toutes ces affaires qui s'étaient présentées à elle.

Dans ce cas, elle savait qu'il lui faudrait un certain temps avant de pouvoir laisser tomber. Elle s'était impliquée, et cela semblait être l'un des problèmes. Une fois qu'elle s'intéressait à quelque chose, comment était-elle censée s'en détacher ? Malgré cela, elle n'avait aucune raison de poursuivre son enquête. Même si Joseph lui avait demandé de continuer, ce n'était pas la meilleure voie à suivre. C'était d'ailleurs la partie qui serait la plus difficile pour elle, et elle soupira.

Lorsque Nan l'appela quelques minutes plus tard, Doreen lui demanda :

— Qu'as-tu de prévu aujourd'hui ?

— Je ne sais pas, répondit sa grand-mère. Je prenais juste de tes nouvelles. Et celles de Mack.

— Je vais bien. Et Mack était amusé d'apprendre que certaines personnes se soucient de savoir s'il va bien. Tu peux donc arrêter de t'inquiéter pour lui. Quant au meurtre d'Annabelle, le seul suspect a été innocenté hier. Maintenant que Joseph a été évincé de la liste des suspects, je suppose que je n'ai plus vraiment de raison de travailler sur son affaire.

— Pourquoi pas ? Tu pourrais t'assurer qu'il ne s'y retrouve pas à nouveau, non ?

— Nan, c'est l'enquête de Mack. Ce n'est pas une affaire classée.

Le ton de la vieille dame devint énigmatique.

— C'est vrai, mais si je te disais que le frère d'Annabelle a été assassiné il y a plusieurs années…

Doreen se raidit.

— Ah oui ?

— Tout à fait, affirma Nan, d'une voix presque suffisante.

— Comment se fait-il que je n'en aie pas entendu parler ?

— Parce que c'était il y a longtemps. Je suppose que dans l'esprit des flics, il s'agit d'une affaire résolue, pas d'une affaire classée.

— Ce qui veut dire qu'ils ont trouvé le coupable ?

— Oui.

— Je vois, mais ça ne veut pas dire que ça a un lien avec le présent.

— Non, s'esclaffa Nan. Cependant, ça te donne une excuse pour te pencher sur la question, n'est-ce pas ?

Doreen sourit, car elle avait pleinement conscience de ce que sa grand-mère essayait de faire. Cette dernière savait que, si sa petite-fille arrêtait son enquête, cela l'anéantirait. Elle lui avait donc trouvé la brèche dans laquelle se faufiler.

— Tu as des informations ?

— On en a quelques-unes, répondit Nan. Si tu viens me rendre visite dans quelques heures, on devrait en avoir suffisamment pour que tu puisses prendre les devants.

Après s'être mises d'accord pour que Doreen passe en milieu de matinée, cette dernière raccrocha. La jeune femme se sentit redevable auprès du caporal, qu'elle appela.

— Tu savais que le frère de ta victime a été assassiné lui aussi ?

Le silence se fit à l'autre bout du fil.

— Tu as fini par le découvrir.

— Tu essayais de me cacher cette information ?

— Imagine ça, plaisanta-t-il. Moi qui essaie de te cacher un détail à propos de mon affaire.

— *Imagine ça*, répéta Doreen en riant. De plus, ça me donne une petite marge de manœuvre pour passer l'affaire en revue.

— Non. Ce n'est pas une affaire classée.

— Tu es sûr ?

— Certain. Quelqu'un a été condamné pour ce crime. Il a avoué.

— Oh, souffla Doreen, déconcertée.

— Eh oui, donc tu vas devoir chercher autre chose pour tes futures cabrioles.

— Qui utilise encore ce mot ? se moqua-t-elle.

Il rit.

— Aucune idée. Ça me paraissait approprié.

— Je vois. Donc, le type est toujours en prison ?

— Je ne sais pas, reconnut le policier. Je peux te retrouver cette information. Laisse-moi une minute.

Puis il raccrocha.

Elle resta assise au bord de l'eau en attendant son appel.

— Il a été libéré il y a six mois, indiqua-t-il.

— Timing intéressant, tu ne trouves pas ?

— On bosse sur le sujet. Je n'ai pas besoin de te dire de ne pas t'approcher de ce type, n'est-ce pas ?

— Eh bien, si je tombe sur lui et l'interroge sur ce qu'il lui est arrivé, tu n'auras pas le droit de t'énerver contre moi.

Il se faisait certainement un sang d'encre, mais elle l'avait dit d'une voix si innocente qu'il ne put s'empêcher de rire.

— Tu ne connais pas cet homme. Il a assassiné un jeune garçon.

— Quelles étaient les circonstances ?

— Je n'ai pas son dossier sous les yeux, toutefois je sais qu'il a été inculpé pour meurtre.

— Ah, donc c'est peut-être un accident de voiture avec délit de fuite, un trafic de drogue qui a mal tourné, ou tout autre chose.

Mack soupira.

— Et encore une fois, je n'ai pas les détails, donc je ne peux pas te répondre.

— Ce n'est pas grave. J'obtiendrai les informations que je veux, afin de pouvoir le rayer de ma liste.

— Je suppose que je ne peux pas t'en dissuader, n'est-ce

pas ?

— En effet. Et comme ce n'est pas vraiment lié à ton enquête, je devrais être tranquille, lança-t-elle, puis elle ajouta avant de raccrocher : bonne journée !

Il devait être furieux qu'elle lui ait raccroché au nez, mais parfois, il valait mieux ne pas le laisser se reposer sur ses lauriers.

Le moment venu de se rendre chez sa grand-mère, Doreen appela ses animaux.

— Allons voir Nan !

— Nan, Nan, Nan, scanda Thaddeus, en trottinant vers le ruisseau.

Pour ne pas être en reste, Goliath, remarquant la direction prise par le groupe, les devança, puis s'allongea sur le sentier pour les attendre. Elle s'émerveillait de sa capacité à avoir l'air blasé et pourtant être toujours le premier à s'attirer des ennuis. Mugs, quant à lui, était tout simplement heureux de se promener, s'arrêtant pour sentir les pierres et les buissons, levant la patte à quelques reprises, tout au long du chemin qui les menait à Nan.

En s'approchant de la terrasse, Doreen regarda autour d'elle pour repérer la présence du jardinier de Rosemoor. La voie semblait libre, alors elle s'élança sur la pelouse et sauta sur la terrasse de sa grand-mère.

— Nan, tu es là ?

— Je suis là, répondit-elle de l'intérieur. Je prépare le thé.

Pour Nan, le thé était la réponse à tout, alors que pour Doreen, c'était le café. Et beaucoup de gens préféraient l'alcool, mais ce qui convenait à chacun ne préoccupait pas Doreen – tant que personne n'était blessé ou à moins qu'il ne s'agisse d'un mystère. Il se passait suffisamment de choses dans le monde, critiquer les choix d'autrui n'était pas utile.

Mugs se précipita dans l'appartement pour saluer la vieille dame. Goliath retrouva sa place habituelle sur l'une des grandes jardinières. Et Doreen s'assit à la petite table, Thaddeus sur son épaule.

Nan sortit une minute plus tard, avec un sourire radieux.

— Te voilà, lança-t-elle avec un petit rire. Je me doutais que tu ne serais pas en retard.

— Quand je le peux, j'essaie de ne pas l'être.

Nan sourit de plus belle en posant la théière sur la table, avant de retourner chercher les tasses, le lait et le sucrier. Depuis qu'elle avait entendu parler de Peggy et du sucrier, ce qui avait conduit au meurtre de Chrissy, Doreen se tenait à l'écart des sucriers. Il était insensé de penser que cela se produirait une deuxième fois ici à Rosemoor, mais on n'était jamais trop prudent.

Nan fit un dernier aller-retour, et sa petite-fille l'observa avec curiosité apporter un panier, probablement rempli de douceurs. Elle arqua un sourcil.

— Tu as encore pillé la cuisine ?

— Pas du tout, s'esclaffa Nan. Cependant, s'ils nous autorisent à ramener des choses chez nous, qui suis-je pour argumenter ?

— Je ne veux pas qu'ils pensent que je vole ta nourriture, maugréa Doreen avec une grimace, avant d'esquisser un sourire en contemplant le panier. Mais maintenant que c'est là, on ne peut pas les ramener.

Nan sourit malicieusement.

— Non, alors sers-toi.

— J'ai peur qu'ils s'en prennent à toi.

— Oh, ils ne seront pas fâchés contre moi. Nous avons attrapé un meurtrier qui travaillait ici même à Rosemoor, grâce à toi, ma chérie. Personne ne te refusera quelques sucreries lors de tes visites. Ils se sentent en sécurité avec toi, et ça vaut tout l'or du monde à leurs yeux.

— Oui, mais je ne paie rien, marmonna Doreen.

— Ils ne t'ont pas payée pour résoudre le meurtre non plus, lui rappela Nan. Alors, détends-toi et profite.

Doreen n'avait pas grand-chose à répondre à cela. Elle repoussa le torchon et sourit devant les crumpets et ce qui ressemblait, selon elle, à des scones. Elle tourna son sourire vers Nan.

— Tu as apporté tout un assortiment.

— C'est bien d'avoir le choix, rétorqua sa grand-mère avec un large sourire.

Doreen en prit un de chaque.

Nan fit de même.

— J'ai pris mon petit déjeuner tout à l'heure, mais je ne vais certainement pas refuser ça. Ils sortent tout juste du four. Je ne comprends pas pourquoi la cuisine fait ça. Ils nous servent à manger, puis ils débarquent avec ça, et on se retrouve à devoir trouver de la place.

— Ou tu es censée le manger plus tard, suggéra Doreen.

— Je le mange plus tard, effectivement, répliqua Nan en consultant sa montre. J'ai petit-déjeuné tôt ce matin. Je suis plus que prête pour une collation à présent.

— Tu as une journée bien remplie ?

— Oui, encore un tournoi de bowling sur gazon, soupira la vieille dame. Si seulement on pouvait le remporter.

— Je suis persuadée que vous vous amusez beaucoup, même si vous perdez.

— Certes, mais je reste une compétitrice dans l'âme, comme tu l'as peut-être constaté.

Doreen se contenta d'opiner du chef, car elle savait

combien sa grand-mère aimait la compétition. Et elle était toujours étonnée de la voir en action.

— Avec un peu de chance, ce sera une journée victorieuse.

— Je l'espère. Sinon, il y aura d'autres tournois, acquiesça Nan.

— Exactement.

Sur ce, Doreen ouvrit le scone en deux et le beurra. Elle huma ensuite en souriant.

— Ce genre de choses me manque, murmura-t-elle.

— Il n'y a pas lieu de s'en priver, fit Nan. C'est facile à faire, et si tu préfères les acheter, ils ne sont pas chers.

— Peut-être, mais tant que je ne serai pas un peu plus stable financièrement, j'ai le sentiment que ce genre de choses ne seront pas abordables.

— Tu fais bien de venir ici, alors, souligna sa grand-mère, le sourire aux lèvres. Parce qu'il y en a sur la table.

— Grâce à toi, s'amusa Doreen.

— Qui d'autre ferait ça pour toi ? Tu dois te débrouiller seule dans ce monde, avec tous les autres qui veulent ta peau.

Ce n'était pas la façon de penser habituelle de sa grand-mère. Doreen fronça les sourcils.

— Tu penses vraiment ce que tu dis ? l'interrogea la jeune femme.

— Parfois, il faut se poser des questions. Il se passe tellement de choses dans la vie que ce n'est pas toujours une partie de plaisir.

— Tu as raison. D'ailleurs, nous avons été témoins de toutes sortes d'événements peu plaisants en ville.

Une dizaine de minutes s'écoulèrent et Nan lança :

— Tu ne t'étends pas beaucoup sur cette enquête.

— Le problème, c'est que je ne peux pas faire grand-chose.

Doreen dévoila le peu d'informations que Mack lui avait fournies.

— Tu devrais au moins appeler l'homme qui a assassiné le frère d'Annabelle.

Doreen redressa la tête.

— Tu sais qu'il est sorti de prison ?

— Oui. C'est…

La vieille dame se tut, fronça les sourcils et observa son appartement.

— Je ne me rappelle plus qui me l'a dit, mais ça a été abordé au petit déjeuner ce matin. Il est sorti de prison depuis environ six mois, ajouta Nan.

— Quelqu'un a ses coordonnées ?

— Non. Nous connaissons seulement son nom.

— Qui est ?

— Nathan Landry.

— OK. Je réussirai peut-être à le retrouver, convint Doreen, avant de reprendre sa dégustation.

— Ça n'a pas l'air de t'intéresser, s'étonna Nan.

— Si, seulement je n'ai rien pour relier ces deux meurtres. Et Mack est au courant de l'existence de ce Nathan, donc il est aussi sur le coup. Ma chance de travailler sur l'affaire Annabelle s'est envolée.

— Tant que Mack enquête, tu ne peux rien faire ?

— En quelque sorte, reconnut Doreen, la mine renfrognée.

— C'est triste d'avoir les mains liées par la loi, soupira Nan.

Doreen éclata de rire.

— C'est une façon de voir les choses. Néanmoins, ce n'est pas forcément le cas.

— J'espérais que tu répondrais ça. Malgré tout, tu n'as pas l'air dans ton assiette.

— Non, c'est juste que, si Mack étudie le dossier, je ne peux rien faire.

La jeune femme se remit à manger.

— Ça me paraît tellement étrange de t'entendre dire ça, répliqua Nan.

— Je pourrais enquêter, si c'était une affaire classée, mais ce n'est pas le cas… Je sais que Nathan a commis un crime, qu'il a été accusé de meurtre et qu'il a purgé sa peine. J'ignore tout le reste. J'irai à la bibliothèque après ça, précisa la jeune femme en désignant son assiette.

— Ah… souffla sa grand-mère en se calant dans sa chaise. C'est logique. Je ne comprenais pas pourquoi tu étais aussi blasée.

— Oh, je ne suis pas blasée. Je préfère profiter de ces douceurs d'abord. Ensuite, j'irai à la bibliothèque, et on verra ce qui se passe.

— Très bien. C'est tout aussi important.

— Oui. Et je me répète, mais c'est l'affaire de Mack.

— Entendu, concéda Nan. Nous allons devoir trouver une solution pour que Mack partage ses infos.

Doreen éclata de rire.

— Il n'aime pas du tout partager.

Nan lui décocha un clin d'œil.

— Je te le confirme, surtout quand il s'agit de ses enquêtes. Si tu ne peux rien faire pour celle-ci, tu te replongeras dans celle de Bob Small ?

— Peut-être. J'ignore pourquoi cette tâche semble plus considérable.

— Parce qu'elle l'est, étant donné qu'il s'agit d'un potentiel tueur en série, releva Nan.

— Et ça va me prendre du temps pour résoudre toutes ces affaires.

— C'est certain. Mais je suis persuadée que tu seras à la hauteur, ma chérie.

— Je vois toutes ces affaires classées comme des *cas pratiques*, dit-elle en regardant Nan avec un demi-sourire. Elles me mènent à la grande affaire.

— C'est une bonne façon de voir les choses, se réjouit Nan. Imagine combien tu seras célèbre si tu résous ce mystère.

— Ce n'est pas exactement comme ça que j'envisageais de me faire un nom, grinça Doreen.

— Tu devrais. Peu de gens peuvent se vanter d'avoir résolu autant de crimes que toi.

— C'est possible. Tu sais que ce n'était pas mon but principal ?

— Et c'est ce qui rend tout cela encore plus spécial, déclara Nan. Ce n'était pas ton but principal, mais lorsque l'appel s'est fait sentir, tu as répondu. C'est la raison d'être de ce travail.

Chapitre 11

D OREEN RÉFLÉCHIT À cette remarque en rentrant de chez Nan. Elle n'avait pas tout à fait compris cette *histoire d'appel*, néanmoins, elle apportait toujours son aide quand c'était nécessaire, et elle avait répondu à plusieurs appels à l'aide à maintes reprises.

Même le capitaine, après sa dernière affaire classée, l'avait souvent répété. Elle y songea un certain temps et, une fois rentrée chez elle, elle enferma les animaux et se rendit à la bibliothèque. Elle devait au moins faire toute la lumière sur l'affaire Nathan Landry, et vite.

Une fois sur place, elle consulta les informations sur ce Nathan et ne trouva pas grand-chose dans les articles. Il s'agissait d'un homicide suite à une bagarre avec coup de feu, qui avait tué le frère d'Annabelle. Ce n'était ni ciblé ni prémédité. C'était tout simplement un horrible accident dont une personne innocente avait fait les frais.

Elle fut attristée de lire ces articles de journaux. Elle n'avait pas besoin d'entendre parler de tout ça, et une mort comme celle-là en faisait partie. Néanmoins, cela lui permit de mieux comprendre qui était cet individu, ce qu'il avait fait et s'il estimait que la justice l'avait bien traité. La plupart du temps, les gens n'avaient pas l'impression d'être traités équitablement, mais dans ce cas, elle s'interrogea. Elle consulta l'annuaire local, et ne trouva aucun Nathan. En revanche, il y avait un John Landry.

Elle hésita, puis décida qu'elle s'était engagée dans cette voie et qu'elle ferait mieux d'aller au fond des choses. Elle rentra chez elle, cette pensée en tête. Dès qu'elle fut à l'intérieur, elle composa le numéro. La voix masculine qui décrocha semblait grinçante et vieille. Doreen grimaça.

— Bonjour, je cherche Nathan Landry.

Le silence s'installa.

— Qu'est-ce que vous lui voulez ?

La voix était empreinte de dédain, comme s'il pensait qu'elle était mal intentionnée.

— Je m'appelle Doreen. On m'a demandé de me pencher sur cette affaire, pour laquelle Nathan a déjà purgé sa peine.

Le vieil homme se mit à jurer.

— Monsieur, calmez-vous, s'il vous plaît. Je ne lui reproche pas ce crime récent, expliqua-t-elle.

— Alors, pourquoi m'appelez-vous ? cingla-t-il. Mon garçon a déjà beaucoup souffert.

— Je n'en doute pas, compte tenu de ce qu'il s'est passé, vous êtes tout à fait en droit de dire ça. Ce décès a attristé tout le monde.

— Nathan n'est même pas sûr d'être coupable, n'empêche qu'il était là au même moment et ils ont dit que c'était son arme.

— Avait-il une arme sur lui ?

— Oui, sauf qu'il n'y avait pas que lui. Plusieurs personnes étaient présentes. Et Nathan a essayé de l'expliquer aux flics, que c'était lui qui tenait l'arme, mais qu'il y avait d'autres personnes.

— Si je résume bien, Nathan s'est battu et le coup de feu est parti. Comme il tenait l'arme et que le garçon est décédé, il a été accusé de meurtre ?

— Oui, quelque chose comme ça.

Puis, avec une lassitude qu'elle pouvait vraiment comprendre, il ajouta :

— Laissez mon fils tranquille. Il essaie de reconstruire sa vie.

— Je comprends, monsieur Landry, et j'espère que tout le monde le laissera tranquille une fois que le meurtre d'Annabelle Hopkins aura été élucidé.

— Vraiment ? Cette famille a perdu un autre enfant ?

— Oui, la sœur a été assassinée il y a quelques jours, répondit Doreen.

— Comment est-elle morte ?

— On lui a tiré dessus.

— *Génial*, marmonna Landry. Au moment où mon garçon sort de prison, il va se faire épingler.

— Je ne pense pas qu'il soit suspect… pour l'instant.

— Mais bien sûr, grommela-t-il. Tout ex-détenu ayant un lien avec cette famille aura droit à un examen approfondi.

— Si Nathan n'avait aucun lien avec eux… il n'a aucun souci à se faire.

— Il l'a contactée parce qu'il voulait s'excuser pour ce qu'il s'était passé.

Doreen se tut un instant, avant de reprendre.

— Je comprends, et j'espère que ce n'était pas récemment.

— Si, déclara son interlocuteur avec amertume. Je regrette de lui avoir suggéré.

— C'est vous qui lui avez suggéré ?

— Oui, ça le rongeait. Nathan connaissait Annabelle parce qu'ils avaient tous été amis à un moment donné, mais mon fils connaissait mieux son père.

— D'accord, alors laissez-moi clarifier les choses. Quel âge avait le frère d'Annabelle quand il est mort ?

— 8 ans, et mon fils, 15 ans. Il en a 23 aujourd'hui.

— Le même âge qu'Annabelle.

— C'est exact.

— Elle devait donc aussi avoir 15 ans à l'époque.

— Tout à fait.

— Ça a dû être très difficile pour la famille, nota Doreen.

— En effet. Ce fut terrible pour nous tous. Je sais que mon fils l'a regretté chaque jour de sa vie. Il a passé huit ans en prison et il n'a toujours pas la conscience tranquille.

— J'imagine. Ce doit être encore plus compliqué à gérer quand il s'agit d'un accident.

— Il n'aurait pas dû porter cette arme, et je le lui ai dit à l'époque, mais il avait 15 ans, et on a tous été jeunes et stupides un jour.

— Je comprends. Annabelle a-t-elle été témoin de la scène ?

— Oui, elle a vu son frère se faire tirer dessus, et tout le reste. C'est elle qui a éloigné son frère de la bagarre, malheureusement, elle l'a placé dans la trajectoire de la balle. En fin de compte, mon fils n'aurait pas dû avoir d'arme sur lui.

L'homme parlait à présent d'une voix lasse.

— Je suis vraiment désolée, commenta Doreen. Parfois, une décision stupide devient insurmontable.

— Dans ce cas, comment peut-il la surmonter ? Si les gens savent qu'il est de retour en ville, ils ne le laisseront jamais tranquille.

— C'est possible, reconnut la jeune femme, attristée. Est-ce qu'il a un travail ? Fait-il quelque chose pour… pour… j'ai envie de dire, se *réinsérer* ? J'ignore si c'est le bon terme.

— Il travaille dans le bâtiment, pour une entreprise de pavage. C'est un travail physique difficile, qui l'aide à chasser ses démons et à reprendre goût à la vie, répondit M. Landry. Cependant, si toute cette histoire est remise sur le tapis, ça ne l'aidera pas.

— Je pense que l'entreprise l'a embauché en sachant qu'il avait un casier, non ?

— Oui, son patron est un vieil ami de la famille. En même temps, perdre cet emploi serait brutal pour Nathan.

— Je ne vois pas pourquoi ça arriverait, souligna Doreen. J'aimerais lui parler.

— À quoi ça servirait ? asséna le père.

— Je veux seulement m'assurer que personne d'autre n'était dans les parages, que personne d'autre n'était impliqué dans la mort de son frère, qui pourrait blâmer Annabelle d'une manière ou d'une autre.

L'homme parut réfléchir à l'autre bout du fil.

— Je parlerai à mon fils. Mais je ne vous garantis rien.

— Pas de soucis, le rassura Doreen avant de lui dicter son numéro de téléphone. Et si nous pouvons éviter que Nathan ne soit mêlé à ce meurtre, ce serait bien. Mais je sais que la police est déjà au courant que Nathan est sorti de prison. Ils vont donc se mettre à sa recherche.

— Évidemment. Quel est votre lien avec cette affaire ?

— Le petit ami d'Annabelle m'a demandé d'y jeter un coup d'œil.

— Vous êtes détective privée ou quelque chose comme ça ? l'interrogea-t-il avec curiosité.

Elle fronça les sourcils, car on lui posait cette question de plus en plus souvent.

— Loin de là, répondit-elle. Même si je me demande parfois si je ne devrais pas poursuivre dans cette voie. Mais ce n'est pas vraiment ce que je pensais faire de ma vie. Disons que c'est un passe-temps.

— C'est vous la détective amateur ?

— J'imagine que oui.

M. Landry s'esclaffa.

— La plupart du temps, les gens *n'imaginent* pas ce qu'ils sont.

— De temps en temps, dans la vie, on se retrouve projeté quelque part et on ne sait pas précisément comment en sortir. C'est donc là que j'ai atterri.

— C'est un peu comme mon fils. Il a décidé d'aider quelqu'un, et voilà ce qu'il s'est passé.

— Qui aidait-il ? Vous le savez ?

— Ce n'est pas mon histoire. Vous pouvez lui demander, même si je ne peux pas vous garantir qu'il vous répondra.

— D'accord.

Elle comprit qu'un autre mystère venait de se rajouter à sa liste.

— Au moins il s'efforce de se réinsérer dans la société. Espérons qu'il puisse mettre ça derrière lui.

— C'est en partie pour ça qu'il voulait parler à Annabelle. Je sais qu'elle était très traumatisée par cet événement, et comment lui en vouloir ? Elle était trop jeune pour être témoin de tout ça.

— J'ai cru comprendre que les parents s'étaient séparés et avaient déménagé.

— C'est normal. Ça fait partie des effets indésirables.

— C'est forcément très dur quand il s'agit de sa famille. Je veux dire, comment se remettre d'une telle perte ?

— Je comprends, je voulais parler de dommages collatéraux. J'en parlerai à mon fils. Sans garantie.

Ainsi, il raccrocha.

Doreen soupira, posa son téléphone et se tourna vers ses animaux.

— Des choses horribles comme ça, c'est triste, tellement triste. Personne n'aurait dû mourir ce jour-là. Personne n'aurait dû être blessé, et pourtant. Le point de non-retour a été atteint.

Mugs aboya et se dandina jusqu'à elle, puis posa ses pattes avant sur ses genoux. Elle se pencha et le serra dans ses bras. Thaddeus en profita pour sauter sur le dos du chien et déambula d'un bout à l'autre en chantant :

— Thaddeus aime Doreen. Thaddeus aime Doreen.

Elle rit, et Goliath passa devant elle, assez près pour que le bout de ses doigts effleure sa fourrure soyeuse.

— Petit effronté.

Il lui adressa un regard entendu, la queue bien droite, tandis qu'il la contournait, sans vraiment se rapprocher.

Ses animaux étaient son réconfort, sa joie. Et ils contribuaient grandement à soulager son chagrin. Tout ce gâchis la rendait triste. Mais elle ne pouvait absolument rien y faire pour l'instant.

Chapitre 12

PLUS TARD DANS l'après-midi, déconcertée par l'absence de progrès ou de piste à suivre, Doreen observait l'énorme pile de dossiers de Solomon. Elle se renfrogna, prit ses gants de jardinage et appela les animaux. Elle préférait jardiner plutôt que trier les dossiers de Solomon pour l'instant.

— À défaut d'autre chose, allons nous occuper dehors, leur proposa-t-elle.

Doreen sortit, son équipée dans son sillage. Elle devait aussi s'occuper du jardin de Millicent. Elle travailla dans le sien quelques minutes, puis se sentit coupable et appela la mère de Mack.

— Bonjour, est-ce que ça vous dérange si je viens jardiner un peu ?

— Pas du tout ! Je vais préparer du thé.

Doreen sourit. Parfois, Millicent avait seulement besoin qu'on lui rende visite. La jeune femme n'avait pas l'intention de demander à Mack de la payer pour ça ; cela ne lui semblait pas correct. Ces derniers temps, c'était devenu un moment de bavardage entre Millicent et elle. Pourtant, il fallait bien que quelqu'un s'occupe du jardin, et c'était apparemment le travail de Doreen.

Alors qu'elle s'y rendait avec les animaux, elle se demanda pourquoi elle ne voulait pas commencer à creuser le dossier de Solomon sur Bob Small, le tueur en série présumé. Elle redoutait l'importance de l'affaire, les éléments affreux qui s'y trouvaient, et elle aurait besoin de beaucoup d'aide, une aide dont elle n'était même pas certaine de pouvoir disposer. Bien sûr, les locaux l'épaulaient, mais elle aurait besoin de Mack à temps plein. Ce qui était inconcevable pour l'instant.

De surcroît, elle ne l'avait jamais vu aussi triste et fatigué, ce qui l'inquiétait encore plus. Elle arriva tout de même chez Millicent, qu'elle salua au loin d'une main, et commença à s'occuper du jardin arrière. Elle savait que la vieille dame s'installerait sur la terrasse très bientôt. Mugs et Goliath se contentèrent de s'asseoir et de se rouler dans l'herbe, et Thaddeus se pavanait. Lorsque Doreen leva les yeux plus tard, Millicent l'appela avec enthousiasme.

— Si vous voulez faire une pause, ma chère, le thé est prêt.

La plupart des gens feraient l'inverse. Vous venez quand le thé a suffisamment infusé, et ainsi le thé est prêt. Elle termina rapidement ce qu'elle était en train de faire, puis se dirigea sous le porche avec ses animaux. Elle s'assit et discuta des changements opérés dans le jardin.

— Que dites-vous de ça ? s'enquit-elle.

Millicent réfléchit aux idées de Doreen, puis acquiesça.

— C'est une bonne idée. Je me demandais s'il ne fallait pas déplacer certains de ces bulbes à l'avant.

Doreen essaya de se rappeler la localisation des bulbes.

— C'est aussi une bonne idée, mais je ne suis pas sûre d'être en mesure de retrouver les bulbes à présent. Il faut les laisser sortir de terre.

Millicent lui adressa un sourire radieux, puis éclata de rire.

— Vous avez raison. C'est pour ça qu'il faut le faire après le printemps, n'est-ce pas ?

— Faisons ça lorsqu'ils auront fleuri, déclara Doreen, puis elle fronça les sourcils. Je vais y réfléchir et voir si je peux me rappeler où ils étaient situés.

— J'ai un plan quelque part, cependant, nous avons entamé beaucoup de changements dernièrement.

— C'est vrai, et nous n'avons rien indiqué sur le plan, n'est-ce pas ? À moins que vous ne l'ayez fait ?

Millicent secoua la tête, tracassée.

— Non, et j'aurais dû.

— Ce n'est pas grave, la rassura Doreen. L'avantage des bulbes, c'est qu'ils ressortiront au printemps prochain, et nous aurons à nouveau la chance de les déplacer.

— C'est vrai, convint Millicent.

Doreen observa ses animaux et se réjouit de les voir se comporter au mieux. Puis, pour mettre Millicent un peu plus à l'aise, elle lança :

— Je suis sûre que vous avez apprécié la visite de vos fils récemment. Nick a-t-il parlé de son futur déménagement ?

— Ce n'est pas pour tout de suite, mais il a des projets en cours, répondit Millicent avant de soupirer. J'aimerais qu'il revienne à la maison.

— N'est-ce pas ce que chaque parent souhaite ?

— En effet, ils veulent leurs enfants près d'eux. Enfin, si l'entente est bonne.

— C'est primordial, non ? Tous les parents n'entretiennent pas de bonnes relations avec leurs enfants.

— Comme c'est triste, se lamenta Millicent. J'avais mes

deux garçons, et les garder avec moi aurait été un honneur… Néanmoins, nous savions que Nick devait aller sur la côte, mais ce fut difficile de le perdre.

— Vous ne l'avez pas perdu, si ?

La vieille dame s'esclaffa.

— Non, pas du tout. Alors, s'il veut du changement dans sa vie, vivre plus calmement, j'espère qu'il reviendra ici.

— J'ai eu vent de quelques informations à ce sujet, souligna Doreen, toutefois je ne sais pas s'il est prêt à opérer un tel changement.

— C'est là le problème. Je sais qu'il est prêt, mais il faudra du temps, le persuader. J'aimerais que ça arrive plus rapidement, c'est tout.

Leur conversation s'orienta vers des questions sur Nan et quelques affaires sur lesquelles Doreen avait travaillé. Puis Millicent ajouta :

— Je me doutais que vous vous plongeriez dans ce meurtre.

C'est vrai.

— Mack enquête sur celle-là.

— Naturellement, n'empêche que tout le monde est au courant du retour de Nathan en ville.

Doreen marqua une pause.

— Vous connaissez Nathan ? reprit-elle.

— Nous le connaissions, clarifia Millicent. En revanche, le Nathan que je connaissais ne serait pas allé en prison pour avoir tiré sur quelqu'un. Donc, après cet événement, je ne savais plus si je le connaissais vraiment.

Doreen fit grise mine.

— Parfois, les gens que l'on connaît ne sont pas les gens que l'on croit connaître.

Millicent acquiesça lentement.

— C'est très vrai. Je n'avais jamais pensé à ça. De plus, ce garçon s'est retrouvé au mauvais endroit au mauvais moment.

— Comment l'avez-vous connu ?

— Il tondait notre pelouse, indiqua la vieille dame. Il venait tous les samedis. Mon mari l'a embauché pour éviter que le gamin ait des ennuis, et Nathan a accepté ce travail pour avoir de l'argent de poche. Mais apparemment, ça n'a pas marché. C'était un gentil garçon.

Elle conclut en soupirant.

— Ce n'est pas parce qu'il a fait une erreur que ce n'est plus une bonne personne, remarqua Doreen. La prison n'a pas dû être facile pour lui.

Millicent grimaça.

— J'imagine que non.

— D'après ce que j'ai compris et ce que son père m'a dit, Nathan n'aurait pas dû avoir l'arme sur lui et n'avait pas l'intention de tirer. Ce n'était pas un meurtre prémédité. Malheureusement, il a quand même tué quelqu'un.

— Oui. Mon mari a eu le cœur brisé. Il avait l'impression d'avoir consacré du temps à la mauvaise personne.

— Je ne pense pas que ce soit le cas, objecta Doreen. Cependant, je comprends qu'après avoir aidé Nathan pendant des années, il ait ressenti ça. Et Mack ? Connaissait-il Nathan ?

— Il avait entendu parler de lui. Il savait qu'il venait le samedi, pour s'occuper de la pelouse, entre autres, mais je ne dirais pas qu'il le connaissait. Nous avons beaucoup parlé avec lui à l'époque parce que nous le connaissions. C'était il y a presque huit ans… Mack était déjà entré dans la police. Il était jeune et venait de commencer à travailler. Il n'avait pas les compétences pour s'occuper de l'affaire.

— Et vous vouliez lui laisser une chance, c'est ça ?

Millicent sourit.

— Jusqu'à ce qu'il avoue, jusqu'à ce que nous réalisions ce qu'il avait fait. C'était assez difficile à imaginer sur le moment. Mon mari était vraiment dévasté. Mais on s'en remet, ce sont des choses qui arrivent et on va de l'avant. Nathan est allé en prison, et tout d'un coup, il est sorti. Je l'ai appris récemment.

— A-t-il essayé de vous recontacter depuis ?

Millicent haussa les sourcils de surprise.

— Pourquoi essaierait-il de faire ça ?

— Je n'en sais rien, répondit calmement Doreen. Je me posais simplement la question.

— Non, mais maintenant que cette pauvre Annabelle a été tuée, les gens vont spontanément accuser Nathan.

— Peut-être, néanmoins Nathan ne sera pas interpelé à cause de simples accusations.

— Vous pensez que Nathan n'a pas tué Annabelle ?

Doreen réfléchit aux informations qu'elle avait collectées jusqu'à présent.

— J'ignore si Nathan avait un mobile. Je veux dire qu'Annabelle aurait très bien pu être contrariée de le voir, après qu'il a été libéré de prison. Peut-être que ça a dégénéré, mais je ne sais pas.

Elle songea et haussa les épaules.

— Je n'en sais vraiment rien, continua la jeune femme. Je pensais me plonger dans cette affaire, cependant, j'ai entendu dire que le principal suspect ne l'était plus. Donc, j'imagine que je n'ai plus aucune raison de me pencher sur cette enquête. Et Mack serait furieux si je me mettais en travers de son chemin.

— Vous mettre *encore* en travers de son chemin, vous voulez dire, corrigea Millicent avec un regard complice.

Doreen éclata de rire.

— Tout à fait, murmura-t-elle. Bref, revenons au jardin, que voulez-vous que je fasse ?

Et elles se remirent à discuter d'un sujet moins compliqué.

Lorsque Doreen eut terminé son thé, elle reprit son jardinage et appliqua les demandes de Millicent. La jeune femme avait à faire, mais Millicent n'avait ni l'énergie ni l'envie en elle, en raison de son âge et de ses douleurs. Doreen était donc ravie de rendre la tâche aussi facile que possible à Millicent.

Après avoir terminé, elle rentra chez elle avec ses animaux. En chemin, son téléphone sonna. Elle ne reconnut pas le numéro et se demanda si elle devait répondre en affichant une expression perplexe. Puis l'appareil s'arrêta brusquement de sonner, comme si son interlocuteur avait changé d'avis. Elle entra dans sa cuisine, plongée dans ses pensées. Elle avait travaillé dur chez Millicent et la faim commençait à se faire sentir. Elle jeta un coup d'œil dans son réfrigérateur et se rendit compte qu'elle devait encore faire des courses.

Comment se retrouvait-elle toujours à court de provisions ? Doreen ne pensait jamais vraiment aux courses. Elle nota mentalement de l'ajouter à sa liste de tâches.

Il fallait que cela devienne une habitude, comme c'était le cas pour beaucoup de gens. Elle se revigora, se disant qu'il y avait pire dans la vie. Elle se prépara un sandwich et se promit de s'exécuter plus tard dans l'après-midi. Alors qu'elle venait de finir de manger et qu'elle se préparait un café, son téléphone sonna à nouveau. Elle lut le numéro, et cette fois, décida de répondre.

— Allô ?

— Allô ? répéta la voix masculine à l'autre bout du fil.

Il parut surpris qu'elle ait répondu et se montra hésitant.

— Je peux vous aider ?

— Je cherche…

La jeune femme entendit un bruissement de papiers, comme si la personne cherchait son nom.

— Doreen, conclut-il.

— C'est moi. Qui est-ce ?

— Nathan, précisa le jeune homme d'une voix éraillée, comme s'il ne l'utilisait pas souvent.

Ses sourcils s'envolèrent vers la racine de ses cheveux.

— Nathan Landry ?

Le silence se fit, puis il confirma.

— Bonjour, Nathan, lança-t-elle d'une voix douce. Votre père vous a-t-il dit que j'avais appelé ?

— Oui. Et je n'ai rien à voir avec la mort d'Annabelle. Vous le savez, n'est-ce pas ?

— Je le sais. La police vous a-t-elle contacté ?

— Oui, j'ai parlé à quelqu'un ce matin au travail, dit Nathan. Ça ne m'a pas plu non plus.

— Ils n'ont pas vraiment le choix, vous savez. L'enquête vient d'être ouverte, alors ils doivent agir vite.

— Peut-être, je ne sais pas.

Puis la voix de Nathan se fit plus forte.

— J'aurais aimé ne pas en parler au travail.

— Je suis désolée. Et merci de m'avoir rappelée.

— De quoi vouliez-vous me parler ? demanda-t-il, le ton hésitant.

— Je voulais seulement savoir si vous pensiez que quelqu'un dans le passé d'Annabelle, à l'époque de la mort de son frère, aurait pu être mêlé aujourd'hui à son décès ?

— Les flics m'ont posé la même question, nota-t-il, confus. Et je… je n'avais rien à leur dire non plus.

— À l'époque, vous vous êtes battu avec quelqu'un. Apparemment, le père d'Annabelle vous connaissait, et vous tondiez la pelouse de Millicent.

— C'est tout à fait exact. Et beaucoup de gens ont été très choqués par ce que j'ai fait. Pour ça, j'ai passé beaucoup d'années en prison.

Sa voix se faisait de plus en plus forte, nerveuse.

— Je vois. Vous avez payé votre dette envers la société, et j'aimerais que vous ne retourniez pas en prison.

Un souffle choqué se fit entendre à l'autre bout du fil.

— Je vais retourner en prison ? se récria-t-il, presque effrayé.

— Non, grinça Doreen. Si vous n'avez aucun lien avec la mort d'Annabelle, alors il n'y a aucune raison de l'envisager.

Nathan n'eut pas l'air convaincu.

— Je n'ai aucun lien avec sa mort. Je le jure. Je n'ai rien à voir avec ce bazar.

— D'accord, revenons un peu en arrière. Votre père vous a suggéré d'aller parler à Annabelle.

— Oui, affirma-t-il, d'une voix hésitante.

— Vous avez suivi son conseil ?

— Oui.

— Comment l'avez-vous trouvée ?

— Choquée, en colère, en larmes, comme moi, admit Nathan. Elle n'a pas été très accueillante, mais rien d'étonnant. Elle n'avait aucune raison d'être sympathique avec moi.

— Était-elle du genre sympathique ?

— Oui. Annabelle a toujours été une fille très gentille.

— Vous en a-t-elle parlé ?

— Parlé de quoi ?

— Comme si elle s'inquiétait pour quelqu'un, qu'elle était suivie ou harcelée, ou si elle était en colère de vous voir, si elle allait appeler quelqu'un pour vous chasser ? N'importe quoi d'autre.

— Non, rien de tel. On a pleuré ensemble et, quand je suis parti, je… je me sentais mieux, déclara-t-il. Elle allait parfaitement bien, et je n'avais aucune raison de lui faire du mal. Je n'ai jamais fait de mal à personne volontairement, sauf… cette erreur qui me suivra toute ma vie. Je pense parfois qu'elle me suivra jusque dans ma tombe.

Doreen grimaça. Il avait raison, il n'avait aucune échappatoire.

— J'en suis navrée. Des vies ont été perdues.

— Oui, mais la plus grande perte est ce petit garçon, nota Nathan.

La jeune femme entendit l'émotion dans sa voix.

— La bonne nouvelle, c'est que si vous n'avez rien à voir avec tout ça, la police vérifiera votre alibi et vous laissera tranquille.

— J'espère, parce que je n'ai rien à me reprocher.

Rien qu'au ton de la voix de Nathan, elle perçut les regrets.

— Je suis vraiment désolé de ce qui lui est arrivé. C'est injuste, marmonna-t-il. Personne n'était plus gentil qu'elle.

— C'est ce que j'ai entendu dire, confirma Doreen, avec douceur. Et vous avez raison, c'est injuste.

— La vie est injuste, précisa Nathan. Je l'ai appris il y a longtemps. Il suffit d'une décision idiote et les conséquences vous marquent à jamais.

— Étiez-vous seul au moment de la mort de son frère ? l'interrogea Doreen avec curiosité.

— Non, j'étais avec un ami. C'est lui qui m'a convaincu de prendre l'arme avec nous. Je me rends compte aujourd'hui que je n'aurais pas dû. C'était son arme, mais je l'avais avec moi. Je pensais que ça ferait de moi un… dur à cuire. J'étais… bête.

— Et votre ami, a-t-il quelque chose à voir avec toute cette histoire ?

— Non, pas vraiment. C'est moi qui avais l'arme, et elle était dans ma main quand le coup est parti.

— D'accord. S'il était impliqué, il aurait dû être inculpé.

— Je pense qu'il avait des informations sur une autre affaire. La police lui en a parlé, mais il n'a jamais été inculpé pour quoi que ce soit.

— Quel était le sujet de votre dispute ?

— Est-ce que c'est important ? répliqua Nathan, l'air las.

— C'est avec votre ami que vous vous disputiez ?

— Oui. C'est aussi pour ça que je ne m'inquiétais pas trop de lui causer des ennuis. C'est moi qui avais l'arme, même si je l'avais apportée parce qu'il me l'avait demandé.

— Aviez-vous l'intention de vous en servir ?

— Non, bien sûr que non. Je ne voulais pas l'utiliser. Je voulais seulement jouer les grands, et j'ai appris à mes dépens que je ne l'étais pas, soupira-t-il. Je ne suis qu'un petit poisson, et je peux vous assurer que les années passées en prison m'ont fait passer pour un microbe.

— Je vois. Qu'aviez-vous prévu de faire avec votre ami ?

— Il voulait voler quelqu'un. Je n'en avais pas envie. On se disputait alors qu'on marchait dans la rue, où des enfants jouaient. Il m'a attrapé par l'épaule, m'a poussé avec force et m'a dit qu'on allait voler quelqu'un. Selon lui, si je n'obtempérais pas, j'étais une *mauviette*. Tout est dans le dossier.

— D'accord. J'essaierai d'avoir une copie du dossier d'enquête. C'est toujours compliqué.

Nathan pouffa.

— J'en doute. Bref, je l'ai poussé à mon tour, et ainsi de suite. On a commencé à se battre. Ensuite, il a pris l'arme dans ma poche. Je l'ai reprise et au milieu de tout ça… le coup est parti.

Sa voix se brisa et elle l'entendit renifler avant de se racler la gorge.

— Et ce petit garçon a été tué, termina-t-il.

— Aïe.

— Comme vous dites, souffla Nathan. D'un coup… ma vie était finie.

— Pourtant, votre ami n'a pas été inculpé. Il n'a pas été en prison par la suite ?

— Non, pas sur le moment. Je ne sais pas s'il est allé en prison depuis. J'ai porté toute la responsabilité. Je n'aurais pas dû avoir ce flingue sur moi. C'était de ma faute, avoua Nathan. Causer des ennuis à mon ami n'aurait rien arrangé.

— En effet, mais en même temps, l'idée du braquage était la sienne ?

— Oui, toutefois, c'était ma version de l'histoire, précisa-t-il, le ton ironique. Je ne lui reproche pas d'en avoir inventé une pour s'en sortir. J'ai été le seul à tomber, et c'était suffisant.

— Donc il a raconté sa propre version de l'histoire, qui allait à l'encontre de la vôtre. Il s'en est tiré, et pas vous.

— En gros, oui. Mais le fait est que c'était son arme. Je l'avais sur moi depuis quelques semaines. Je pensais lui racheter, et j'avais le flingue sur moi.

— N'empêche que c'est lui qui voulait utiliser l'arme pour commettre un délit.

— C'est exact, seulement le plan n'a pas abouti.

— Non, mais c'était l'intention. Je suis surprise qu'ils l'aient laissé partir.

— Je ne suis au courant de rien, clarifia Nathan. Croyez-moi. Une fois qu'on a été arrêtés par la police, c'était… c'était fini. Je ne l'ai plus jamais vu, et on ne s'est plus parlé depuis.

— Et depuis que vous êtes sorti de prison ?

— Mon père ne veut pas que je retrouve mon ami, et comme je vis avec lui, j'essaie de marcher droit… je ne parle plus à mon ami.

— Intéressant. Comment s'appelle votre ami ?

— Pourquoi ? la questionna-t-il avec méfiance.

— Parce que je ne comprends pas certaines personnes, répondit Doreen. Je me demande ce qui lui est arrivé entre-temps, c'est tout.

— Ça ne changera rien. À mon avis, il ne vit même plus ici.

— Ce serait une bonne chose que ce soit le cas. Ce serait plus facile pour vous.

— Vous avez raison. Peu importe, il s'appelle Kurt. Kurt Chandler.

— Merci.

— Je ne vois pas le rapport avec vous.

— Moi ? Le petit ami d'Annabelle était soupçonné de l'avoir tuée, expliqua Doreen. Il est venu me voir et m'a demandé de l'aide. Or, il a un alibi pour ce soir-là, et il semble être tiré d'affaire maintenant. Alors, j'essaie de comprendre quelques détails.

Le silence se fit à l'autre bout du fil.

— Vous savez qu'un alibi peut être détruit, n'est-ce pas ?

— Oui. On peut les inventer, et les gens peuvent faire

toutes sortes de choses, y compris engager un tueur à gages, devina-t-elle. Et je vous parie que la police, même s'ils vous ont déjà parlé, reviendra très vite vous interroger.

— Eh bien… merci de m'avoir prévenu.

— Je ne sais pas s'ils me remercieront de vous avoir prévenu, mais, tant que vous leur parlez aujourd'hui, je ne marche pas sur leurs plates-bandes.

— Oh… ils sont venus me voir au travail aujourd'hui, donc je ne pense pas qu'ils reviendront de sitôt, releva Nathan, son amertume de retour.

— Dans ce cas, évitez les ennuis. J'espère que ce sera bientôt fini.

— J'ai l'impression qu'ils ne sont rapides que lorsqu'on souhaite qu'ils ne le soient pas. Quoi qu'il en soit, j'ai parlé aux flics et je vous ai parlé à vous. Je ne sais pas ce que vous avez à voir avec tout ça, et je crois que je n'ai pas envie de le savoir. Mais peut-être pourriez-vous oublier que j'existe après ça.

Cela dit, il raccrocha.

Une fois cette conversation pénible terminée, Doreen s'assit dehors et réfléchit à ce que Nathan lui avait révélé. Elle avait besoin d'écrire tout ce qu'elle avait en tête. Elle s'empara d'un bloc-notes et réfléchit à cette affaire.

Quelle tristesse. Triste qu'un petit garçon soit mort. Triste que Nathan soit allé en prison et qu'il en ait payé le prix, étant donné que deux personnes étaient impliquées. Les adolescents auraient dû être condamnés tous les deux. Pourtant, la police n'avait certainement aucun moyen de les inculper tous les deux pour homicide. Il y avait de fortes chances que les forces de l'ordre aient examiné les deux versions et qu'ils aient cru à celle de son ami.

L'un contre l'autre, Nathan avait été pris avec l'arme à la

main, et cela ressemblait à de la légitime défense pour Kurt. La police ne devait pas être blâmée pour cela. En même temps, ce Kurt Chandler avait été libéré et blanchi. Landry avait purgé sa peine et semblait éprouver des regrets. Puis elle pensa à Joseph. Était-il au courant de la visite de Nathan ? Doreen s'interrogea. Décidant qu'il valait mieux le découvrir plutôt que de rester là à réfléchir aux probabilités, elle téléphona à Joseph.

Il répondit et elle lui posa aussitôt des questions sur les derniers jours d'Annabelle et la visite de Nathan.

— Oh, je pensais que vous aviez abandonné l'affaire, répondit Joseph, d'une voix presque douteuse.

— C'est seulement pour assouvir ma curiosité, déclara Doreen. Tant que vous êtes disculpé, vous n'avez pas à vous inquiéter de ce que vous me dites.

— Vous avez raison, reconnut-il, soulagé.

— Je me demandais si vous saviez qu'Annabelle avait rencontré Nathan récemment.

Le jeune homme s'énerva.

— Cette ordure ? Oui, j'ai entendu dire qu'elle lui avait parlé. Ça me met en colère…

— Pourquoi ?

— Ce type a tué son frère. Il a détruit sa famille. Saviez-vous que ses parents ont divorcé à cause de ça ? Annabelle… était dans un sale état après ça.

— Je l'entends, mais c'était un tir accidentel, lui rappela Doreen.

— Je m'en moque. C'était un voyou avec une arme.

Doreen se renfrogna. Beaucoup de gens pensaient sûrement comme lui.

— Il est clair que cette arme lui a fait défaut.

— Ne le défendez pas ! Elle n'aurait pas dû avoir affaire à lui.

— Elle avait peut-être besoin de tourner la page, supposa Doreen. Nous en avons tous besoin. Comment était-elle quand vous lui en avez parlé ?

— Elle était en larmes. Elle ne parlait que de compassion et voulait essayer de pardonner à ce type qui lui avait pris son frère. C'était écœurant. Il n'aurait jamais dû s'approcher d'elle, mais lui laisser la possibilité de faire son deuil à sa manière.

Doreen ne sut quoi répondre.

— A-t-elle dit qu'elle voulait le revoir ?

— Je ne lui aurais jamais permis. J'étais déjà assez en colère après cette visite.

Je ne lui aurais jamais permis. Doreen fit grise mine. Mathew lui avait souvent répété cette phrase pendant leur mariage.

— Je comprends votre colère. Je me demandais ce qu'en pensait Annabelle, c'est tout.

— Elle voulait rester en contact avec lui et l'aider à trouver un emploi, à reprendre sa vie en main ! s'emporta-t-il. Que des conneries.

Manifestement, Joseph pensait que personne n'avait le droit de faire des erreurs. Doreen, elle, savait parfaitement que tout le monde méritait une seconde chance, et que souvent les gens avaient même besoin d'une troisième chance.

— Quand l'a-t-elle vu ?

— Je ne sais pas. Une semaine ou deux peut-être avant qu'elle ne soit tuée, répondit-il, la voix soudain lasse, comme si tout cela était trop lourd à supporter pour lui.

Et vu ce qu'il venait de perdre, c'était compréhensible.

— Je suis désolée de devoir faire ça. Je ne veux pas raviver de mauvais souvenirs, souffla-t-elle.

— Pourtant, c'est ce que vous faites, cingla-t-il. Rien que de penser à ce bandit me met hors de moi.

— Désolée. Si vous pouviez me dire combien de temps *exactement* avant sa mort, ça m'aiderait.

Après une pause, Joseph lui demanda :

— Vous enquêtez sur lui ? Ça ne m'étonnerait pas du tout. Ce type est né avec un aller simple pour l'enfer. Et ce serait typique de quelqu'un comme lui de s'en prendre à la pauvre Annabelle.

— Vous n'avez pas répondu à ma question.

— À ma connaissance, c'était quelques jours avant son assassinat, dit-il, d'une voix plus animée. Vous pourriez avoir raison. C'est peut-être lui.

— Et il n'a peut-être rien à voir avec tout ça. Au départ, vous pensiez que c'était une à deux semaines plus tôt. Maintenant, vous dites un jour ou deux. Tout comme vous avez un alibi, je suis certaine qu'il en a un aussi.

Joseph pouffa.

— Les alibis peuvent être inventés, n'est-ce pas ? Et je ne me fierais pas au sien.

Elle fixa son téléphone portable du regard, s'interrogeant sur cette mentalité. Cela valait pour l'alibi de Joseph, or il avait choisi de se présenter comme digne de confiance, tout en essayant d'orienter les soupçons sur Nathan. Pour certaines personnes, cela n'avait pas d'importance. Tous les autres étaient coupables, mais pas eux. Et, dans ce cas, Doreen ne savait pas qui l'était, en revanche, elle savait que justice devait être rendue à Annabelle.

— La police l'a déjà interrogé, donc je suppose qu'ils vont examiner la situation de très près.

— Tant mieux. Si je découvre que c'est lui, je le tuerai moi-même, maugréa Joseph, avant de raccrocher.

Chapitre 13

DOREEN ÉTAIT ASSISE dehors, étudiant tout ce qu'elle pouvait trouver sur Internet à propos de Kurt Chandler. Lorsqu'elle entendit Mugs aboyer, elle leva les yeux et vit Mack qui contournait la maison et entrait dans son jardin.

— D'habitude, tu passes par la porte d'entrée, s'étonna-t-elle.

— Tu l'as fermée à clé, donc je ne voulais pas tout gâcher, pour une fois qu'elle est verrouillée.

Elle leva les yeux au ciel.

— Je ne suis pas passée par la porte d'entrée aujourd'hui, précisa-t-elle avec un sourire. Voilà pourquoi.

— Qu'est-ce que tu fais ?

— Je recherche des informations sur Kurt Chandler, répondit-elle aussitôt.

Mack opina et entra dans la cuisine. Doreen parut perplexe, puis haussa les épaules.

— Tu le connais ? lui demanda-t-elle lorsqu'il sortit.

— Oui. Enfin, j'ai entendu parler de lui.

— Quand j'imagine tous ces criminels qui doivent errer dans ton esprit…

— J'essaie de ne pas trop y penser, dit-il, le sourire aux lèvres.

— J'ai parlé à Joseph et à Nathan aujourd'hui, ainsi qu'au père de Nathan.

Mack se renfrogna.

— Quel plaisir.

— Pas du tout. J'imagine que c'est pareil pour toi.

— Ça fait partie de notre travail. Dans ton cas, tu dois passer pour une fouineuse.

Doreen s'esclaffa.

— C'étaient des conversations intéressantes. Je ne savais pas que Nathan avait entretenu le jardin de tes parents.

— Je ne me souviens pas de grand-chose à son sujet à l'époque, mais papa était vraiment en colère quand il a découvert ce qu'il avait fait.

— Naturellement. Ton père était un citoyen honnête, et personne n'aimerait être associé à Nathan après ça, de quelque manière que ce soit.

— Il s'est aussi senti trahi. Il lui avait accordé sa confiance. Plus que ça, je pense qu'il était en colère contre lui-même d'avoir cru en ce gamin.

— Nathan a l'air d'avoir beaucoup de regrets, ajouta Doreen, comme s'il essayait de se racheter.

— J'ai eu la même impression. Mais c'est peut-être de la poudre aux yeux.

La jeune femme grimaça.

— J'aimerais continuer à croire en l'humanité, néanmoins je ne suis plus aussi naïve qu'avant.

Le policier lui sourit.

— Ainsi va la vie.

— Tu as raison. D'un autre côté, Nathan fait beaucoup d'efforts. Sais-tu qu'il a parlé à Annabelle ?

Mack la dévisagea, et elle comprit qu'il n'était pas au courant.

— Dans les quelques jours ou semaines précédant la mort d'Annabelle. Avant que tu ne me poses la question ou que tu ne suggères quoi que ce soit, je ne te dis pas ça pour inscrire Nathan sur ta liste de suspects.

— Je ne lui ai pas demandé s'il l'avait vue récemment, mais j'aurais dû, admit-il.

— Tu peux toujours retourner lui parler.

Mack grommela, sortit son carnet et nota quelques mots, puis il reporta son regard sur Doreen.

— Autre chose que je devrais savoir ?

Elle lui adressa un sourire radieux.

— Laisse-moi quelques minutes, et j'aurai quelque chose pour toi.

Il darda un regard noir sur Doreen avant de rentrer dans la cuisine. Il revint quelques minutes plus tard avec deux tasses de café.

Elle huma l'air et sourit.

— Heureusement que j'ai racheté du café la dernière fois que j'ai fait les courses, *hein* ?

— Heureusement que tu as reçu cette récompense. Au moins, tu as de l'argent pour acheter du café.

— Bien vu. J'ai aussi parlé à Joseph Moody.

— En principe, il n'est plus en tête de notre liste de suspects, mais souviens-toi…

Elle le coupa au milieu de sa phrase, car elle savait ce qu'il allait dire.

— Je sais. Je sais. C'est ton affaire. Je lui ai posé des questions sur Nathan Landry.

— Joseph connaît-il Nathan ?

— Il était au courant de la visite de Nathan à Annabelle.

Mack fronça les sourcils, mais ne répliqua pas.

— Joseph était plutôt agacé par toute cette histoire, ajouta-t-elle.

— Je n'en doute pas.

— Ça ne lui a pas plus qu'elle soit en contact avec Nathan.

— Peut-être, néanmoins, on ignore si c'est lié.

— Je suis d'accord avec toi, et j'espère qu'il n'a rien à voir avec ça parce que Nathan m'a fait bonne impression.

— Je comprends. Tu soutiens toujours les opprimés, de toute façon. Ce n'est donc pas une surprise.

Doreen lui jeta un regard désapprobateur et il lui décocha un sourire.

— C'est vrai, et tu le sais, renchérit-il.

— Peut-être que je soutiens les opprimés parce que je m'identifie à eux.

Mack afficha une expression perplexe et elle haussa les épaules.

— Depuis que j'ai quitté… Mathew et ce monde, ma vie n'a pas été des plus faciles. J'ai dû essayer de me reconstruire après avoir, soi-disant, fait quelque chose que tout le monde qualifiait de stupide, expliqua-t-elle. Alors, soutenir les opprimés, c'est comme… me soutenir moi-même.

Le caporal souffla.

— C'est une façon intéressante de voir les choses.

— Je sais que tu ne vois pas les choses ainsi de ton point de vue, fit-elle remarquer, mais j'ai l'impression qu'à chaque fois que quelqu'un est sur le chemin de la rédemption, moi aussi.

— Qu'est-ce que tu penses avoir fait de si mal pour avoir besoin d'une rédemption ?

— L'épouser, pour commencer, s'empressa de répondre

Doreen.

— Ce n'est pas avec moi que tu devrais en parler, toute-fois, je pense que tu ne devrais pas garder une telle culpabilité en toi pour toujours.

— J'essaie toujours de m'en libérer et, apparemment, je me retrouve encore sur le chemin de la stupidité. Sans oublier mon avocat, ce pauvre Nick, qui fait de son mieux pour arranger les choses, et qui est en train de prendre conscience que ce n'est pas si… facile.

— En effet, mais mon frère est sur le coup. Et il est doué.

— Au fait, j'ai jardiné chez ta mère aujourd'hui.

— J'ai de l'argent sur moi. Combien je te dois ?

Lorsque Doreen lui annonça le montant, il fronça les sourcils.

— À moins que tu n'aies pas une telle somme sur toi, lui assura-t-elle.

— Non, je suis seulement perplexe parce que c'est moins que d'habitude.

— J'ai l'impression de passer la moitié du temps à parler à Millicent, reconnut-elle. Je pense qu'elle… cherche de la compagnie.

Mack posa l'argent sur la table.

— Au moins, tu pourras racheter du café avec ça.

Doreen éclata de rire.

— Pour que tu boives tout.

— Ouaip ! J'ai aussi amené quelques courses. Je les ai rangées dans la cuisine.

— On avait convenu de quelque chose ? l'interrogea-t-elle prudemment. Sinon, je suis désolée, car j'ai oublié.

Il l'observa étrangement, puis secoua la tête.

— Pas du tout. Je me suis juste dit que je passerais.

— Tu es toujours le bienvenu. Tu le sais très bien. J'avais seulement peur de… d'avoir encore fait une bêtise.

Mack prit sa main et la serra délicatement.

— Arrête.

— Arrête quoi ? s'étonna-t-elle, confuse.

— Tu n'as pas fait de bêtise. Ni aujourd'hui ni avant. Arrête de te reprocher une décision que tu as prise et que tu as regrettée. Si on n'éprouvait pas de regrets, on ne serait pas humains. On prend des décisions en tenant compte des circonstances, et on vit avec les conséquences, jusqu'à ce qu'on tourne la page. Il t'a fallu un moment pour la tourner, et ce n'est pas grave. Donc, non, tu n'as pas fait de bêtise. Et même si tu avais oublié ? Ça ne me dérangerait pas.

Elle le dévisagea un long moment, et il arqua un sourcil.

— Quoi ? Tu me regardes comme si je venais de Mars.

— Je crois que les femmes sont censées venir de Vénus et que vous êtes censés venir de Mars, alors peut-être que c'est le cas.

Le policier leva les yeux au ciel.

— Qu'est-ce que c'est que ce charabia de psychologue ? répliqua-t-il. On vient tous de la Terre, et on voyage tous pour découvrir une fin heureuse. On est tous, dans ce monde… ensemble.

Doreen réfléchit à cela quelques instants.

— Ça me plaît.

— Quoi ? l'interrogea-t-il, confus.

Il but une gorgée de son café.

— Un parcours de vie vers une fin heureuse, répéta-t-elle. Le monde se porterait mieux si on était tous heureux.

— Et pourtant, rien qu'être heureux est un défi, souligna-t-il, avec un sourire.

— Tu as raison, reconnut Doreen en posant son crayon.

Allez, on oublie les notes.

— Quelles notes ?

— Sur cette affaire.

Mack la fustigea du regard et elle haussa de nouveau les épaules.

— L'affaire de Joseph, si tu préfères, rectifia-t-elle. Il m'a demandé d'y jeter un coup d'œil, tu te souviens ?

— Et alors ?

— Maintenant qu'il est plus ou moins tiré d'affaire, je me suis prise à l'enquête, ce qui n'est pas bien, parce que c'est ton affaire.

— Merci, articula-t-il avec une politesse exagérée.

Elle lui adressa un demi-sourire.

— J'ai essayé de ne pas m'en mêler. Tu en as conscience ?

Il soupira avec force.

— Tu *essaies*…

— Et je n'y arrive pas souvent. Je sais, rit-elle. Malgré tout, je suis parfois d'une grande aide.

— Parfois, convint-il, et c'est l'une des raisons pour lesquelles j'essaie de me montrer patient quand tu te mets en travers de mon chemin. À certains moments, je ne peux me permettre de t'avoir dans les parages, parce que tu gâcherais une enquête qu'on ne pourrait pas poursuivre. Sans compter qu'on ne pourrait pas condamner le coupable, car il y aurait ingérence. Je pense que tu n'as pas envie qu'un criminel s'en tire à bon compte pour un vice de procédure.

— Je commence à le comprendre. Cependant, ce n'est pas le cas pour cette enquête.

— Comment ça, *tu ne comprends pas* ?

— Je ne comprends pas pourquoi elle a été tuée, répondit Doreen, puis elle pivota vers le caporal et demanda : la balistique est-elle revenue vers toi ?

— Pourquoi devraient-ils revenir vers moi ?

Elle haussa les épaules.

— Je me demandais simplement si c'était la même arme que celle qui a servi à tuer son frère.

Mack se figea, avant de tourner lentement vers la jeune femme.

— Ce serait terrible.

— En effet, car je suppose que l'arme a été mise sous scellés à l'époque.

— Oui.

— Et elle ne lui a pas été restituée, donc comment le coupable aurait-il pu se la procurer ?

— Les pièces à conviction sont conservées, même si la plupart sont détruites au bout d'un moment. J'ignore ce qu'il est advenu de celle-là.

— Tu veux dire que des preuves disparaissent ? s'offusqua-t-elle.

— Elles sont parfois vendues. Dans tous les cas, je n'ai pas encore eu de nouvelles de la balistique.

— Tu devrais leur demander de comparer les deux affaires.

Mack lui adressa un regard noir et Doreen leva les mains.

— Je sais. Je sais. Je sais. Tu sais parfaitement comment faire ton travail… Je comprends. Mais, en même temps, ce serait un rebondissement intéressant.

— Ce serait un rebondissement horrible.

— C'est-à-dire qu'il est sorti de prison et qu'il serait vraiment idiot d'utiliser la même arme ? Ou *n'importe quelle arme*. Je veux dire, s'il est mêlé à cette affaire, ce serait de la préméditation cette fois.

— Et y a-t-il un lien, en dehors du fait que Nathan a tué son frère et qu'Annabelle a témoigné contre lui ? l'interrogea Mack.

— Bien sûr qu'elle était témoin. N'empêche que je crois Nathan, et je pense qu'il essaie de reprendre sa vie en main.

— Tu penses qu'il a été piégé ?

— Je ne… commença Doreen, puis elle se tut, avant de reprendre. Je ne lui ai parlé qu'au téléphone, donc je dois être prudente quand je parle de lui.

Mack arqua les sourcils et ses lèvres tressaillirent.

— J'apprends, se défendit-elle. Lentement, mais j'apprends.

— Arrête de te rabaisser. Tu as fait un travail incroyable et tu nous as tous fait passer pour des idiots une fois ou deux.

— Ce n'était pas compliqué, répliqua-t-elle.

Doreen éclata de rire quand Mack la foudroya du regard.

— Peu importe, si Nathan est le coupable, ce serait dément. Il n'est pas sorti de prison depuis très longtemps, donc c'est le bouc émissaire idéal.

— Tu pensais qu'on ne se pencherait pas sur la question ? s'étonna-t-il.

— Ce n'est pas ce que j'ai dit. Je dis seulement que c'est suspect et qu'il faudra, dans tous les cas, trouver une réponse.

— Tu es en train de dire que ce serait facile de faire porter le chapeau à Nathan, mais je te réponds qu'on ne choisit pas la solution de facilité. On veut découvrir la vérité.

— Je sais. Qu'est-ce…

Elle se tut, haussa les épaules, puis termina sa phrase.

— Je ne cherche pas à te contrarier.

Il secoua la tête et elle l'entendit ruminer : « *Tant mieux, parce que c'est déjà fait* ». Sans même essayer de lui soutirer.

La jeune femme soupira, les épaules voûtées.

— Ce n'est pas parce que Nathan est une cible facile qu'il a forcément un lien avec la mort d'Annabelle ou que quelqu'un a essayé de le piéger. C'est peut-être une simple coïncidence. Malgré ça, on n'a toujours aucune idée du coupable.

— On ? répéta Mack, d'une voix bien trop neutre.

Elle le fusilla du regard et leva les mains en signe de reddition.

— J'ai compris. *Tu* n'as toujours aucune idée.

— Merci.

— Quand tu dégoulines de politesse, c'est drôle, s'esclaffa-t-elle.

— Je n'essaie pas de l'être.

— Je sais, concéda Doreen avec un large sourire. Pourtant, tu l'es souvent. Cette enquête va être intéressante. Et je veux contribuer. Je veux trouver des réponses, mais j'ignore où chercher.

— C'est à ça que se résume notre travail. On a aussi envie de trouver des réponses, seulement on n'a aucune piste à suivre. On n'a pas d'autre choix que de rester planter là, à nous tourner les pouces et à passer pour des imbéciles.

— Vous le faites si bien, railla Doreen. Je plaisante.

— Je peux t'assurer que, plaisanterie ou pas, c'est l'impression qu'on a parfois.

— Et c'est injuste ! Je commence à comprendre que les réponses ne sortent pas de nulle part simplement parce qu'on les cherche. Tout vient à point à qui sait attendre.

Il leva les yeux au ciel.

— Je suis content que tu le comprennes.

— Oh, ce n'est pas facile. Je comprends, et je suis là, à essayer de savoir où aller, quoi chercher. Annabelle a été abattue avant que Joseph ne rentre chez lui, en début de soirée. Il a appelé la police, mais pourquoi personne n'a entendu le coup de feu ? Quelqu'un aurait dû vous appeler, sauf que personne n'a été vu, et il y a…

Elle jeta un regard en coin à Mack avant de reprendre.

— Il n'y a pas non plus de preuves médico-légales, n'est-ce pas ?

— Pas assez.

— Il n'y a donc pas d'expertise médico-légale, et vous n'avez pas de rapport balistique ni de rapport toxicologique, je suppose.

— Qu'est-ce qui te fait penser qu'un rapport toxicologique va nous être adressé ?

Mack la regardait avec curiosité.

— C'est un meurtre. Il faut tout prendre en compte.

Le policier sourit.

— Tu as raison. C'est un meurtre et, oui, il faut tout prendre en compte.

— La vraie question est de savoir si nous sommes sûrs qu'il s'agit d'un meurtre ? Pourquoi pas un suicide ?

— Il n'y avait aucune lettre, rien. D'après ce qu'on sait, rien dans sa vie ne va dans ce sens. Si elle s'était suicidée, elle aurait lâché l'arme et serait tombée à côté.

— Mais ce n'est pas impossible. Je ne sais pas s'il y a des résidus de poudre sur sa main, ce genre de choses. On en revient aux preuves médico-légales.

— Tu t'intéresses vraiment à tout ça, non ?

— Vois ça comme un apprentissage, et ce n'est pas le plus facile. Mais avec le temps, j'avance. Et je comprends que c'est difficile.

— Tant mieux, parce que c'est un véritable défi de temps à autre.

— Et les gens font tout pour nous rendre la tâche encore

plus difficile, ajouta Doreen. Je comprends qu'ils ne veulent pas se faire prendre, mais en même temps, c'est… c'est vraiment injuste.

Mack pivota afin de voir si elle était sérieuse, puis éclata de rire.

— Tu vois ? Je t'ai fait rire. Tu as vraiment l'air fatigué.

— Je le suis. Je ne dors pas très bien en ce moment.

— Qu'est-ce que je suis censé dire à Nan, quand elle s'inquiétera pour toi ?

— Tu trouveras quelque chose, j'en suis sûr. Ne t'avise pas de me la coller sur le dos.

— Attends. Tu as peur de Nan ?

— Je n'ai pas peur de Nan, objecta le policier.

— J'en ai bien l'impression !

— Changeons de sujet, veux-tu ? soupira-t-il.

— Tu veux discuter d'autre chose ?

— On n'a aucune raison d'envisager un suicide.

— Mais alors comment l'assassin a-t-il pu entrer dans l'immeuble ? Et dans son appartement ? Sans être vu par personne ?

— C'est ce qu'on essaie de découvrir.

— Tu es sûr que tout va bien ? Niveau santé, je veux dire ?

Il se rendit compte qu'elle était sérieuse et son visage s'adoucit. Il secoua la tête.

— Oui, je vais bien. Je suis fatigué, c'est tout.

— C'est normal, tu travailles tellement.

— Merci.

Il appuya sur le mot et sourit.

— Ce que disent les gens ne semble pas avoir d'importance, mais dès que quelqu'un est sur la défensive à propos de sa santé, ça veut dire qu'il y a autre chose.

— Il n'y a rien du tout, affirma-t-il avec fermeté.

— Très bien. Revenons à l'affaire. Donc ce n'est pas un suicide, ce qui signifie que c'est un meurtre. Quelqu'un est entré dans l'immeuble d'une manière ou d'une autre, et dans son appartement, récapitula Doreen, en levant les yeux au ciel.

— Elle n'était pas connue pour fermer sa porte à clé, précisa Mack.

— Oh, souffla la jeune femme.

— Comme tu dis. Joseph oubliait souvent ses clés, donc elle laissait la porte ouverte afin qu'il puisse rentrer.

— J'imagine qu'elle dormait sans fermer à clé également ?

— N'oublie pas que Kelowna est encore une petite ville, et beaucoup de gens ne voient pas l'utilité de fermer leurs portes à clé. Combien de fois es-tu allée te coucher sans verrouiller ta porte ?

Doreen se renfrogna.

— Quelquefois, mais c'est rare.

— Donc, il est possible que d'autres personnes le fassent, en particulier dans cette ville.

— C'est vrai. Alors quelqu'un entre et la tue. Or, le coupable ne prend rien, n'abîme rien, ne cherche rien. Pourquoi ?

Mack étudia Doreen avec attention.

— J'allais te poser la question.

Elle le dévisagea avec surprise et il haussa les épaules.

— On est souvent en désaccord à propos de *mes* affaires, constata-t-il. Néanmoins, j'apprécie ton point de vue différent, qui mène à d'autres pistes.

— Je vois. Et les gens me parlent tout simplement.

Il sourit et acquiesça.

— Tu as déjà soutiré plus d'informations à notre suspect que je ne l'espérais.

— Je ne lui ai rien soutiré. J'ai d'abord parlé à son père, et les agissements de son fils l'attristent, mais je pense sincèrement que ce dernier fait des efforts.

— Après tout, ce n'était pas prémédité, reconnut Mack. Donc je ne dirai pas le contraire. Et je confirme, cette histoire est triste.

— Et Nathan a purgé sa peine.

— Malgré ça, beaucoup de gens pensent qu'aucune peine n'est suffisante pour le meurtre d'un enfant.

— Comment ça ?

— Parfois, les gens ne pardonnent pas. Pour beaucoup, c'est encore vif. Il ne faut pas oublier que les habitants des petites villes se souviennent longtemps de ce genre d'affaires, et ils se moquent que Nathan ait purgé sa peine.

— Prenons un peu de recul. Qui d'autre, à part Nathan Landry, a été touché – sans parler de Kurt Chandler, qui s'en est sorti. Il est compréhensible qu'il ait plaidé la légitime défense, toutefois, il n'en reste pas moins que les deux garçons se sont battus, que le coup de feu est parti et que le petit garçon a été tué.

— Souviens-toi. Nathan est venu à la fête avec l'arme, et c'est lui qui la tenait, lui remémora Mack. Kurt et lui n'avaient pas l'intention de commettre un crime, donc il n'y avait absolument aucune raison de s'en prendre à l'autre adolescent. Il n'a pas commis le meurtre, voilà la différence.

— Même si c'est Kurt qui a demandé à Nathan d'apporter l'arme, et que c'est Kurt qui avait l'intention de voler de l'argent à quelqu'un ?

Mack la dévisagea.

— D'où sors-tu ça ?

— Nathan. Il n'en veut pas à Kurt parce qu'il savait que chacun essaierait de sauver sa peau. Kurt a acheté l'arme, mais c'est Nathan qui la portait parce que son ami lui avait dit de le faire. Nathan le conservait chez lui, et envisageait même de la racheter à Kurt. Il a dit que ça lui donnait l'impression d'être un dur à cuire, alors que ça lui donnait seulement l'air d'un idiot. Or, il ne l'a compris que trop tard.

Mack haussa les sourcils de surprise.

— À moins que Nathan n'ait cherché à m'embobiner – et je suis la première à dire que c'est le cas de beaucoup de gens – je crois qu'il était sincère et qu'il ne reproche pas à son ami de s'en être tiré à si bon compte.

Mack y songea quelques minutes.

— À l'époque – oui, j'ai passé le dossier en revue, car je devais parler à Nathan aujourd'hui –je me suis retrouvé mêlé à l'affaire à cause de mon père. Pourtant, Nathan ne m'a rien dit au sujet de ce potentiel vol.

— Comme c'était la version de son copain contre la sienne, Nathan savait que personne ne le croirait, et il s'est senti terriblement coupable parce qu'il a tué ce petit garçon. S'il n'avait pas apporté l'arme avec lui, ça ne serait pas arrivé, et il a raison.

— Je vois. Ça n'empêche que Nathan ne m'a rien dit de tout ça.

— Tu n'as sûrement pas posé ces questions.

— En effet, et je vais rectifier le tir tout de suite.

Le policier marmonna entre ses dents.

Elle voulut le réprimander pour avoir proféré des jurons, mais vu la tête qu'il faisait, elle lui demanda plutôt :

— Maintenant ?

— Oui, maintenant, cingla-t-il. Merci pour le café.

Sur ce, il partit.

Chapitre 14

DOREEN NE S'ATTENDAIT certainement pas à ce que Mack parte si soudainement, après avoir écouté ce qu'elle avait à dire. Aussi, lorsque son téléphone sonna une heure plus tard, elle sut qu'il s'agissait de Nathan.

— Vous lui avez parlé ? se récria celui-ci.

— En effet, confirma-t-elle. Je lui ai dit que je pensais que vous n'aviez rien à voir avec le meurtre d'Annabelle et que vous étiez sincère en affirmant que quelqu'un d'autre était impliqué. Vous serez d'accord pour dire que vous travaillez dur pour reprendre votre vie en main.

Le silence se fit à l'autre bout du fil.

— Oh, souffla Nathan.

— Vous êtes confus, je comprends. Mack est plutôt imposant, et dominateur… et sérieux… et procédurier. Mais c'est aussi quelqu'un de bien. Il essaie de résoudre l'enquête sur le meurtre d'Annabelle. Donc, indépendamment de ce qu'il vous fait subir, de vos peurs et de vos réserves, de tout ce que ça soulève, il faut que vous compreniez que Mack essaie seulement de découvrir la vérité.

— Oui, or, c'est à moi qu'il s'en prend.

— Mais vous n'avez rien fait ! Et il en aura la certitude

lorsqu'il étudiera votre cas. Votre nom sera blanchi.

— Je l'espère. Alors, vous aidez les gens pour de vrai ?

— Oui. Enfin, je fais de mon mieux, souligna-t-elle avec un petit rire. Pourquoi ?

— Je me demandais si je pouvais vous engager pour m'aider à résoudre cette affaire.

— Oh.

Le mot « *engager* » lui plaisait, mais elle savait qu'il n'en avait pas les moyens.

— Les gens ne m'engagent pas. Je me contente de chercher la vérité.

— Que faut-il pour que vous continuiez à chercher la vérité ? demanda-t-il d'un air morose. Je n'ai pas du tout envie de retourner en prison.

— Avez-vous fait quelque chose de mal ?

— Non, je vous l'ai déjà dit, déclara-t-il, contrarié.

— Et les gens ne cesseront de vous poser cette question, surtout quand vous dites des choses comme ça.

— Pourquoi ? La police n'a pas toujours raison.

— Ont-ils eu raison dans votre cas ?

— Évidemment, l'arme était dans ma main.

— Toutefois, vous ne leur avez pas parlé de votre ami, je me trompe ?

Nathan hésita avant de répondre :

— Au début, si. Puis j'ai arrêté, parce que mon ami avait déjà affirmé que j'étais coupable. Je le savais, qu'aurais-je pu faire de plus ?

— Je comprends. Ce n'est pas très utile, mais je comprends. Aujourd'hui, vous devez définir ce que vous souhaitez.

— Je veux mettre les choses au clair. Quand j'ai parlé à Annabelle, même si elle n'était pas très heureuse, ça allait, et moi aussi, quand je suis parti.

— *Ça allait*, c'est-à-dire ?

— Elle pleurait. Je pleurais. Je suis rentré chez moi et j'ai eu une longue discussion avec mon père, et il y a… il y a… je ne peux rien changer. Parler ne change rien, donc ce n'est pas comme si je pouvais arranger les choses. Et c'est difficile parce que si j'avais pu ramener ce petit garçon, je l'aurais fait. Mais je n'avais pas cette possibilité. Je n'avais aucune de ces options à ma disposition, alors j'ai l'impression que tout ça n'a servi à rien.

— Au final, Annabelle s'est-elle sentie mieux ?

— Je ne sais pas. Je pense, néanmoins, je n'ai aucun moyen de le savoir.

— C'est dur, n'est-ce pas ?

— Très. J'ignore ce que je peux faire pour que vous vous penchiez sur cette affaire…

— Qu'est-ce qui vous fait penser que ce n'est pas déjà le cas ? répliqua Doreen, un sourire dans la voix. J'ai pris contact avec vous, et j'aimerais beaucoup pouvoir contacter votre ami et lui parler.

— Il est dangereux, l'avertit Nathan. Vous ne devez pas vous approcher de lui.

Surprise par l'avertissement, elle demanda :

— Oh ? Comment ça ?

Face à l'hésitation de Nathan, elle poursuivit.

— Kurt n'est pas accusé d'un crime, cependant, si vous devez me mettre en garde, ça m'aiderait beaucoup de savoir exactement pourquoi.

Il soupira.

— J'ai eu des ennuis à cause de lui. Or, ce n'était pas la première fois pour lui.

— Vous pouvez être plus précis ?

— Il avait déjà commis quelques vols, et certains d'entre eux n'étaient pas jolis.

— A-t-il tué quelqu'un ?

— Non, je ne pense pas… Toutefois, je ne peux pas en être certain.

— Et l'arme, la police l'a en sa possession, non ?

— En effet.

— Kurt aurait-il pu se procurer une nouvelle arme facilement ?

— Bien sûr. C'est lui qui avait acheté celle-là.

— C'est vrai, donc s'il avait voulu reprendre une arme… il n'aurait pas été fâché contre vous d'avoir perdu celle-là.

— Non, c'est facile d'en acheter. Il suffit de connaître les bonnes personnes.

Doreen fit grise mine. *Il suffit de connaître les bonnes personnes.* C'était souvent le problème.

— Dans ce cas, quel problème représente-t-il ?

— Il est dangereux, c'est tout, répéta Nathan. Vous êtes gentille, et il dévore les personnes comme vous.

— C'est comme ça qu'il vous a attiré dans ses filets ?

— Oui, et ce n'est pas drôle. Je fais de mon mieux pour éviter les gens comme ça maintenant. J'espère qu'après avoir été en prison et en avoir rencontré une tonne, je pourrai les repérer plus facilement.

— J'en doute. Les mauvaises personnes sont douées pour faire semblant.

Doreen entendit Nathan souffler dans le combiné.

— C'est vrai. Mais je ne suis plus aussi jeune et stupide qu'avant.

Après avoir terminé sa phrase, il raccrocha.

La jeune femme venait de se surprendre elle-même. Mack aurait pu déclamer ce qu'elle avait dit. Elle aussi avait été jeune et stupide pour être capable de supporter les agissements de son mari. Cependant, ce contrôle de l'esprit la dérangeait vraiment. Les paroles de ce jeune homme, qui essayait de se racheter, mais qui se voyait comme un raté, l'avaient attristée. Elle ne pouvait pas ignorer son appel.

Chapitre 15

NE PAS IGNORER l'appel de quelqu'un et essayer d'avancer sur une affaire sans aucun indice étaient deux choses différentes. Frustrée, Doreen laissa à nouveau tomber l'annuaire sur la table de la cuisine. Elle cherchait ce Kurt Chandler et, comme Nathan l'avait prévenue, c'était sûrement une cause perdue et dangereuse. Elle demanderait l'aide de Mack pour tenter de contacter Kurt, mais jusqu'à présent, elle n'avait pas réussi à joindre le caporal. Finalement, elle se demanda – consciente que c'était peut-être la mauvaise chose à faire, toutefois avec le sentiment qu'elle n'avait pas d'autres options – si elle ne pouvait pas téléphoner au père de Nathan. Lorsqu'il répondit, elle se présenta une nouvelle fois.

— Qu'est-ce que vous voulez ? l'interrogea-t-il avec méfiance. Mon fils est absent.

— Je lui ai déjà parlé, nota Doreen. Il m'a demandé de me pencher sur l'affaire afin de le dédouaner en ce qui concerne le meurtre d'Annabelle.

Après cette déclaration, M. Landry se montra plus enclin à la conversation.

— J'ignore ce que vous pouvez faire, d'autant plus que

les flics sont sur le coup.

— En effet. Cet ami qui a causé des ennuis à Nathan il y a des années…

— Oui ? répliqua M. Landry, la voix de nouveau suspicieuse. Ce garçon, c'est un oiseau de mauvais augure. À l'époque, j'ai dit à Nathan de ne pas traîner avec lui, sauf qu'il ne m'a pas écouté.

— Les jeunes hommes ont l'habitude de ne pas écouter, n'est-ce pas ?

— Oui, et malheureusement, dans ce cas, Nathan a eu de gros ennuis, maugréa son père.

— Avez-vous vu ou entendu parler de Kurt depuis ?

Son interlocuteur hésita avant de répondre :

— Je l'aperçois de temps à autre, mais je ne lui ai pas parlé. Et je n'en ai pas l'intention.

— Votre fils m'a dit de ne pas l'approcher, car il est dangereux.

— Vous feriez mieux de l'écouter. Les types comme ce Kurt, ce sont des survivants. Ils détruisent tout sur leur passage, sans lever le petit doigt.

Doreen en avait rencontré plus d'un comme ça. Et ils s'acoquinaient avec son mari en général.

— Je comprends. Je me demande seulement si Kurt aurait eu une raison de tuer Annabelle.

— Je ne vois pas pourquoi il en aurait eu une.

— Moi non plus, or je ne peux pas omettre cette hypothèse. Est-il possible qu'elle ait vu quelque chose à l'époque qui aurait pu se retourner contre elle aujourd'hui ?

Landry hésita de nouveau.

— Je ne vois pas quel aurait pu être l'élément déclencheur.

— La sortie de prison de votre fils, par exemple. Je ne dis

pas que c'est exactement ce qui s'est passé, mais je dois écarter cette éventualité et m'assurer que ça ne fait pas partie de l'équation.

— C'est Kurt qui a donné l'arme à Nathan. Alors, en dehors de cet achat, c'est une broutille pour ce gars.

— D'accord. La question est donc de savoir si Kurt avait une raison de contacter Annabelle ?

— Je ne crois pas, répondit lentement M. Landry. Mais le problème, c'est que les types comme lui, ils sont un peu malades… Parfois, ils prennent leur pied en contactant leurs victimes, pour remuer un peu le couteau dans la plaie. Et peut-être que Kurt l'a appelée pour l'avertir que mon fils allait bientôt sortir de prison. Je vois bien Kurt faire ça. C'est désolant, et ça aurait fait beaucoup de mal à cette jeune femme, qui n'avait pas besoin de souffrir plus. Néanmoins, ça ressemble à Kurt.

— Il va falloir découvrir s'il a été vu sur le lieu du crime et dans les alentours. Vous n'auriez pas une photo de lui par hasard ?

— Certainement pas, cracha-t-il. Même… même si j'en avais une, je ne vous la donnerais pas. Mon fils a raison. Ce type est dangereux. Ne vous approchez pas de lui.

— Je vois. Avez-vous au moins des détails sur lui ? Comment pourrais-je le reconnaître de loin ?

— Kurt a le même âge que mon fils. Il avait des cheveux noir de jais et une cicatrice sur la joue, décrivit-il. Ça lui donnait un air dangereux.

— Ce qui devait lui plaire, ça intensifiait son côté grand méchant loup.

— C'en est un. Je vous en supplie, ne vous approchez pas de lui, cingla M. Landry, avant de raccrocher.

Doreen posa son téléphone et se tourna vers ses animaux.

— Alors, où est-ce qu'un type comme ça pourrait traîner ? s'interrogea-t-elle. Je dirais : prêteurs sur gages, bars, quelque chose du genre. Toutefois, retrouver quelqu'un en ville ? C'est une tout autre histoire.

Elle connaissait son nom, mais ne savait rien de lui. C'est alors qu'elle commença à fouiller sur Internet, puis décida d'appeler sa grand-mère.

— Bonjour, Nan. Kurt Chandler.

— Oui ?

— Est-ce que ce nom te dit quelque chose ?

— Pas du tout.

— Pourrais-tu demander à tes voisins s'ils le connaissent ?

— Pourquoi ?

— Parce que je pense qu'il était aussi mêlé à cette affaire d'il y a quelques années.

Doreen lui raconta l'histoire en toute hâte.

— Et pourquoi aurait-il quelque chose à voir avec Annabelle maintenant ?

— J'ignore si c'est le cas. Je m'interroge sur ce Kurt, c'est tout... Le père de Nathan pense que c'est le genre de personne à appeler Annabelle pour l'informer que Nathan était de retour en ville. Pour remuer le couteau dans la plaie.

— Oh, c'est intéressant, répondit Nan. Donc, en d'autres termes, lui faire croire qu'elle était en danger ou raviver toutes ces rancœurs.

— Tout à fait. Landry m'a dit que Kurt est le genre de personne qui aime enfoncer le clou et rendre la vie difficile à tous ceux qui l'entourent.

— Oh, *sympa,* marmonna la vieille dame. Tu ne pourrais pas avoir affaire à des meurtriers propres sur eux à présent ?

Celui-là a l'air méchant.

— Je pense qu'ils sont tous méchants, souligna Doreen, l'air rieur. Il n'y a rien de gentil chez ces gens.

— Alors pourquoi te frottes-tu à eux ?

— Je n'en ai pas envie, c'est l'enquête qui m'y conduit. Donc je suis cette piste jusqu'à ce que j'en trouve une nouvelle.

— J'espère que tu passeras rapidement à une autre piste. Entendu, je vais me renseigner.

Après le coup de téléphone, Doreen se leva et jardina, dans le but de s'occuper l'esprit. Et alors qu'elle était sur le point d'abandonner cette idée et envisageait de se rendre à la bibliothèque, Nan rappela.

— Personne n'a aucune précision. Ce type m'a l'air d'être un bon à rien.

— En effet, et du genre à tourmenter les autres.

— Quelle horreur.

— Je te le confirme.

Après cela, elle salua sa grand-mère et téléphona à Joseph.

— Bonjour, Annabelle a-t-elle eu d'autres visites dans les deux jours précédant sa mort ?

— J'ai hâte que tout ça se termine, grommela le jeune homme. Chaque fois que je vois votre numéro s'afficher, j'ai peur.

— Pourquoi ? Si la police vous appelait, ce serait une autre histoire.

— Pourquoi la police m'appellerait-elle ? l'interrogea-t-il, la voix tremblante de panique.

— Sûrement parce qu'ils auraient d'autres questions à vous poser.

— Bien vu, soupira-t-il. Je n'ai jamais été du genre à

m'attirer des ennuis, alors quand vous dites ça… mon cœur s'emballe.

— Je suis comme vous. Revenons à ma question.

— Elle a reçu quelques clients. Je n'en sais pas beaucoup plus à ce sujet.

— Vous n'aviez donc rien à voir avec ses affaires ?

— Plus ou moins. Évidemment, je m'y intéressais et j'essayais de m'impliquer, mais c'était *son truc à elle*.

Le ton de Joseph était si dédaigneux en articulant « *son truc à elle* ».

— L'activité aurait-elle pu devenir prospère ? enchaîna Doreen.

— Je ne pense pas. Elle n'avait pas assez de demandes. Il fallait qu'elle se trouve un vrai travail.

Doreen se renfrogna. Le « *vrai travail* » était également un sujet délicat pour elle.

— Ce que vous venez de dire, vous l'avez aussi dit à Annabelle ?

— On en a discuté à plusieurs reprises. Je travaillais au bar, elle s'occupait de ses fleurs, et malgré ça, on avait du mal à payer les factures.

— Ah, oui, les factures sont un problème récurrent, n'est-ce pas ?

— Surtout qu'il ne s'agissait pas vraiment d'un business. Et, oui, elle se mettait en colère contre moi si je disais quelque chose comme ça.

— Naturellement. Vous critiquiez son rêve.

— Peut-être… J'en sais rien.

— Peut-être, peut-être pas. Donc, vous ne savez pas si elle a reçu d'autres visiteurs.

— C'est exact. J'étais présent certains jours, et absent d'autres.

— Parce que vous ne travaillez que le soir, c'est ça ?

— Oui, en général je travaille de 18 h à 23 h.

— Vous ne travaillez donc que cinq heures par jour.

Étrangement, Joseph se rebiffa.

— Oui, mais je gagnais plus en quelques heures qu'elle en quarante heures par semaine. Et parfois, elle gagnait bien plus que ça.

— Hé, hé, je n'essaie pas de vous contrarier, temporisa Doreen. Vous n'étiez donc pas là pendant la journée, quand elle travaillait, et vous partiez travailler le soir. Vous ne passiez pas beaucoup de temps ensemble, j'imagine.

Il grommela et elle lui rappela :

— J'essaie de faire toute la lumière sur le meurtre d'Annabelle.

— Je n'aurais jamais dû vous contacter. Vous pouvez… passer à autre chose ?

— Ce serait trop beau, répliqua la jeune femme, le ton plus ferme. J'essaie de résoudre l'assassinat de votre petite amie.

— Mais vous n'êtes même pas de la police, alors je ne sais pas comment vous allez résoudre quoi que ce soit, fit-il remarquer.

— Certes, cependant je ne lâcherai pas l'affaire tant que je n'aurai pas suivi toutes les pistes possibles. Maintenant, revenons aux visiteurs.

— Un jour, deux hommes sont venus, un autre jour, une femme, mais je ne sais pas qui c'était. C'étaient juste des gens. Ils parlaient affaires. L'un d'eux voulait un bouquet pour sa petite copine. Je ne sais rien de plus.

Doreen darda un regard écœuré sur son téléphone. Elle commençait à comprendre pourquoi tout le monde aimait Annabelle et se méfiait de Joseph Moody.

— Vous ne vous intéressiez tellement pas à son entreprise que vous n'êtes même pas capable de répondre à quelques questions. C'est navrant. Avait-elle un classeur ou autre ?

— Oui, bien sûr, elle avait des documents, mais les flics ont pris l'ordinateur portable.

— Évidemment.

Frustrée, elle fit craquer sa nuque.

— Elle avait quand même quelques factures ici.

— Bien, vous voulez bien les prendre en photo et me les envoyer ?

Comme il hésitait, Doreen demanda :

— Vous êtes bien rentré chez vous, non ?

— Oui, mais je n'y passe que très peu de temps. Je ne m'imagine pas… vivre là alors qu'elle n'y est plus, répondit-il, la voix étranglée.

— Vous avez raison, reconnut-elle, la mine renfrognée. Vous avez le droit d'y retourner ?

— C'est ce que je viens de vous dire.

— Bien. Pourquoi ne me rejoindriez-vous pas là-bas, je prendrai quelques photos et je jetterai un coup d'œil. Je voulais voir la scène de crime de toute façon.

Il hésita de nouveau, alors Doreen ajouta :

— Pour Annabelle.

— D'accord, céda-t-il. Mais après ça, c'est terminé.

— Terminé ?

— Oui, je dois tourner la page.

— Eh bien, bonne chance, car tant qu'il y aura des réponses, personne ne pourra *tourner la page*, conclut-elle.

Chapitre 16

DOREEN FIT MONTER son petit monde dans sa voiture
et conduisit jusqu'à l'appartement d'Annabelle. Le
petit ami n'était pas ravi de la retrouver là-bas, mais il avait
fini par céder. Il voulait que le rendez-vous ait lieu aussitôt,
pour en finir avec cette histoire. Elle se demanda qui pouvait
bien penser qu'il tournerait la page aussi vite. C'était un
personnage, après tout. Pour Doreen, cela aurait été impossible. Si quelque chose arrivait à Nan, qui était âgée et avait
bien vécu, il lui faudrait beaucoup de temps pour s'en
remettre.

Comment tourner la page rapidement après le décès de
quelqu'un comme Annabelle – jeune et pleine de vie, qui
avait déjà subi tant de tragédies ? Doreen ne comprenait pas
cette mentalité, et il ne faisait aucun doute que Joseph était
en deuil. Mais ce n'était pas le problème principal. Elle
pouvait comprendre son besoin de compartimenter les choses
et d'aller de l'avant, toutefois elle en serait incapable elle-
même.

En particulier lorsque vous vivez avec cette personne et
que vous êtes amoureux d'elle, soi-disant. Bien qu'ils aient
manifestement eu beaucoup de problèmes, d'après les dires

de tout le monde, Annabelle était une femme absolument charmante. Par conséquent, le chagrin et le choc provoqués par sa mort seraient d'autant plus difficiles à gérer pour tout le monde.

Doreen pouvait déjà l'imaginer au vu du nombre de personnes qui disaient : « *un tel gâchis, une telle perte, morte trop jeune* ». Et toutes ces affirmations étaient vraies, mais elles s'appliquaient aussi à tous ceux qui avaient été emportés avant l'heure par la main d'autrui. C'est ce qui rendait Doreen furieuse. Comme si les maladies ne suffisaient pas. Parfois, des accidents se produisaient, cependant, se remettre du meurtre de quelqu'un – et le second dans cette famille… La jeune femme n'imaginait même pas comment les parents faisaient face.

Ils étaient partis pour fuir tout ça, et s'étaient séparés à cause de la mort de leur fils. Seulement, ils avaient à présent perdu leur fille, et Doreen se demanda s'il y avait un espoir que les parents surmontent cette épreuve… Elle ne pouvait le deviner, mais les gens affrontaient ce genre de situation, jour après jour, d'une manière qu'elle n'avait jamais vue. Elle monta les escaliers jusqu'à la porte de droite. Elle aperçut Joseph, qui sautait d'un pied à l'autre, agité.

Il la vit et eut l'air soulagé.

— Enfin ! se récria-t-il.

— Je suis en avance.

Il lui adressa un regard noir et se redressa.

— Je ne suis pas d'humeur à être là.

— Si j'avais pu visiter sans vous demander, je l'aurais déjà fait.

Il soupira et pointa la porte du doigt.

— Finissons-en.

Ainsi, il ouvrit et l'invita à passer la première. Mugs et

Goliath en laisse, Doreen pénétra dans l'appartement et s'arrêta au bout de quelques pas. Il la suivit et claqua la porte. La jeune femme se retourna, les sourcils froncés.

— J'ai tout sauf envie d'être ici.

— Vous déménagez ?

— Je comptais prendre mes affaires et m'enfuir. De toute façon, je n'ai pas l'argent pour payer le loyer, et la police nous a à l'œil à cause de ça. Donc, je n'ai plus qu'à prendre mes cartons et partir.

— Vous n'avez encore rien pris ?

— Non, il reste mes vêtements et mes effets personnels, souffla Joseph. Je squatte le canapé d'un ami, et ce n'est pas ce que je préfère.

— J'imagine, reconnut Doreen, les sourcils relevés. Mais au moins, vous avez des amis qui acceptent de vous héberger.

— Oui, pendant un certain temps, n'empêche que ce n'est pas une solution idéale à long terme.

Intérieurement, elle pensait qu'il y avait une pénurie de solutions à long terme dans ce genre de situation, mais qu'en savait-elle ?

— Si ça ne vous dérange pas, j'aimerais jeter un œil.

— Faites ce que vous avez à faire. Je vais rassembler quelques affaires en attendant.

Elle le suivit jusqu'à la chambre, puis il ouvrit le placard, attrapa un sac posé sur le sol et commença à y jeter ses vêtements. Elle se rendit compte qu'il avait réellement l'intention de prendre ses affaires et de s'enfuir.

— Qu'est-ce qui vous appartient exactement ? l'interrogea-t-elle avec curiosité.

Joseph haussa les épaules.

— Ça faisait quelques années qu'on vivait ensemble, alors je ne sais pas ce qui est à moi et ce qui est à elle, mais quasiment tout est vieux et sans valeur.

— Vous n'êtes donc pas inquiet pour les meubles ?

— Pas du tout.

Il reporta son attention sur la commode, dont il vida rapidement le tiroir, puis sur l'armoire. Elle se dirigea vers la commode à côté de celle de Joseph et fouilla. Lorsque le silence envahit la pièce, elle se retourna et vit qu'il la dévisageait.

— Pourquoi est-ce que vous fouillez dans ses affaires ?

— Parce qu'on ne sait jamais ce qu'on va trouver, répondit Doreen.

Elle se dirigea ensuite vers le placard et observa attentivement tout ce qui appartenait à Annabelle. Elle termina par le lit et demanda :

— De quel côté dormait-elle ?

Il désigna le côté opposé, proche de l'armoire.

Elle fit le tour et examina le contenu de la table de nuit. Tout avait l'air normal : quelques livres, un paquet de mouchoirs et des effets personnels, comme des photos. Doreen les consulta et interrogea Joseph sur l'identité des personnes présentes.

— Des amis de l'école.

— D'accord. Ça vous dérange si je les garde ?

— Je m'en moque. Je prends mes affaires et je laisse le reste.

Si elle était propriétaire, elle n'aimerait pas se retrouver dans cette situation, mais elle ne pouvait pas dire grand-chose à ce type. S'il n'était pas en mesure de payer son loyer, il y avait de fortes chances que le propriétaire vende tout ce qu'il y avait dans l'appartement pour récupérer ce qu'il avait perdu. Elle ne savait pas ce que disait la loi concernant les droits des locataires, car elle ne l'avait jamais été.

Elle passa rapidement en revue le reste de la chambre et rangea les quelques photos dans son sac à main.

— Où sont ses documents administratifs ?

— Là-bas.

Il la guida jusqu'à une table de salle à manger encombrée dont Annabelle se servait manifestement comme bureau. Ses fleurs étaient encore éparpillées sur le sol, ce que Doreen s'efforça d'ignorer, même si c'était un peu difficile, car il y en avait partout.

— Était-ce rangé d'habitude ?

— Oui, mais quand elle avait un accès de créativité, rien n'était rangé. On se disputait sans cesse à ce propos, nota-t-il, mal à l'aise. Je voulais seulement qu'elle laisse la salle à manger telle qu'elle était.

— Où pouvait-elle travailler alors ?

Joseph haussa les épaules pour toute réponse.

— En d'autres termes, ça ne vous aurait pas dérangé qu'elle ne fasse pas ce travail.

— Je vous le confirme, cingla-t-il avec un regard foudroyant. C'est si mal que ça ? Je voulais qu'elle ait un travail régulier avec un salaire régulier.

— J'ai compris, affirma Doreen.

Un travail et un salaire régulier étaient tout ce que Doreen n'avait pas, donc elle compatissait avec la victime.

Elle s'assit sur la chaise la plus proche et étudia la disposition des lieux et le fonctionnement de la jeune femme. Elle ignorait ce que cela lui apprendrait, si tant est qu'il y ait quelque chose à ressortir de tout ça, car c'était un vrai bazar.

Joseph confirma ses pensées.

— Il n'y a pas grand-chose à en tirer. Entre le meurtre, les flics, les fouilles et tout ce qui va avec, l'appartement ne ressemble plus à ce qu'il était.

— Avez-vous vérifié si quelque chose avait été volé ?

— Oui. La télé est là. Les policiers ont pris son ordinateur portable, donc il était là. Je n'ai rien remarqué.

— Où sont les papiers ?

— Juste là, répondit Joseph en désignant une pile sur le côté.

Doreen s'empara du lourd paquet.

— Ça vous dérange si je prends ça ?

— Prenez tout. Le plus vite sera le mieux. Je veux sortir d'ici.

La jeune femme eut un mouvement de recul. Il y avait quelque chose d'étrange chez Joseph, qui continuait à fouiller dans l'appartement. Il eut l'air d'avoir un frisson en scrutant la pièce. Doreen ne savait pas si c'était une question de nervosité ou s'il avait un mauvais pressentiment.

Elle parcourut le reste des documents d'Annabelle avec lenteur, prenant délibérément son temps. Elle ne cherchait pas à le contrarier davantage, mais ne voulait manifestement pas céder aux mêmes sentiments que lui.

Aucun de ses animaux ne semblait avoir remarqué quoi que ce soit, et c'était un bon signe. Il y avait même une certaine solennité dans leurs mouvements, comme s'ils savaient déjà ce qui était arrivé à la pauvre femme. Lorsque Doreen eut terminé, elle se rendit à la cuisine.

— Ce n'est pas terminé ?

Elle se tourna vers Joseph.

— Vous pouvez partir si vous le souhaitez. Ça vous dérange que je reste ?

Il secoua la tête, décontenancé.

— Je m'en vais, alors.

Il prit son sac et se précipita vers la porte.

Surprise, elle s'attendait à ce qu'il argumente davantage,

mais dans quel intérêt ? Quelque chose le tracassait sérieusement.

Elle l'écouta courir dans le couloir et retourna à ses recherches. On frappa à la porte, puis elle s'ouvrit
brusquement. Doreen pivota et tomba sur le concierge.
Lorsqu'il les vit, ses animaux et elle, il la fusilla du regard.

— Bonjour, le salua-t-elle. Joseph m'a laissé entrer pour
jeter un coup d'œil sur la scène de crime. Je ne cherche pas à
me mêler de l'enquête, mais je voulais voir comment elle
vivait et si quelque chose pouvait nous mener à son meurtrier.

— Le meurtrier est sûrement l'abruti qui vient de partir.

Il scruta la pièce avec dégoût.

— Il ne reviendra pas, je me trompe ? demanda le concierge.

Doreen fit grise mine.

— Joseph était très nerveux, et c'est pour ça que je lui ai
dit qu'il ferait mieux de partir.

— Je ne vous remercie pas. Comment est-ce que je vais
récupérer mon loyer à présent ?

— Je ne sais pas quoi vous dire, si ce n'est qu'il ne l'avait
pas.

— Il ne l'a jamais eu, rétorqua-t-il avec amertume.
C'était toujours elle qui payait.

— Vous savez donc déjà qu'il ne paiera pas. Je ne sais
pas s'il y a beaucoup de dégâts.

Doreen grimaça en voyant le sang séché.

Même Mugs s'en tenait à l'écart, ce dont elle lui était
reconnaissante.

— Non seulement j'ai perdu un mois de loyer, mais en
plus je vais devoir nettoyer tout ça et me débarrasser du reste,
s'exclama le concierge en levant les mains en l'air, l'air

dégoûté. C'est une triste fin pour cette jolie fille.

Il quitta l'appartement en claquant la porte derrière lui.

Doreen finit d'examiner la pièce et retourna dans la chambre où Joseph avait sorti ses vêtements. Elle espérait qu'il n'avait pris que ses affaires, et elle avait essayé de le surveiller, mais il était difficile de savoir. Avec les policiers qui lui tournaient autour, elle ne serait pas du tout surprise qu'il s'enfuie par le premier bus.

Elle sentait quelque chose d'important ici, or elle n'arrivait pas à le mettre en évidence. Elle parcourut à nouveau la pièce lentement. La pile de documents en main, elle prit plusieurs photos du reste de l'appartement, pour avoir une référence. Puis, lentement, avec les animaux, elle sortit. Dès qu'elle eut refermé la porte derrière elle, la porte de la voisine s'ouvrit.

— Vous.

— Oui, moi, répondit Doreen.

La voisine curieuse zieuta la porte de l'appartement d'Annabelle d'un air soupçonneux, et la jeune femme dut se justifier, avant que l'autre n'appelle la police :

— Joseph m'a laissée entrer. Puis il est parti et le concierge est venu.

— Je suppose que Joseph est venu récupérer ses affaires avant de prendre la fuite, rétorqua la voisine avec mépris.

— C'est l'hypothèse partagée par tout le monde.

— C'est son genre. S'il peut se soustraire à ses responsabilités, il prendra la porte à la première occasion.

Cette évaluation unanime était intéressante. Pourtant, elle n'avait rien pour la contrebalancer.

— Il avait l'air nerveux, effrayé d'être ici.

La femme afficha une expression perplexe.

— Je le serais aussi dans son cas. Vous ne me trouverez

pas dans la pièce où mon compagnon est mort. Je n'aurais jamais pensé que quelqu'un reviendrait ici, et la police semblait persuadée que le tueur ne reviendrait pas pour tirer sur quelqu'un d'autre. Mais croyez-moi, depuis, je surveille l'endroit de près.

— Avez-vous vu autre chose ? Est-ce que quelqu'un est passé ?

— Non, je ne sais même pas ce que j'aurais pu voir. C'est affreux et déchirant.

— En effet. Vous fréquentiez Annabelle de son vivant ?

— Non, pas du tout, mais c'était quelqu'un de bien. Elle était toujours aimable, heureuse, prête à aider. Lui, en revanche…

Doreen sourit.

— Oui, je l'ai déjà rencontré.

La voisine gloussa.

— Et comme vous l'avez rencontré, vous n'avez sûrement pas besoin qu'on vous dise encore une fois comment il est.

Doreen sourit et ne dit rien. Ce type était manifestement traumatisé, et peut-être n'était-il pas le citoyen le plus honnête, mais elle n'avait aucune raison de le mettre au pilori.

— Il n'y a rien dans leur appartement qui puisse nous mener au coupable, dériva-t-elle.

— Ah bon ?

La femme l'évalua avec un œil de lynx, puis se concentra sur les papiers dans la main de Doreen.

— Il s'agit des informations sur ses clients, expliqua-t-elle. Je vais en appeler quelques-uns pour voir si quelqu'un l'a harcelée, si elle a évoqué une personne qui lui causait des problèmes, si quelque chose n'allait pas.

— Son petit ami n'a pas pu vous aider ? demanda la voisine, un sourcil arqué.

— Pas du tout.

Les deux femmes échangèrent un regard complique, puis Doreen ajouta avec un sourire :

— Bref, c'est tout pour moi. On devrait se revoir.

Elle la salua d'un signe de la main. Mugs voulait rendre visite à la vieille dame, or Doreen n'avait aucune idée de l'accueil qu'il recevrait, alors elle continua de le tirer vers l'entrée.

Chapitre 17

Lorsqu'ils furent à bonne distance, Doreen darda son regard sur Mugs.

— Qu'est-ce qui t'arrive ?

Il aboya et passa la porte de bon gré, avec pour destination un grand carré d'herbe. Il s'y soulagea pendant qu'elle attendait. Doreen en profita pour scruter les alentours. L'espace était ouvert, convivial. Elle avait déjà vu des gens aller et venir sans trop de problèmes, ce qui signifiait que la police et elle-même auraient beaucoup plus de mal à découvrir ce qui se tramait ici. Et ça aussi, c'était inquiétant.

Elle prit plusieurs inspirations profondes, s'interrogeant sur l'horrible sensation d'oppression qui régnait en elle. Doreen ne savait pas si c'était dû au fait de se trouver dans le foyer de cette pauvre femme, à la rencontre avec le petit ami, ou à sa conversation avec la voisine.

Ses mains tremblaient légèrement. La jeune femme voulait jurer, mais elle aurait l'impression de ressembler à Mack, chose qu'elle ne souhaitait pas. Jusqu'à présent, elle n'avait jamais eu de raison de jurer. Elle ne voulait pas que ces enquêtes soient le point de départ. Malgré tout, ce qu'elle faisait était triste. Sur cette pensée, elle retourna à sa voiture.

Elle sortit de sa place et jeta un coup d'œil aux fenêtres de l'immeuble. La voisine était bien là et l'observait depuis son étage. Doreen lui fit un signe de la main et la dame, au lieu de lui répondre, se contenta de fermer ses rideaux. Comme si en les tirant, elle pouvait mettre un terme à ce qui s'était passé en face de chez elle. Cela devait être tellement difficile. Comment rester vivre chez soi alors qu'un meurtre avait été commis si près ?

Si près au point de se demander si c'était intentionnel ou un accident.

Doreen affichait une expression perplexe. Elle se demanda si la police avait envisagé que le tueur s'était peut-être trompé d'appartement. C'était sûrement une question bête, néanmoins elle décida quand même de s'assurer que Mack y avait songé, et elle s'arrêta sur le bas-côté pour lui envoyer un SMS. Elle n'était qu'à quelques minutes de chez elle. Or c'était le cas chaque fois qu'elle se rendait quelque part en ville. C'était l'un des aspects positifs de la vie à Kelowna. Tout était si proche.

Après avoir envoyé le message, elle se réinséra dans la circulation et rentra chez elle. Dès qu'elle fut arrivée, elle libéra les animaux de leurs laisses et ils coururent jusqu'à la porte d'entrée. Mugs l'attendait avec impatience.

— Je ne sais pas ce qui ne tourne pas rond chez toi aujourd'hui, mais j'ai l'impression que tout le monde est dérangé.

Elle n'avait aucune idée du problème. Doreen était elle-même d'une humeur bizarre, elle déteignait peut-être sur eux. Ce qui était fort probable, et quiconque s'intéressait aux animaux lui aurait dit de se ressaisir, parce que cela affectait tout le monde.

Elle grommela en passant la porte. Puis elle déposa toute

la paperasse sur le plan de travail de la cuisine et lança la cafetière. Elle méritait bien une tasse après avoir visité l'appartement d'Annabelle. Elle ne cherchait pas à freiner ou à réduire sa consommation de caféine, mais elle connaissait ses limites. Et, à cet instant, elle savait qu'elle aurait besoin de remplir une deuxième fois la cafetière.

Une fois le café prêt, elle se dirigea vers la rivière, où elle resta assise en silence pendant un long moment, presque en méditation… plutôt, assurément en méditation. Elle communiait avec la nature, les bonnes choses de la vie, le nécessaire pour se calmer.

Après un moment, Mugs aboya, et elle n'eut même pas besoin de se retourner pour savoir que Mack était là. Il s'assit à côté d'elle, passa son bras autour des épaules de la jeune femme et l'étreignit.

Doreen se blottit contre lui.

— C'est bon de te voir.

— Dans ce cas, regarde-moi au moins, s'exaspéra-t-il.

Elle leva les yeux et sourit.

— C'est un jour sans, c'est tout.

— Ça t'arrive souvent ces derniers temps.

— Tu trouves ? Et toi ?

Le policier sourit.

— On a tous les deux des jours *sans*, apparemment.

— Si tu le dis, marmonna-t-elle. Je me disais qu'Annabelle n'était peut-être pas la personne visée.

Mack afficha une expression perplexe.

— Je ne sais pas pourquoi, mais c'est une idée comme ça, précisa Doreen. Le quartier n'a pas l'air très riche, malgré tout, imagine qu'un autre habitant du pâté de maisons soit la cible ?

Il y réfléchit un instant.

— En fait, je me demandais si le petit ami n'était pas la victime visée.

La jeune femme fronça les sourcils, puis acquiesça.

— C'est presque trop facile, tu ne trouves pas ?

— Comment ça ? répliqua Mack avec curiosité.

— Personne ne l'aime.

— Tu n'as pas tort, reconnut le caporal avec un sourire. Il n'a pas beaucoup d'admirateurs, n'est-ce pas ?

— Il n'en a pas du tout. Je n'ai pas entendu une seule personne dire quelque chose de bien à son sujet.

— C'est triste.

— Et pourtant, Annabelle semblait heureuse. Alors, si c'est la vérité, je me moque du reste parce que, s'il la rendait heureuse, c'est tout ce qui compte.

Mack ne bougeait pas à côté d'elle, sa tasse de café à la main.

Doreen darda son regard sur le contenant et secoua la tête.

— Pourquoi est-ce que j'ai préparé une petite cafetière ? maugréa-t-elle. J'aurais dû me douter que tu viendrais après t'avoir envoyé un SMS.

— Je rentrais chez moi de toute façon.

— Vraiment ?

— Oui. Je me suis arrêté chez ma mère tout à l'heure pour prendre de ses nouvelles. Quand j'ai reçu ton message, j'ai voulu voir comment tu allais.

La jeune femme sourit.

— Tu vois ? Tu t'arrêtes pour savoir si je vais bien, même quand je ne t'envoie pas de SMS. Et, quand c'est le cas, tu t'assures de venir ?

— C'est ce que je viens de dire. Qu'est-ce qu'il y a de mal à ça ? rétorqua Mack, les sourcils froncés.

— Rien. Ça prouve seulement que tu tiens à moi.

— Évidemment que je tiens à toi, affirma-t-il, sa voix devenant légèrement rauque.

— Et tu me le montres si bien, tout le temps, le taquina-t-elle. J'imagine que je suis encore en train de m'y faire.

Le policier laissa échapper un soupir.

— Ton mari… mérite qu'on le coince dans une ruelle pour lui donner une bonne raclée.

Doreen arqua un sourcil.

— Tant que ce n'est pas toi.

— Et pourquoi ça ? s'étonna-t-il, le regard noir. Tu veux dire que je n'ai pas le droit d'être en colère contre lui ?

— Oh, bien sûr que si. Crois-moi, j'aimerais le coincer dans une ruelle et lui donner une bonne raclée. Mais il y a de fortes chances qu'à nous deux, on fasse un trop bon boulot et qu'on passe une grande partie de notre vie en prison.

Mack s'esclaffa.

— Assurons-nous de ne rien faire alors.

Comme si Mathew avait entendu leur conversation, le téléphone de Doreen sonna et le numéro confirma qu'il s'agissait de son ex.

— Quand on parle du loup…

Mack fronça les sourcils.

— Il t'appelle souvent ?

— Non, donc je ne sais pas si je dois répondre ou pas.

— Réponds. Voyons ce qu'il mijote, suggéra-t-il.

— Nick me dirait de lui raccrocher au nez, ou de ne pas répondre.

Mack réfléchit tandis que le téléphone ne cessait de sonner.

— Je suis là. Voyons ce qu'il a à dire.

Ainsi, Doreen décrocha et mit le haut-parleur.

— Enfin ! pesta Mathew. Je n'ai pas toute la journée.

— Waouh, quel plaisir de t'entendre. Tu crois que je n'ai rien d'autre à faire ?

— Comme quoi ? Te mêler de la vie des autres encore ? ricana-t-il.

La jeune femme se raidit et foudroya le téléphone du regard. Mack posa une main rassurante sur la sienne.

— Tu as une raison de m'appeler ? Je devrais sûrement te rappeler que tu es censé passer par mon avocat.

— Mais je n'aime pas parler à ton avocat, répliqua-t-il de sa douce voix manipulatrice. Je préfère parler avec toi.

— Je n'ai pas à t'écouter, et je n'ai assurément pas le temps pour ça.

— Tu vas prendre le temps. Je veux que ton avocat retire les charges.

Doreen fronça les sourcils, puis jeta un coup d'œil à Mack.

— Qu'a-t-il fait pour t'énerver ? demanda-t-il avec curiosité à l'attention de son ex-mari.

— Que veux-tu dire ?

— C'est une question assez simple. Alors, qu'a-t-il fait ?

— Je n'ai pas voulu signer le dernier accord. J'ai changé d'avis. Et maintenant, il a demandé une date d'audience pour différends irréconciliables.

— Quel est le problème alors ? Vous n'arrivez pas à vous mettre d'accord, c'est ça ?

— C'est ça.

— Donc c'est logique. Il a le droit de prendre toutes les mesures qui s'imposent.

Elle se tourna vers Mack qui arborait un large sourire. C'était logique pour elle, mais de toute évidence, ce dernier trouvait cela très drôle.

Son mari poussa un de ses fameux soupirs exagérés.

— Tu vois ? C'est le genre de choses que tu ne comprends pas, et c'est pourquoi je me suis toujours occupé des affaires.

Elle se raidit à nouveau et le fustigea à travers le téléphone.

— Eh bien, devine quoi ? C'est exactement pour ça que j'ai engagé un avocat ! aboya-t-elle, furieuse. Pour que je n'aie pas à supporter que tu me rabaisses tout le temps !

— Oh, c'est donc ça le problème ? s'étonna Mathew. Si tu étais un tant soit peu intelligente, tu ne te serais pas mise dans cette situation.

— Très bien, je ne participerai pas à ce concours de médisance. Mon avocat est à ta disposition.

— Attends, attends ! se récria Mathew alors qu'elle s'apprêtait à raccrocher.

— Quoi ? Tu crois que je dois rester là à t'écouter m'insulter de la sorte ? s'emporta la jeune femme.

— Écoute. Je suis désolé, reprit-il, d'une voix dénuée d'excuses. Chaque fois que je te parle, il y a ce truc.

— J'avais remarqué.

— J'ai besoin que tu fasses marche arrière, c'est tout. Que ton avocat me lâche. Je suis certain qu'on peut trouver un arrangement tous les deux.

— Tu viens de me dire que je n'avais pas le sens des affaires et que c'était pour ça que tu t'en occupais. Pourquoi laisserais-je mes intérêts entre tes mains aujourd'hui ? railla-t-elle. De mon point de vue, je pense que Nick sait parfaitement ce qu'il fait. C'est la raison pour laquelle je l'ai engagé. Alors, si tu veux parler, tu sais comment le joindre. J'apprécierais que tu joues les adultes et que tu arrêtes de t'en plaindre à moi.

— Non, non, non, non, non, non, je refuse, grogna Mathew.

— Tu refuses quoi ?

— Je refuse de passer par ton avocat. Tu dois t'en occuper toute seule, qu'on en finisse.

— Qu'on en finisse avec quoi ?

— Oh, arrête de jouer les imbéciles ! On doit signer l'accord, c'est tout, pour qu'on puisse tous les deux aller de l'avant.

— J'en serais ravie. Tu te souviens ? C'est pourquoi j'ai engagé mon avocat.

— Certes, mais ton avocat n'est pas très coopératif.

Doreen sourit malicieusement.

— Je suis persuadée qu'il dirait la même chose de toi.

Elle pouvait presque sentir le regard meurtrier de son ex-mari la prendre à la gorge à travers le téléphone.

— Écoute, j'en ai marre. Arrête de m'appeler. Appelle-le. Plus vite tu t'occuperas de ça, plus vite ce sera fini. Et si le tribunal est la solution, ainsi soit-il. Je ne vois pas de problème dans les deux cas.

— Comment ça, tu ne vois pas de problème ? l'interrogea Mathew avant de se taire. Mon Dieu, tu ne sais même pas.

— Je ne sais même pas quoi ? gronda Doreen. Tu ferais mieux de faire attention. Je commence à en avoir assez de ton attitude.

Elle se tourna vers Mack qui la dévisageait. Elle haussa les épaules et reporta son attention sur Mathew.

— Alors ?

— Le jugement sera plus sévère si on va au tribunal.

— Alors, pourquoi ne signes-tu pas l'accord maintenant ? Pourquoi veux-tu aller au tribunal ? le questionna la jeune femme, l'expression perplexe.

— Je ne veux pas aller au tribunal ! C'est évident ! cingla-t-il.

— Eh bien, trouve un arrangement qui convienne à mon avocat. C'est difficile à comprendre pour quelqu'un qui a travaillé toute sa vie dans le monde des affaires ? se moqua-t-elle, incapable de retenir l'aigreur de sa voix.

Elle conclut en levant les yeux au ciel.

— Pourquoi veux-tu autant d'argent ? demanda-t-il. Tu ne seras même pas capable de t'en occuper.

Doreen adressa un dernier regard noir au téléphone.

— Cette conversation est terminée, ordonna-t-elle d'un ton très calme. Comme je te l'ai dit, ne m'appelle plus. Je ne répondrai pas. Tu peux lui parler.

Cette fois, elle raccrocha furieusement et tourna son regard mauvais vers Mack.

— Ton frère va encore se mettre en colère contre moi.

— Peut-être, mais je suis content d'avoir entendu cette conversation, déclara le policier, le sourire aux lèvres.

— Pourquoi ?

— Parce que tu t'es défendue. Je suis vraiment fier de toi.

Elle le regarda avec surprise. Il passa un bras autour de ses épaules et la serra rapidement dans ses bras.

— Parfois, on craint que les gens reviennent à leur situation antérieure, c'est-à-dire à une relation très malheureuse et malsaine, expliqua-t-il. Les gens ont tendance à céder, et je ne voulais pas que tu retournes avec ton ex parce qu'il t'a promis quelque chose.

— Il ne voudrait plus de moi maintenant, souligna Doreen avec un sourire. Je suis très différente de celle que j'étais quand on était mariés. Tu crois vraiment qu'ils vont se montrer inflexibles avec lui ?

— Non seulement ils se montreront inflexibles, mais il risque également de faire l'objet de poursuites judiciaires, selon l'avis du juge sur son implication sexuelle avec l'avocate de ton divorce.

Doreen le dévisagea, choquée.

— Il aura encore plus de mal à s'en sortir.

— En effet, reconnut Mack, or, tout ce qu'il a à faire, c'est de conclure un accord en bonne et due forme, et il n'aura pas besoin de se présenter au tribunal.

— Et moi ? s'enquit Doreen, avec une inquiétude soudaine.

— Peut-être, mais tu ne seras pas seule. Tu auras Nick à tes côtés, et ce sera suffisant. Si besoin est, je prendrai des congés et je viendrai aussi pour le soutien émotionnel.

La jeune femme sourit.

— Tu ferais ça ?

— Oui. Sans parler du fait que j'aimerais avoir une petite discussion en privé avec ce type.

Doreen le regarda avec effroi, et Mack sourit de toutes ses dents.

— Je te promets que je ne lui ferai pas de mal.

Elle était sur le point de se détendre lorsqu'il ajouta :

— Pas beaucoup.

Elle soupira.

— Il s'assurerait de t'envoyer en prison si tu fais ça. Il vit pour les procès.

— Il en a un qui lui pend au nez en ce moment, nota Mack avec un sourire narquois.

— Et la prochaine fois qu'il m'appellera, je ne répondrai pas.

— Il est évident que ça l'obsède, alors laissons Nick s'en

occuper à partir de maintenant.

Mack sortit son téléphone et appela son frère sur haut-parleur. Ce dernier riait à gorge déployée lorsque Mack eut terminé son récit.

— Oui, il est très contrarié par tout ça, confirma Nick. Il a quelques mois devant lui, mais plus on se rapproche de la date du procès, plus il perd. S'il signe tout de suite, tant mieux, néanmoins, s'il laisse traîner les choses, ce sera encore plus dur. Et il sait qu'il aura beaucoup d'ennuis si on finit au tribunal.

— Quel genre d'ennuis ? demanda Doreen.

— C'est au juge d'en décider.

— Mais s'il découvre qui est le juge, Mathew pourrait essayer de se le mettre dans la poche. Tu le sais, n'est-ce pas ?

Un moment de silence s'ensuivit.

— Il se trouve que le juge qui nous a été affecté est quelqu'un de très respecté parce qu'il n'est *pas* du genre à accepter des pots-de-vin et qu'il n'aime pas ceux qui en acceptent, répondit Nick. On est quasiment assuré de gagner.

— Parfait, parce que Mathew va tenter le coup.

— Sois tranquille, ce juge sera inflexible, la rassura Nick d'un ton enjoué.

— Certes, seulement s'il va en prison, je ne recevrai pas d'argent, si ?

— Si. Qu'il aille en prison ou pas ne changera rien. Ça va prendre un peu de temps, mais on va y arriver.

— Je suis contente que l'un d'entre nous se réjouisse, marmonna-t-elle.

Son rire clair résonna dans le téléphone.

— Je n'ai rarement été aussi heureux de poursuivre le mari que dans cette affaire.

Il discuta quelques minutes avec Mack, puis ce dernier raccrocha. Il prit son café et le termina d'un trait.

— Tu as mangé ? demanda-t-il.

Doreen secoua la tête.

— Non. Et je dois te dire que j'ai récupéré un tas de papiers chez Annabelle aujourd'hui.

— Des papiers ?

Elle lui relata ce qu'elle avait trouvé.

— Que penses-tu trouver avec ça ?

— Sûrement rien, admit-elle. Je voulais seulement vérifier son état mental afin de voir s'il y avait une menace que quelqu'un d'autre aurait remarquée.

— On a déjà parlé à plusieurs de ses clients.

— Bien. Faute de mieux, les gens devraient être rassurés, car on fait tout ce qu'on peut.

— *On* ? répéta Mack.

— Oui, *on*.

Chapitre 18

MACK PARTIT PEU après la fin du dîner. C'était un repas simple, composé de viande et de légumes, puis il avait reçu un appel qui l'avait forcé à partir. Cet appel signifiait qu'il ne se reposerait pas, alors qu'il en avait besoin, et Doreen détestait cela. En proie au doute et ignorant toujours quelle direction prendre, elle téléphona aux anciens clients d'Annabelle. Plusieurs numéros étaient des lignes professionnelles, et elle ne pouvait laisser que des messages. D'autres étaient privés, et elle réussit à parler à quelques personnes.

Lorsqu'elle se présentait, la plupart de ses interlocuteurs ne la connaissaient pas, ce qui était une bonne chose, et ils lui demandaient simplement pourquoi elle enquêtait. Elle expliquait qu'elle le faisait pour un ami de la famille. Après avoir discuté avec autant de personnes que possible, aucun n'avait eu quoi que ce soit à redire sur Annabelle. Elle semblait toujours heureuse et pétillante. Elle était enthousiaste à l'idée de diriger sa propre entreprise, et c'était très important pour elle.

Personne ne connaissait son compagnon. Joseph était absent lorsqu'ils lui avaient parlé. Arrivée au dernier nom de la liste, Doreen se présenta de nouveau et reprit son discours.

— Oh, cette pauvre fille, répondit la femme, des sanglots dans la voix. J'ai eu recours à ses services à plusieurs reprises pour différents événements. Elle a toujours été à la hauteur.

— Tout le monde dit beaucoup de bien d'elle, confirma Doreen.

— Oui, quelle horreur que quelqu'un d'aussi jeune nous soit enlevé de façon aussi insensée. Le crime n'a pas encore été résolu, si je ne m'abuse.

— La police travaille sur l'affaire, dit Doreen. J'essaie de savoir s'il y a eu quelque chose d'anormal. Par exemple, quelqu'un de son entourage avec qui elle aurait eu un problème, ou un différend avec un ancien client – n'importe quoi.

— Oh mon Dieu, c'est si grave que ça ? se récria la femme. Et moi qui pensais que ce serait facile.

— Il n'y avait aucune caméra dans son appartement et personne n'a vu ni entendu le tireur. Elle n'attendait personne – ou plutôt ce n'était pas indiqué dans son agenda. La police ne pense pas qu'elle ait été visée, mais on ne peut exclure la possibilité qu'elle ait été abattue alors que quelqu'un d'autre était attendu. Peut-être que lorsque le coupable a compris qu'Annabelle était seule, il ou elle l'a abattue et s'est enfui.

— C'est tout à fait possible, reconnut la cliente, qui baissa ensuite d'un ton. Son petit ami n'était pas très gentil.

— Vous lui avez parlé ?

— Oui. J'étais chez elle un jour, et il… eh bien, il était énervé, car l'heure du dîner avait été repoussée et qu'il devait aller travailler.

— Ah, ça ne me surprend pas, déclara Doreen.

— Il a l'air d'être du genre à exiger beaucoup d'attention

de sa part, du moins quand il en a envie.

La cliente pouffa, puis soupira.

— Son monde a basculé, alors je ne devrais pas me moquer de lui, ajouta-t-elle.

Doreen fit grise mine.

— Vous avez raison, et toute cette affaire est tragique.

— Vraiment affreux.

— L'auriez-vous vu avec quelqu'un d'autre ?

— Non, je… répondit la femme avant de se taire. Oh, attendez une minute. Le jour où je l'ai rencontrée, il y avait un autre homme. Il me semblait familier. C'était quelques jours avant sa mort. Je suis passée chez elle pour lui rapporter des vases qu'elle avait oubliés à l'un de mes événements. J'aurais dû les rapporter quelques semaines plus tôt, mais j'ai été très occupée…

Elle parlait d'un air désolé.

— Peu importe, un autre homme était présent, et ils avaient tous les deux les larmes aux yeux, reprit la femme.

Doreen décrivit brièvement Nathan Landry.

— C'est bien lui, confirma la cliente avec enthousiasme. Je ne savais pas ce qu'il se passait, mais Annabelle m'a dit que tout allait bien, rien qu'en voyage dans le passé.

— Je connais ce jeune homme.

— C'est tout ce que j'ai à vous dire. Désolée, ma chère. Vous devriez vous renseigner auprès de la voisine. Elle surveille tout le monde dans le coin. J'ai eu l'impression qu'elle écoutait toutes les conversations.

— Vous l'avez vue ?

— Oui. Elle a sorti la tête plusieurs fois. Annabelle lui souriait, et quand on entrait dans son appartement, elle levait les yeux au ciel et disait : « *Elle est du genre curieux* ».

— C'est aussi l'impression que j'ai eue, acquiesça Doreen. Et elle pense avoir entendu les coups de feu, mais elle n'a vu personne.

Son interlocutrice hoqueta.

— Sérieusement ? Parce qu'au moindre bruit, elle frappait à la porte d'Annabelle.

— Je me demande si le coup de feu ne l'a pas effrayée au point de rester chez elle.

— J'imagine. Ce doit être terrible, bien que j'ignore à quoi ressemble un coup de feu.

Longtemps après avoir raccroché, Doreen y songeait encore. C'était une bonne remarque. Le meurtrier avait-il utilisé un silencieux ? Qui savait à quoi ressemblait le bruit d'un coup de feu avec un silencieux ? Même sans silencieux ? Sachant que Mack avait été rappelé au travail, elle ne voulait pas le déranger. Mais en même temps, comment pouvait-elle savoir si le coupable en avait fait usage ? Et, si c'était le cas, le crime devenait un travail de professionnel. Néanmoins, il s'agissait de l'arme de Joseph, ce qui reléguait cette théorie aux oubliettes.

Doreen était perturbée, elle ne voyait pas Annabelle se laisser entraîner dans une telle aventure. Elle y réfléchit un long moment, puis reprit ses recherches sur l'ami de Nathan. Peu de temps après, elle trouva le père de Kurt dans un article de journal sur Internet. Cela la mena au fils, dans le même article, toutefois elle n'avait toujours aucune indication sur son travail et ses coordonnées.

Elle se renfrogna, car pour elle, c'était encore l'une des meilleures pistes de toute cette histoire. Donc, s'ils pouvaient au moins trouver Kurt ou savoir s'il était dans le coin, cela l'aiderait à mieux comprendre. Elle appela Nan après une longue réflexion. Lorsque sa grand-mère répondit, elle semblait plus fatiguée que ce à quoi Doreen s'attendait.

— La journée a été très longue, ma chérie. Tu progresses ?

— Pas vraiment, déclara Doreen, frustrée. J'essaie de trouver Kurt Chandler, l'ami de Nathan à l'époque, et c'est compliqué.

— Et je n'ai trouvé personne qui connaisse Kurt ou quoi que ce soit sur lui.

— Tant pis. Dis-moi comment se procurer une arme en ville.

Le silence se fit, et Nan éclata de rire.

— Je pense que tu devrais poser cette question à Mack.

— Je le ferais bien, mais il a été appelé sur une autre affaire. Je me demandais juste si l'un de tes amis sait si c'est facile ou difficile d'acheter une arme ici.

— Je pense que c'est comme dans n'importe quelle autre ville, supposa la vieille dame. Tout dépend de tes contacts.

Doreen rumina cette conversation pendant longtemps, car son aïeule avait raison. Mais la question était de savoir qui connaissait Annabelle ? Quel lien ? Elle y réfléchissait encore quand son téléphone sonna. C'était un numéro masqué. Elle hésita, puis décida finalement de répondre.

— Arrêtez de poser des questions, sinon gare, lança une voix masculine.

Elle ne sut quoi répondre et, le temps de formuler une réponse, son interlocuteur avait déjà raccroché. Elle prit une grande inspiration et appuya sur la fonction rappel, en vain. Apparemment, elle n'avait aucun moyen de recomposer un numéro masqué.

— Je devrais faire de même, grommela-t-elle.

Mack lui téléphona quelques minutes plus tard.

— Quel est le problème ? l'interrogea-t-il.

Elle regarda son téléphone avec surprise.

— Comment sais-tu qu'il y a un problème ?

— Je n'en sais rien, je suppose que c'est le cas, c'est tout.

Doreen s'esclaffa.

— D'une certaine manière, il y en a un.

Elle lui parla du coup de fil d'avertissement.

— Bordel. Tu as reconnu la voix ?

— Non et ça s'est passé si vite que je n'ai pas eu le temps de répondre.

Elle attendit un moment avant de reprendre.

— Je n'ai pas toujours des ennuis, tu sais. Mais d'après ta voix, on dirait qu'il y a quelque chose qui cloche. Qu'est-ce qu'il y a ?

— Richie a téléphoné à Darren pour lui demander s'il était difficile de se procurer une arme en ville.

Doreen hoqueta.

— Oh, mince. J'ai appelé Nan pour lui poser cette question.

— Et elle a demandé à Richie, qui a ensuite appelé son petit-fils, maugréa-t-il. J'ai l'impression d'être dans une mauvaise comédie sans fin.

— Eh bien, ça va être compliqué de se procurer une arme, si les gens continuent à aller voir les flics, plaisanta la jeune femme.

— J'ai tout de suite compris que ça venait de toi. Tu te demandes vraiment comment te procurer une arme ?

— J'ai demandé s'il était compliqué de se procurer une arme, précisa-t-elle. Et en réalité, ce que j'essayais de savoir, c'est s'il est difficile d'acheter un silencieux pour une arme à feu.

— Pourquoi ? l'interrogea tranquillement Mack après quelques secondes.

— Comment se fait-il que la voisine curieuse en face de

chez Annabelle, qui apparemment entend tout et sort la tête
à chaque bruit – au point que parfois elle vient même chez
Annabelle, quand elle reçoit des clients – parce qu'elle entend
des choses, et qu'elle veut savoir ce qu'il se passe. Pourtant, la
nuit où Annabelle a été abattue, elle n'a pas reconnu le coup
de feu, n'a pas ouvert la porte et n'a pas appelé les flics ? Je
n'y crois pas une seconde.

Chapitre 19

Dimanche matin...

L E LENDEMAIN MATIN, Mack passa chez Doreen de bonne heure, et il avait l'air épuisé. Il la fusilla du regard.

Elle leva les deux mains et s'exclama :

— Ce n'est pas ma faute !

— Si, grogna-t-il.

Il s'approcha de la cafetière et se servit une tasse.

— C'est facile de trouver une arme en ville. C'est facile d'acheter un silencieux en ville. Mais je n'ai pas encore trouvé d'explications au coup de feu et à la voisine curieuse, continua-t-il.

— Je pensais à une chose qui pourrait l'expliquer, nota Doreen.

Le policier fit volte-face pour la dévisager.

— Peut-être qu'elle porte une prothèse auditive et qu'elle l'enlève pour dormir, reprit la jeune femme.

Les sourcils de Mack volèrent jusqu'à la racine de ses cheveux.

— J'aurais dû y penser, bougonna-t-il, son regard noir rivé sur son café. J'ai pensé à toutes sortes de choses, mais rien qui ne tenait debout.

— J'en reviens toujours à cette question : si elle a entendu un coup de feu, pourquoi n'a-t-elle pas appelé les secours ? Après tout, elle dit l'avoir entendu, sauf que ce n'est peut-être pas le cas. Sa réputation de madame-je-sais-tout est peut-être tellement importante pour elle qu'elle a tout inventé.

— Mais ça changerait toute la chronologie, grommela Mack en la regardant avec étonnement.

— Et pourtant, personne d'autre ne nous a confirmé *cette* chronologie. Et si ce n'est *pas* la bonne…

— Alors, l'alibi du petit ami d'Annabelle est nul, conclut Mack avant de finir son café. Je repasserai plus tard.

Il sortit en trombe de la maison de Doreen.

Elle alla s'asseoir sur sa terrasse, la mine renfrognée. Elle se demandait quel genre de chaos se préparait, parce que Mack semblait plutôt contrarié par cette affaire. Et à juste titre, car, si la voisine curieuse avait perturbé la chronologie qui faisait de Joseph le principal suspect, tout cela deviendrait un énorme casse-tête pour tout le monde. D'un autre côté, il valait mieux le savoir maintenant et se remettre en selle.

Elle attendit toute la matinée, s'occupant à l'intérieur et à l'extérieur, jusqu'à ce qu'elle n'en puisse plus et qu'elle envoie un SMS.

Alors ?

Elle reçut la réponse de Mack presque aussitôt.

Je passerai bientôt.

Doreen affichait une expression perplexe, elle n'était pas sûre d'être du même avis, et peut-être essayait-il simplement de la distraire.

Ce n'était pas impossible. Néanmoins, elle ne pouvait

pas faire grand-chose. Elle reprit ses notes et réfléchit à tout ce qu'elle avait entendu, s'interrogeant sur la pièce manquante de ce puzzle. Elle était persuadée qu'il lui manquait quelque chose, de simple, de facile. Et elle n'arrivait pas à mettre le doigt dessus.

Puis elle se rendit compte qu'elle n'avait pas le nom de cette vieille dame. Elle était en colère contre elle-même à cause de cette erreur, car elle le voulait. Elle demanda à Mack s'il pouvait lui donner le nom de la voisine d'Annabelle.

Pourquoi ? répondit-il.

Doreen fronça les sourcils, elle ignorait comment se justifier. Elle expliqua simplement : **J'ai besoin de savoir.**

Hannah Hartley.

Elle garda ses yeux rivés sur ce nom, l'avait-elle déjà entendu ? Cependant, même en consultant ses notes, elle ne trouva aucune correspondance. Elle se tourna vers Internet, mais elle ne trouva rien.

— Je reviens dans un petit moment, annonça-t-elle à ses animaux avant de partir à la bibliothèque.

Elle entra dans le bâtiment et aperçut la bibliothécaire qui lui avait donné du fil à retordre, mais qui semblait avoir fait la paix avec le curieux passe-temps de Doreen à présent.

— Vous travaillez sur l'affaire d'Annabelle, c'est ça ? l'interrogea-t-elle en voyant le regard déterminé de la jeune femme.

— Comment avez-vous deviné ? Je m'occupe des affaires classées en général.

La bibliothécaire haussa les épaules.

— Il n'y a pas beaucoup d'affaires de meurtre en ce moment, et celle-là est plutôt récente.

— En effet. Donc je n'ai pas vraiment le droit de mettre mon nez dedans, reconnut Doreen, la mine boudeuse. C'est une nouvelle affaire, alors Mack enquête.

— Naturellement, mais ça ne veut pas dire qu'il n'a pas besoin d'aide.

Doreen s'esclaffa.

— Il dirait qu'il n'a besoin de l'aide de personne.

— Ça ne m'étonne pas, acquiesça la bibliothécaire. Alors, que cherchez-vous ?

— Des informations sur Hannah Hartley.

— *Hannah*, répéta la femme, les sourcils froncés. Ce nom ne me dit rien.

— C'est une dame âgée qui vit dans le même immeuble qu'Annabelle.

Les sourcils de la bibliothécaire se soulevèrent.

— Intéressant. Qu'a-t-elle fait ?

— Peut-être rien, mais je dois essayer de trouver ses antécédents.

Ainsi, elle se dirigea vers les archives. Elle y parcourut les journaux jusqu'à ce que son téléphone sonne, l'extirpant de sa concentration silencieuse. Elle lut le nom de Mack sur l'écran. Elle répondit à l'appel, s'attirant les regards désapprobateurs de plusieurs personnes, car la bibliothèque était censée être une zone de silence, et elle se retrouvait avec un téléphone qui sonnait à toute volée. Elle s'empressa de se lever et, réalisant qu'elle en avait fini avec les microfiches, sortit de la bibliothèque.

— Je suis à l'entrée de la bibliothèque, je peux parler maintenant, annonça-t-elle à l'extérieur.

— Tu veux dire qu'ils t'ont virée, pouffa le policier.

— Pas du tout. Mais je n'ai pas envie de perdre l'une de mes meilleures sources.

— Bref, soupira-t-il. Je suis allé lui parler. À la voisine.

— OK, et ?

— J'ai eu du mal à lui tirer les vers du nez. Elle était profondément endormie. Et elle n'a pas de prothèse auditive, toutefois elle dort avec des bouchons d'oreille.

— Sérieux ?

— Oui. Apparemment, son ouïe est si fine qu'elle n'arrive pas à dormir sans être réveillée par divers bruits, alors elle dort avec des bouchons d'oreille.

— Alors, comment a-t-elle su quand Annabelle a été abattue ?

— Et c'est là que le bât blesse. Elle l'a supposé, car le petit ami a trouvé Annabelle après son service, et la voisine n'a rien entendu à ce moment-là.

— Oh, bon Dieu, marmonna Doreen.

— Je ne te le fais pas dire, affirma Mack, le ton sévère. Je suis donc retourné voir le médecin légiste pour confirmer la plage horaire afin que nous puissions examiner ça avec plus de précision.

— *Examiner*, c'est une chose, mais mettre cela sur le dos de quelqu'un en est une autre, souligna la jeune femme.

— Je sais, souffla Mack avec une légère note d'avertissement. Je ne veux pas que tu contactes les personnes impliquées dans cette affaire pour le moment.

— D'accord, maugréa Doreen en jetant sa main libre en l'air. Avec un peu de chance, cette rectification apportera suffisamment d'éléments à l'enquête pour que tu puisses faire éclater la vérité au grand jour.

— Je ne pense pas que ça arrive dans la vraie vie. Ça ressemble plus à une intrigue de film.

— Une bonne intrigue, selon moi, le taquina-t-elle.

— On se parle plus tard, conclut-il avant de raccrocher.

Elle resta plantée là un long moment, prenant conscience de l'ampleur du problème pour Mack. Cela signifiait que plusieurs personnes qui avaient été rayées de la liste des suspects y seraient ramenées, et une en particulier. Joseph Moody.

Lorsqu'il appela quelques heures plus tard, il frôlait la panique.

Doreen était assise sur sa pelouse et venait de finir de désherber, entourée de ses animaux. Quand elle comprit qui l'appelait, elle se redressa.

— Il y a un problème ?

— *Il y a un problème ?* rugit-il. Je suis de nouveau sur cette fichue liste des suspects ! À cause de cette imbécile de voisine !

— J'ignore de quoi vous parlez, répliqua Doreen.

C'était un mensonge, mais il était trop furieux pour s'en rendre compte.

— Apparemment, elle a été incapable de donner une heure précise pour le… meurtre d'Annabelle, et ça a pu se produire plus tôt, comme plus tard. Donc maintenant je suis potentiellement de nouveau suspect.

— J'en suis navrée. Je suppose que votre alibi ne tient plus, *n'est-ce pas* ?

— J'étais au travail et je n'ai rien à voir avec ça.

— Si vous n'avez rien à voir avec ça, releva calmement Doreen, alors donnez à la police tout ce qu'elle veut, restez calme et laissez-la faire son travail.

— S'ils avaient fait leur travail dès le départ, je ne serais pas dans cette situation ! asséna Joseph.

— De quelle situation parlez-vous ? l'interrogea-t-elle avec curiosité.

Elle ne comprenait pas pourquoi il était si énervé. Bien entendu, personne ne voulait se retrouver sur la liste des suspects, or, son innocence ne sautait pas aux yeux avec cette réaction colérique.

— Imaginez qu'on fouille dans votre vie, cracha-t-il. Je ne veux pas être mêlé à tout ça. Je veux quitter la ville et recommencer à zéro, c'est tout.

— Vous voulez aller de l'avant ?

— Je l'espérais ? Pourquoi ? Pourquoi je n'irais pas de l'avant ?

Doreen marqua un silence et haussa les épaules.

— Nous vivons tous le deuil de manière différente, donc ce n'est pas à moi de vous dire comment agir dans une telle situation, mais ça pourrait sembler suspect aux yeux de la police.

— Comment est-ce que ça peut paraître suspect ? se récria Joseph, d'une voix sanglotante. J'ai perdu la seule personne sur laquelle je pouvais compter dans ma vie. Elle a toujours été là pour moi. C'est pour elle que je rentrais à la maison tous les soirs. Et maintenant ? Maintenant, j'ai repris mes mauvaises habitudes. Et croyez-moi, elles ne sont pas saines.

Sur ce, il raccrocha.

Doreen fixa son téléphone du regard, essayant de deviner quelles étaient ses mauvaises habitudes, quels ennuis il avait eus et si cela avait un rapport avec l'affaire d'Annabelle. Cependant, s'il ne voulait pas parler à Doreen, elle ne pouvait pas le découvrir toute seule.

Chapitre 20

DÉTERMINÉE À RÉSOUDRE le problème, Doreen décida d'aller parler de nouveau à la voisine indiscrète. La jeune femme avait quelques informations sur Hannah qu'elle devait d'abord examiner. Elle s'installa devant son ordinateur portable, téléchargea les documents qu'elle s'était envoyés depuis les archives de la bibliothèque et s'installa avec une tasse de thé pour les lire. Elle prit quelques notes et les tria. Elle se demanda quel était le degré d'implication de cette femme dans ce meurtre.

Sa liste de questions en main, elle se tourna vers ses animaux.

— Retournons-y. On fera un bout de chemin en voiture, puis on marchera pour le reste.

Mugs roula sur le dos, les pattes en l'air, comme s'il faisait le mort.

— Tu n'as pas envie d'aller te promener ? s'étonna-t-elle.

Le chien se leva alors d'un bond et remua la queue. Goliath se joignit à lui. Elle pivota vers Thaddeus qui dormait profondément sur son perchoir. Elle envisagea de le laisser ici, mais l'idée qu'il se réveille et se retrouve seul la poussa à s'approcher, à lui caresser doucement les plumes et à lui demander s'il voulait faire un tour. Il ouvrit les yeux, eut l'air de lui sourire et hocha la tête de haut en bas.

— Thaddeus est là. Thaddeus est là.

Mais sa voix était endormie, comme s'il n'arrivait pas à rester éveillé assez longtemps pour lui répondre. Elle rit doucement et le laissa remonter le long de son bras pour se blottir dans son cou. Elle sourit et murmura :

— Tout va bien se passer, mon grand.

Doreen sortit accompagnée de ses animaux, activa l'alarme et se rendit chez Hannah Hartley. Lorsqu'elle arriva, cette dernière était dans le couloir. Elle fit volte-face et fronça les sourcils en apercevant Doreen.

— Pourquoi êtes-vous revenue ? cingla Hannah.

— Je suis venue vous voir, répondit Doreen avec un sourire.

Mais au lieu de l'accueil qu'elle attendait, Hannah se contenta de se renfrogner. Doreen attendit, la tête inclinée sur le côté, essayant de comprendre ce qu'il se passait.

— Vous avez l'air bouleversée.

— Bien sûr que je suis bouleversée, cracha-t-elle. La police pense que j'ai menti.

— Ah, souffla Doreen d'un air entendu.

— Qu'est-ce que ça veut dire ? s'emporta Hannah. Comment suis-je censée garder une trace de tout ? C'est leur travail.

— Ce qui veut dire que l'heure de la mort n'était pas exactement celle que vous pensiez ?

La femme âgée darda un regard insistant sur Doreen.

— C'est proche de ce que je pensais.

— Mais dans un tribunal, et dans une affaire comme celle-ci, ce n'est pas ce que vous pensez qui compte. Nous devons en avoir le cœur net, souligna la jeune femme.

— Ce n'est pas à vous de le découvrir non plus. Vous n'êtes qu'une pseudo-enquêtrice.

— C'est vrai, reconnut Doreen, mais j'étudie la question officiellement pour le compte de quelqu'un d'autre.

Hannah la dévisagea un instant.

— Oh.

— Mais ce n'est pas grave, reprit Doreen avec douceur. Comment se fait-il que vous vous soyez trompée d'heure ?

— Je ne me suis pas trompée, je l'ai deviné. Je n'ai pas vérifié. Je me suis réveillée après m'être assoupie. Alors, quand j'ai pensé avoir entendu le coup de feu, il se peut que ça ait eu lieu, disons, plus tôt, marmonna Hannah. Mais maintenant, je suis très confuse et j'ignore quand ça s'est produit.

— Je suis sûre que le médecin légiste trouvera une piste sur laquelle s'appuyer.

— Ça aurait déjà dû être fait. Je n'ai pas toutes les réponses.

— Bien entendu.

Et il était évident qu'Hannah était très perturbée de s'être trompée. Beaucoup de gens avaient du mal à l'admettre. Dans ce cas, l'estime de soi d'Hannah, son sentiment d'appartenance ou d'être utile, ou tout ce qui l'animait, semblait correspondre parfaitement à ce qu'elle savait.

— Vous avez passé de nombreuses heures à surveiller l'appartement, n'est-ce pas ?

La vieille dame acquiesça lentement.

— Pour certains, ça fait de moi une fouineuse. Mais, quand on se sent seule, on sombre.

Hannah avait l'air désemparée.

— Je suis désolée. Ça vous a manifestement ébranlée.

Hannah se tourna pleinement vers Doreen et lui jeta un regard noir.

— La plupart des gens ne me posent pas de questions, répliqua-t-elle avec raideur. Je ne suis pas habituée à ce genre de situation.

— Et ça vous met mal à l'aise.

— Évidemment, riposta Hannah d'un air contrarié. N'empêche que je n'essaie pas d'orienter la police vers une autre piste délibérément.

— C'est ce qu'ils ont supposé ? s'étonna Doreen.

Hannah haussa les épaules.

— Je ne sais pas ce qu'ils ont supposé, mais ça m'a quand même mise hors de moi, concéda-t-elle avec un regard foudroyant. Qu'est-ce que vous voulez ?

— Je m'interrogeais sur le bruit.

— Quelle différence cela fait-il ? se récria la voisine.

— Je me demandais si le meurtrier s'était servi d'un silencieux.

— Je me répète, quelle différence cela fait-il ?

— Outre l'intention, commença Doreen, il s'agit de quelqu'un qui a de l'expérience dans ce domaine.

Hannah secoua la tête.

— Et ça n'a pas d'importance. Annabelle est morte.

— Annabelle est morte, confirma Doreen. Mais nous ignorons si c'est lié à la mort de son frère.

La voisine pâlit.

— Ce serait injuste. Cette pauvre femme a déjà assez souffert.

— Je suis d'accord. Et ce que nous ne voulons pas, c'est que ce soit lié à la mort de son frère. Et vous savez quelque chose à ce sujet, je me trompe ?

Ce n'était pas tant une supposition, mais plutôt son instinct qui la poussait à poser cette question.

Hannah fustigea Doreen.

— Je n'ai plus envie de vous parler, asséna Hannah avant de rentrer chez elle et de claquer sa porte au nez de Doreen.

Il y avait de fortes chances qu'elle réagisse de la sorte. Doreen avait seulement espéré que quelqu'un qui aimait parler et commérer aurait été un peu plus ouvert. Elle observa Mugs.

— Même toi, tu n'as pas l'air d'avoir eu d'ascendant magique sur elle.

Mugs était allongé sur le tapis, le regard rivé sur la porte d'entrée d'Hannah, qui se rouvrit aussitôt.

— Sortez ces animaux d'ici avant que j'appelle le concierge ! cria-t-elle.

— D'accord, acquiesça Doreen, les sourcils froncés. Ça ne vous a pas posé de problème jusqu'à présent.

— Eh bien, maintenant c'est le cas, rétorqua Hannah. Vous devez partir d'ici. Nous allons installer des panneaux « Défense d'entrer ».

La voisine était à la limite du hurlement.

— Je ne suis pas en infraction, répliqua Doreen d'un ton enjoué. Je suis venue vous rendre visite.

— Vous n'êtes plus la bienvenue !

Hannah rentra chez elle et claqua de nouveau la porte.

Doreen sortit tranquillement avec ses animaux. Même Thaddeus s'accrochait encore plus à son cou.

— Je suis désolée, les gars. Ce n'était pas une visite très sympathique, n'est-ce pas ?

Dehors, elle leva les yeux vers la fenêtre de la voisine et constata qu'elle l'observait. Le rideau fut rapidement remis en place, mais Doreen avait déjà aperçu Hannah. Elle la salua d'un geste amical et tourna les talons vers le parking.

Plusieurs personnes arrivaient en même temps.

Un homme d'un certain âge, qui fermait la marche, s'arrêta et lui demanda :

— Vous avez besoin de quelque chose, ma chère ?

Doreen lui sourit.

— Je suis venue parler à Hannah Hartley, mais elle n'est pas d'humeur à discuter.

— Ah, la police était là ce matin. Je suis sûr qu'elle est encore plus bouleversée par le meurtre de cette pauvre fille, répondit-il en secouant la tête. Où va le monde…

— Je comprends. C'est bouleversant pour tout le monde.

— En effet. J'habite ici depuis longtemps, et cette fille n'a jamais dérangé personne.

— Je suppose que vous n'étiez pas chez vous la nuit du meurtre, si ?

— Si. Je me suis couché assez tôt après être rentré, donc je n'ai rien entendu. Par la suite, j'ai entendu toute l'agitation causée par les allées et venues de la police. Les ragots vont bon train.

Doreen sourit de plus belle.

— J'imagine. Le petit ami d'Annabelle m'a demandé de l'aider à enquêter sur ce qui s'est passé, car la police en a après lui.

— Bien sûr, bien sûr, convint le vieil homme avec un signe de la main.

Puis il marqua une pause et dit :

— Je sais qui vous êtes.

— Je ne sais jamais si c'est en bien ou pas quand les gens disent ça, déclara Doreen, avec une grimace.

Il éclata de rire.

— Vous êtes la détective amateur de la ville, n'est-ce

pas ?

— Ce n'est pas vraiment comme ça que j'aimerais qu'on m'appelle, murmura-t-elle. Cependant, j'ai participé à la résolution de certaines affaires, oui.

L'homme acquiesça avec enthousiasme.

— Je vous ai déjà vue dans le coin. C'est juste que je n'ai pas reconnu tous les animaux. Vous n'avez pas un oiseau ?

À ce moment-là, Thaddeus passa la tête à travers les cheveux de la jeune femme et l'homme rit de plus belle.

— Oh, je suis charmé. Merci, merci, merci. Vous venez d'illuminer ma journée.

Doreen arqua les sourcils et il haussa les épaules.

— Je vais au travail. Je rentre à la maison, et c'est plutôt ennuyeux. Quand ma femme était de ce monde, ma vie était beaucoup plus animée. Mais maintenant ? Maintenant, c'est presque comme si vous restiez assis ici et que vous attendiez que la mort vous prenne. C'est plutôt triste, soupira-t-il.

Pour Doreen, c'était *carrément* triste.

— Vous êtes heureux ici ? Pourquoi ne pas partir en maison de retraite ?

— Ces choses sont épouvantables, répondit-il avec un frisson.

— Même Rosemoor ? Ma grand-mère réside là-bas. Elle est très heureuse.

Le vieil homme grimaça.

— Je n'ai jamais entendu dire que quelqu'un était heureux en maison de retraite.

Doreen s'esclaffa.

— Vous devriez y faire un tour un jour. Ils s'amusent beaucoup. Enfin, si le bowling sur gazon n'est pas votre truc, ni le poker, ni le billard, alors ce n'est peut-être pas fait pour vous. En revanche, je peux attester de la qualité de la nourriture. Elle est très bonne. J'y passe beaucoup de temps, à partager des collations autour d'un thé ou d'un café, dans les jardins, etc.

Il eut l'air légèrement intéressé.

— Ma femme est morte assez jeune, et je pensais que je finirais dans une maison de retraite, un peu plus tard, mais ce n'est pas vraiment ce que je souhaite.

— Mais si vous êtes tout seul ici, ne serait-il pas préférable d'avoir des amis là-bas ? releva Doreen.

— Je ne sais pas. Il faut que j'y réfléchisse. Rosemoor, vous dites ?

— C'est ça. Avez-vous eu affaire à Annabelle et son petit ami ?

Il secoua la tête.

— Non, je ne les connais même pas vraiment. C'était un des nombreux couples que je croisais tout le temps, lors de mes allées et venues.

— Et Hannah ?

L'homme leva les yeux au ciel.

— Je vis juste en dessous de son appartement. Malheureusement, j'ai régulièrement affaire à elle.

— Elle vous pose des problèmes ?

— Si je mets ma musique trop fort, elle tape sur son plancher, qui est au-dessus de ma tête, expliqua-t-il. Si je reçois quelqu'un et que nous parlons trop fort, elle frappe à la porte.

— Il semble qu'elle ait une ouïe très sensible, dit Doreen. Et elle dort avec des bouchons d'oreille.

— Ah, c'est pour ça qu'elle se plaint rarement après 23 heures, nota-t-il. Elle a toujours l'air plus calme après ça.

— Je soupçonne que c'est à ce moment-là qu'elle met ses bouchons d'oreille, marmonna la jeune femme. Et la nuit où

Annabelle a été abattue, je suppose que vous n'avez vu ni entendu personne qui aurait pu causer des problèmes.

— Non, je ne fréquente personne dans l'immeuble. C'était différent du temps de ma femme. Elle était un peu plus sociable que moi. Je suis tombé dans une routine. Je vais au travail, je rentre à la maison et je vis dans mon petit monde.

— Même si vous travaillez, vous devriez avoir du temps pour une vie sociale.

— C'est d'ailleurs l'une des raisons pour lesquelles je continue à travailler, admit-il. Je n'ai pas besoin d'argent, mais sinon je resterais chez moi à ne rien faire toute la journée.

— Il faut que vous contactiez Rosemoor afin de voir si c'est un lieu où vous pourriez être heureux, insista Doreen. Je peux vous assurer que ma grand-mère – qui est plus âgée, elle a plus de 80 ans – est très heureuse là-bas.

— Je vais y réfléchir. De temps en temps, on pense qu'on est paré, puis on réalise qu'on est limité dans nos actions et plus confiné qu'on ne devrait l'être, déclara-t-il en haussant les épaules. Si je ne travaillais pas, j'ignore où je finirais.

Il la salua d'un signe de la main et elle s'écarta de son chemin.

— Merci beaucoup de m'avoir parlé, lança-t-elle.

— Si je ne m'arrête pas pour parler à une belle jeune femme, c'est que quelque chose ne va pas et que je dois y remédier, s'amusa-t-il.

Il la salua de nouveau et rentra dans l'immeuble.

Doreen sourit. Elle appréciait ce monsieur. Il se sentirait très bien à Rosemoor. Sans compter qu'il se ferait sûrement beaucoup d'amis et pourrait avoir de potentielles petites amies s'il déménageait. Doreen avait encore du mal à se faire à cette idée en songeant à Nan, mais si elle n'y pensait pas trop, tout allait bien.

Nan était heureuse, et c'était tout ce qui importait à Doreen. Elle se dirigea vers son véhicule, avec l'intention d'aller à la plage et d'y passer quelques heures, lorsqu'elle leva les yeux. Elle vit Hannah qui l'observait depuis sa fenêtre. Elle sourit et agita de nouveau une main dans sa direction. Mais cette fois-ci, Hannah leva son majeur pour lui intimer de partir. Surprise par ce comportement, Doreen fixa du regard sa fenêtre pendant un long moment, puis se retourna lentement vers son véhicule. Qu'est-ce qui avait bien pu pousser la voisine à se mettre ainsi en colère ? Doreen avait conclu la conversation en faisant un lien entre le meurtre d'Annabelle et celui de son frère.

Était-ce le cas ?

Et cette pensée ne voulait pas quitter le cerveau de Doreen. La réaction d'Hannah était extrême, et cela signifiait qu'elle cachait quelque chose. Et, si tel était le cas, Doreen trouverait de quoi il s'agissait. Ensuite, elle découvrirait si cela avait quelque chose à voir avec cette histoire. Car elle n'avait pas grand-chose à se mettre sous la dent. Sauf que quelqu'un était entré dans l'appartement d'Annabelle – soit elle l'avait invité à entrer, soit cette personne était entrée si vite qu'une dispute n'avait pas eu le temps d'éclater – et l'avait tuée d'un coup de feu.

Bien avant 23 h. L'autopsie déterminerait la plage horaire, mais elle supposait entre 21 h et minuit. Le petit ami d'Annabelle deviendrait de nouveau suspect, toutefois cette hypothèse était compliquée à imaginer. Il était au travail. S'il avait quitté son poste pendant son service, cela aurait été découvert.

Ce n'est pas comme s'il avait pu rentrer chez lui, lui tirer dessus, puis repartir, alors que tout le monde ignorait son absence. En y réfléchissant, Doreen se dit qu'il avait sûrement dû faire une pause. Et si c'était le cas, quelle était la durée de cette pause ? Elle marcha sur la plage avec ses animaux. Son esprit bourdonnait de tout ce qu'elle avait appris et n'avait pas encore appris.

Elle s'assit dans le sable, juste à côté de la zone réservée aux animaux, et constata qu'elle était seule. Elle resta assise là environ une heure, jusqu'à ce qu'elle reçoive un message de Mack lui demandant où elle se trouvait. Elle lui envoya le nom de la plage et ajouta qu'elle reprendrait sa route quelques minutes plus tard.

Je vais chercher des steaks.

Elle sourit.

Assez pour nous deux ?

Au lieu de répondre par SMS, il l'appela.

— Depuis quand je n'apporte pas assez pour nous deux ? demanda-t-il avec curiosité.

— C'était juste une question, répliqua-t-elle en se levant.

Elle guida les animaux jusqu'à la voiture.

— Qu'est-ce que tu fais à la plage ?

— Je suis allée parler à Hannah et je n'ai pas reçu l'accueil que j'attendais, bougonna-t-elle. On en reparlera quand je rentrerai à la maison.

Elle raccrocha prestement, se précipita vers la voiture et lança :

— Allez, les gars ! Mack nous rejoint à la maison.

Pour la première fois depuis longtemps, Mugs dressa les oreilles et aboya d'excitation.

Doreen rit.

— Au moins, il te rend heureux, fit-elle.

Puis, après les avoir tous chargés dans la voiture, elle rentra chez elle.

Chapitre 21

DOREEN S'ENGAGEA DANS son allée et contourna le pick-up de Mack, qui était arrivé avant elle. Elle entra dans son garage et descendit de sa voiture, puis sortit pour le saluer après avoir fermé sa portière.

— Tu as l'air d'être de meilleure humeur.

— C'était un scénario curieux. Mugs était si heureux quand je lui ai dit qu'on rentrait à la maison te rejoindre.

Elle rit et ouvrit à ses animaux.

— Lui aussi a été bizarre toute la matinée. Enfin, ça fait quelques jours maintenant, ajouta Doreen.

— C'est monnaie courante en ce moment, reconnut Mack, qui adressa un sourire et un accueil chaleureux au chien. Mais ce bonhomme, il est spécial.

— Il est très spécial. Et je suis très sensible à leurs humeurs, surtout quand elles ne correspondent pas tout à fait à ce que j'attends.

Elle guida tout le monde jusqu'à la porte d'entrée, l'ouvrit et ils se rendirent tous dans la cuisine. Doreen nourrit ses animaux et vérifia qu'ils avaient encore de l'eau, tandis que Mack rangeait les courses dans le réfrigérateur.

— Comment ont-ils salué Hannah ? demanda ce dernier

en s'asseyant à la table de la cuisine.

— Ils n'étaient pas comme d'habitude lors de notre première visite. Hannah n'aime pas les animaux et m'avait crié dessus pour me dire qu'aucun animal n'était autorisé. Elle était encore plus désagréable cette fois-ci. Je pense qu'elle a été très secouée par votre visite de ce matin, répondit la jeune femme qui préparait une cafetière.

— Elle l'était quand on a eu fini de la cuisiner. Elle refusait de nous parler, elle voulait nous mettre à la porte. Je lui ai dit qu'elle pouvait venir au poste pour être interrogée ou qu'elle pouvait nous parler tout de suite. Lorsqu'elle a fini par avouer qu'elle ne savait pas exactement à quelle heure elle avait entendu le coup de feu, elle était en larmes. Je pense qu'elle sera réticente à parler à qui que ce soit pendant un certain temps.

— Tu as raison et, dans ce cas, on ne devrait pas avoir de ses nouvelles, car elle ne savait pas de quoi elle parlait. Ce qui nous a fait perdre beaucoup de temps, affirma Doreen, qui haussa les épaules. Tout ce qu'elle a réussi à faire, c'est offrir une porte de sortie au petit ami, et maintenant, Joseph est de nouveau suspect.

Mack éclata de rire.

— Je suppose que tu lui as aussi parlé.

— Je n'ai pas eu le choix, se défendit-elle joyeusement. Joseph m'a appelée en panique.

Mack acquiesça.

— Il veut quitter la ville, avoua Doreen.

Mack pivota lentement, et elle haussa les épaules.

— Je lui ai dit que ce n'était pas franchement une bonne idée.

— Non seulement ce n'est pas une bonne idée, mais en plus, il sera rapidement envoyé en salle d'interrogatoire.

— Mais vous l'avez déjà interrogé, non ?

Doreen remplit deux tasses de café et le rejoignit à la table.

— Oui, sauf qu'on n'a pas de mobile.

— Et c'est souvent le conjoint.

— C'est souvent le conjoint, confirma le caporal. Toutefois, on ne peut pas dire que c'est le conjoint sans preuve.

— Naturellement. Mais on peut quand même se poser des questions.

— Tout à fait.

Il avait l'air tellement distrait qu'elle ne put s'empêcher de lui demander :

— Tu penses vraiment qu'il peut être coupable ? Pourquoi ? Au fait, le meurtrier a-t-il fait usage d'un silencieux ?

— Non. Pourquoi poses-tu cette question ? rétorqua Mack, les sourcils froncés.

— On en revient au fait qu'Hannah Hartley n'a rien entendu.

— On a réglé ce problème.

— Oui, c'était une simple question.

— Non, le coupable n'a pas fait usage d'un silencieux, confirma le policier.

— Il y aurait donc eu un gros *bang* ! Et les autres voisins ?

— Nous avons interrogé toutes les personnes présentes dans l'immeuble aux étages supérieurs et inférieurs. Rien. Personne n'a rien entendu. Mais parfois, même un véhicule à l'extérieur peut pétarader, et les gens pensent que c'est un coup de feu. Ou bien c'est un coup de feu, et les gens pensent que ce n'est qu'une voiture qui pétarade.

— J'ai déjà entendu ça.

— Tu vois. Donc, même si on pense avoir entendu

quelque chose, on ne peut pas en être certain. De plus, lorsqu'il n'y a qu'un seul coup de feu, les gens ne relèvent pas.

— Jusqu'à ce que Joseph rentre du travail.

— Tout à fait. Et c'est là qu'il l'a trouvée et qu'il a appelé la police.

Doreen soupira.

— Hannah s'est mise dans une colère noire quand j'ai évoqué l'autre meurtre.

— Comment ça, dans une colère noire ?

Doreen expliqua rapidement ce qui s'était passé. Mack se cala dans sa chaise, perplexe. Elle opina du chef.

— Tu vois ce que je veux dire ? Ce n'est pas normal.

— Non, ce n'est pas normal, cependant on ne peut pas dire que c'est *anormal* pour Hannah.

— Certes, n'empêche que ça me taraude. Je dois découvrir ce qui l'a mise dans cet état.

— Tu penses qu'elle a quelque chose à voir avec la précédente affaire ?

— Mes recherches viennent de confirmer qu'elle vit ici depuis de très nombreuses années. À part ça, je ne sais pas, marmonna Doreen. Ça n'a aucun sens.

— Ça finira par en avoir.

— Je sais, je sais, je sais, scanda la jeune femme, les mains en l'air. Quand on aura toutes les informations, mais tu sais aussi que parfois, on n'a pas toutes les informations.

— C'est trop souvent la vérité, concéda Mack.

— Et c'est très frustrant, se lamenta Doreen.

— Comment on se sent, à ton avis ? maugréa-t-il. On dispose d'un délai imparti pour enquêter sur une affaire, puis le dossier est classé et un autre vient le remplacer.

— Je comprends. Crois-moi. Je ne juge pas votre travail.

Ce n'est pas facile, et plus j'enquête… et plus je m'en rends compte.

— Bien. On se sent mieux. Pourtant, on fait de notre mieux. Néanmoins, ça ne suffit pas toujours.

Doreen fit grise mine.

— Je n'avais pas l'intention de te déprimer. Préparons le dîner et oublions tout ça, proposa-t-elle en se levant. Tu as pris quelque chose pour accompagner les steaks ?

— Non, la dernière fois que je suis venu, tu avais des carottes et de la laitue – même si j'aurais probablement dû vérifier avant d'aller faire les courses, juste au cas où.

— J'ai encore les carottes.

Elle les sortit et les posa sur le plan de travail.

— Tu peux les cuisiner au barbecue ?

— Oui, ou on peut faire une salade de carottes.

Doreen observa les crudités et fronça les sourcils.

— On peut faire une salade avec des carottes ?

Mack éclata de rire, puis passa un bras autour de sa taille pour l'enlacer.

— Ne change jamais. Je m'amuse trop avec toi.

— Tu t'amuses, jusqu'à ce que ça ne devienne plus amusant, et alors tout le monde veut que je m'achète un cerveau.

— C'est faux, objecta-t-il. Tout le monde veut seulement que tu sois toi-même.

Chapitre 22

Lundi matin…

L E LENDEMAIN MATIN, Doreen décida de s'occuper de l'affaire Annabelle dès son réveil. Dès qu'elle eut bu sa première tasse de café, elle téléphona à Nathan. Il était en train de se préparer avant de se rendre sur son chantier.

— Pourquoi m'appelez-vous ? demanda-t-il, la voix hésitante.

— Connaissiez-vous une Hannah Hartley à l'époque ?

— Oui. Je m'occupais aussi de ses pelouses.

— Oh, je n'y avais même pas pensé.

— Je connais pas mal de gens parce que je faisais ces petits boulots… régulièrement. Elle était très contrariée que je sois impliqué dans cette affaire. Comme beaucoup d'autres.

— Avait-elle un lien avec Kurt, votre ami mêlé à cette histoire ?

— Je ne crois pas, répondit-il, avant de marquer une pause. Franchement, je ne me souviens pas. C'était il y a longtemps.

— Pas de soucis. Réfléchissez-y, et si quelque chose vous revient, appelez-moi.

— Je ne comprends toujours pas pourquoi vous ressassez

tout ça.

— Avez-vous vu votre ami Kurt depuis que vous êtes sorti de prison ?

Nathan hésita, puis déclara à contrecœur :

— Une fois.

— Aïe, ça n'a pas dû très bien se passer.

— En effet. En gros, il m'a ordonné de ne pas lui causer d'ennuis, soupira le jeune homme. Comme si j'étais allé en prison pendant huit ans, juste pour lui causer des problèmes aujourd'hui.

— Votre raisonnement est sage, le rassura Doreen avec délicatesse.

— Je ne sais pas. Je veux… Je veux seulement rester dans le droit chemin et faire honneur à mon père. Il a déjà assez de problèmes de santé. Je ne veux pas m'attirer des ennuis et le stresser davantage.

— Et je n'essaie pas de vous attirer des ennuis. J'essaie d'élucider le meurtre d'Annabelle.

Nathan soupira.

— Je regrette de ne pas avoir de réponses à vous donner. J'aimerais, mais je dois aller au travail. Je ne peux pas me permettre de perdre mon emploi.

Doreen s'empressa de raccrocher et resta assise à siroter son café tout en songeant à toute cette affaire. Puis elle reprit son téléphone et appela Millicent.

— Connaissez-vous Hannah Hartley ? l'interrogea la jeune femme dès que la mère de Mack eut décroché.

— Oh là là, ce nom est tout droit sorti du passé.

— Elle est toujours en vie, donc je ne sais pas si on peut parler de passé.

— Si, il vaut mieux qu'elle reste dans le passé, répliqua Millicent. Cette femme est l'une des plus curieuses de la ville, une commère, une affreuse… affreuse commère. Et si elle n'avait rien à dire ou qu'elle ne savait pas, elle l'inventait.

Doreen se renfrogna : c'était ce qu'Hannah avait fait en donnant aux policiers la mauvaise chronologie suite à l'assassinat d'Annabelle.

— Il se peut qu'Hannah ait retenu la leçon à présent, glissa-t-elle gentiment à la vieille dame.

— Oh, je ne sais pas. Nous ne la côtoyons plus depuis des années. Pourquoi me parlez-vous d'elle ?

— Je l'ai rencontrée l'autre jour, expliqua Doreen. Et quand j'ai évoqué le premier meurtre perpétré par Nathan Landry, je me suis demandé pourquoi elle s'était mise en colère à ce sujet.

— Nathan travaillait pour elle, comme pour nous, et je sais qu'elle l'aimait bien à l'époque. Je ne suis donc pas surprise de sa réaction à vos questions. Mais un autre garçon était proche de Nathan, et je crois qu'il était également proche d'elle. J'ignore comme tout cela s'est terminé. Je ne connais pas les détails de cette histoire, mais je peux vous assurer que vous feriez mieux de rester loin d'elle, déclara Millicent d'un ton sévère. Croyez-moi, cette vieille fille mijote un sale coup.

— Je prends note de l'avertissement. Après tout, je n'ai aucune raison d'avoir affaire à elle.

— Tant mieux, approuva la mère de Mack d'une voix presque stridente. Je ne suis pas du genre à casser du sucre sur le dos des autres, mais je tiens à vous mettre en garde contre Hannah… Cette femme est un vrai problème.

— Seulement parce qu'elle ment et colporte des ragots ?

— Oui, et il y avait toujours quelque chose qui *clochait* chez elle. Une des raisons pour lesquelles nous avons cessé de la fréquenter était qu'elle était très protectrice envers certains des enfants du coin, *trop protectrice*, comme s'ils étaient les siens, alors qu'ils ne l'étaient pas du tout. Et je suis sûre que Mack ne se souvient pas d'elle, mais, même il y a quelques années, nous avons dû lui ordonner de ne pas s'approcher de Nick et lui.

— Vraiment ?

— Oui, elle voulait qu'ils viennent passer du temps avec elle, mais c'était *étrange*. Comme elle l'aurait fait avec ses propres enfants. Si elle en a, je n'en ai jamais entendu parler, et elle n'a jamais partagé la moindre information sur le fait qu'elle avait des enfants, du moins je ne le pense pas. Ou peut-être qu'elle en avait et qu'elle les a perdus. Je ne sais pas. Il y avait quelque chose de louche dans toute cette histoire.

— Intéressant, murmura Doreen.

— Encore une fois, je ne sais pas si c'est *intéressant*, objecta Millicent, manifestement contrariée.

— Désolée. Je n'essaie pas de vous contrarier. Je me demandais si vous connaissiez Hannah, c'est tout.

— Eh bien, c'est le cas et c'est un oiseau de mauvais augure.

— Très bien. Dans ce cas, je ferai en sorte de minimiser mes contacts. De toute façon, je pense qu'elle n'a plus envie d'avoir affaire à moi pour le moment. La dernière fois que je l'ai vue, elle était en colère contre moi.

— Bien, il vaut mieux qu'elle soit en colère qu'amicale.

— Pas spécialement, réfuta Doreen. Parfois, les gens en colère font toutes sortes de choses idiotes.

— Oui, vous avez raison. Mais je vous en supplie, ne vous approchez pas d'elle.

Comme elle semblait de plus en plus inquiète, Doreen la rassura :

— J'essaierai, c'est promis. Je cherchais seulement des

personnes liées à l'affaire Nathan, c'est tout.

— Vous devez trouver l'autre garçon, affirma Millicent. C'est lui qui a toutes les réponses à ce problème. Je vais aller boire une tasse de thé et essayer d'oublier cette femme.

La mère de Mack raccrocha.

Doreen était très surprise de l'opinion tranchée de Millicent à l'égard d'Hannah. Cependant, ayant vu le changement de personnalité de cette dernière la veille, elle pouvait également confirmer l'opinion de Millicent. Doreen soupira, puis se prépara un petit déjeuner, nourrit ses animaux, vérifia leurs gamelles d'eau et s'assit de nouveau à l'extérieur.

Lorsque Nathan l'appela un peu plus tard, il annonça :

— La réponse est oui. Je l'ai vu. *Kurt.* Un bref instant et encore une fois, oui, il m'a averti, mais il ne m'a pas menacé ou quoi que ce soit d'autre.

— Vous connaissiez Hannah Hartley tous les deux ?

— Oui, mais comme je l'ai dit, pas très bien.

— Kurt la connaissait-il mieux que vous ?

— Je ne sais pas. Toutefois, comme on traînait tout le temps ensemble, il allait parfois rendre visite à Hannah quand je tondais son jardin.

— D'accord. Kurt aurait-il pu être mêlé au meurtre d'Annabelle ?

— Non. Pourquoi ?

— Je ne sais pas. Vous êtes allé parler à Annabelle. Lui avez-vous dit quelque chose qui aurait pu contrarier Kurt, s'il vous avait vu chez elle ?

— Comment aurait-il pu me voir ?

— Hannah Hartley vit de l'autre côté du couloir.

Suite à cette révélation, Nathan marqua une pause.

— Je serais passé lui dire bonjour, si j'avais su.

— Rien ne vous en empêche. Personnellement, je ne

peux plus y retourner, car elle est très en colère contre moi en ce moment.

— Elle a un sacré caractère, souligna Nathan, d'un air désolé. Vous n'êtes pas non plus facile, avec toutes vos questions et tout le reste.

— C'est vrai. Peu importe, elle vit en face de chez Annabelle.

— Je me demande si c'est intentionnel, marmonna le jeune homme.

— Pourquoi ?

— Eh bien, parce qu'Hannah est restée proche de cette famille après le meurtre. Je sais que les parents d'Annabelle ont eu quelques problèmes juste après, et leur fille avait pour habitude de se réfugier chez Hannah tout le temps, comme si elle s'y sentait en sécurité. Pour se sentir entourée.

— Comment le savez-vous ?

— Parce qu'elle me l'a dit. Annabelle et moi sommes restés en contact pendant que j'étais en prison.

— Sérieusement ?

— Oui, c'est notamment pour ça que mon père m'a dit que je devais la contacter par la suite, après ma sortie.

— Je l'ignorais, chuchota Doreen.

— Ça ne change rien, si ?

— Non, je ne pense pas, répondit-elle prudemment. Ça prouve qu'Annabelle et vous aviez au moins une relation cordiale avant cette rencontre en face à face.

— Ce n'était pas une *relation*, rectifia Nathan. Pourtant, je la considérais comme mon amie. Néanmoins, sa famille n'aurait pas aimé qu'elle me fréquente. Ils ne m'ont jamais apprécié, et elle ne leur a pas dit qu'on correspondait quand j'étais en prison. Du moins, je ne crois pas. Et quand je l'ai vue ce soir-là, on était tous les deux en larmes.

— J'imagine, concéda Doreen, avec compassion. C'était une période difficile pour vous deux.

— Oui, et malgré tout, elle est morte quelques jours plus tard, grinça-t-il avec amertume. C'était quelqu'un de bien. Elle ne méritait pas ça.

— Aucun membre de cette famille ne méritait ce qu'il lui est arrivé, lui rappela-t-elle. Et ça ne fait qu'ajouter à la douleur de la famille maintenant.

— Je ne peux pas imaginer… Je ne peux pas imaginer ce qu'ils traversent.

— Moi non plus. C'est un moment difficile pour eux, à l'évidence. Je ne sais pas s'ils organiseront ses obsèques en ville, ou ce qu'ils vont faire de son corps, mais je sais que le petit ami vient de quitter l'appartement avec ses affaires.

— Ça ne m'étonne pas, cracha Nathan avec dégoût. Je lui ai demandé si elle était heureuse et elle a hésité. Je lui ai dit que si elle ne l'était pas, elle devrait le quitter et trouver quelqu'un de mieux, car la vie est trop courte. Même quand on pense avoir la vie devant soi… des choses arrivent et on se retrouve dans une situation terrible. Puis, d'un seul coup, votre liberté vous est retirée.

Doreen resta silencieuse un long moment.

— Et je ne devrais pas me plaindre parce que je suis vivant, ajouta le jeune homme. Beaucoup d'individus derrière les barreaux ne sont pas allés aussi loin… La vie n'était pas facile, mais je me suis accroché en me disant que je finirais par sortir et que je n'aurais plus jamais d'ennuis.

— Et dès que vous sortez, regardez ce qui se passe.

— À qui le dites-vous. Et juste après l'avoir vue.

— C'est pourquoi je me suis sérieusement demandé si quelqu'un n'était pas en train de vous piéger pour que vous retourniez en prison.

Nathan hoqueta de surprise.

— C'est possible, dit-il prudemment, mais j'ignore qui pourrait faire ça. C'était une affaire facile.

— Je pensais à votre ami. Quel serait l'intérêt pour Kurt de vous renvoyer en prison, voilà la vraie question.

— Je ne sais pas. Il n'y a pas de raison, pour autant que je sache.

— Avez-vous participé à des cambriolages avec Kurt avant ça ? Y a-t-il de l'argent que vous pourriez lui demander, maintenant que vous êtes libre, et qu'il ne veut pas vous donner ?

— Je n'en sais rien. Ce qui est sûr, c'est que je n'ai volé personne. En outre, c'était il y a si longtemps que j'ai… j'ai pratiquement tout oublié.

— Peut-être, et peut-être qu'il y a une autre raison, insista Doreen. On doit la découvrir avant que quelqu'un d'autre ne soit tué et vous fasse passer pour le coupable. Prenez soin de votre papa, juste au cas où.

— Ne dites pas des choses comme ça ! se récria Nathan. Si mon père mourait, je ne sais pas ce que je ferais. Mais encore une fois, pourquoi quelqu'un voudrait-il le tuer ? Je n'ai même pas envie d'y penser.

Le jeune homme était déconcerté.

— Votre ami a-t-il déjà séjourné chez vous ?

— Oui.

— Et Kurt connaissait-il Annabelle avant le premier meurtre ?

— Oui, on se connaissait tous. C'était une gamine de notre âge, et son frère n'était qu'un petit garçon.

— Vous n'avez donc eu aucune relation avec elle ?

— Non, non. Enfin, mon ami ne cessait de faire des commentaires sur elle, tout le temps, parce qu'elle était assez spéciale, mais c'est tout.

— Il n'est pas devenu désagréable ? Il n'a rien fait pour la blesser ou quelque chose de la sorte ?

— Non, non, pas du tout. Vous êtes loin du compte.

— OK. J'essaie seulement de comprendre pourquoi Kurt voudrait vous éliminer ou faire croire que vous avez encore tué quelqu'un – parce que vous retourneriez en prison – et pourquoi Kurt voudrait-il ça ? Que savez-vous pour qu'il ne souhaite pas que vous me le disiez, ou qu'a-t-il en sa possession et qu'il ne veut pas que vous ayez ?

— Ce que je n'ai pas, c'est la liberté. Même aujourd'hui… Tout le monde me regarde de travers. Ils attendent que je fasse encore une connerie.

— Je sais et je comprends. Je suppose que le petit ami d'Annabelle n'a rien à voir avec votre ami Kurt, n'est-ce pas ?

— Je ne vois pas pourquoi ni comment. Ils n'évoluent pas dans les mêmes cercles.

— Votre ami va-t-il parfois dans des bars ?

— Qu'est-ce que j'en sais ? répliqua Nathan. Je n'ai pas vu Kurt depuis des années, sauf une fois, où il m'a plus ou moins dit de quitter la ville et d'arrêter de jouer les casse-pieds.

— Vous voyez ? Je pense qu'il a eu l'impression que, après votre libération, vous iriez n'importe où, mais pas que vous reviendrez ici.

— Pourquoi ? J'ai purgé ma peine. J'ai le droit de vivre ici. Ce n'est pas la meilleure des vies, mais ma famille est là.

— Bien sûr, acquiesça Doreen, qui avançait à tâtons. On en revient donc à la possibilité que Kurt ait pensé que vous ne reviendriez pas ici, ou que vous ne contacteriez pas Annabelle.

— Encore une fois, comment aurait-il pu le savoir ?

— À cause d'Hannah. Je sais qu'elle vous a vu là-bas, rendre visite à Annabelle. Et, si elle est en contact avec Kurt, elle aurait pu facilement le lui dire.

— Qu'est-ce que ça peut lui faire ? s'exclama Nathan. Nous n'avons plus de contact depuis l'accident, alors ça n'a aucun sens.

— Je vois. Je vais me débrouiller et on trouvera une solution. Restez calme, ne faites rien d'irréfléchi. Ne quittez pas la ville, allez travailler, occupez-vous de votre père. Dans tous les cas, ne sortez pas dans les bars, ne sortez nulle part durant les prochaines semaines, entendu ?

Le jeune homme hésita à acquiescer.

— Je suis sérieuse, continua Doreen. Vous devez vous tenir à carreau, avoir un alibi à chaque instant pour que la police n'ait aucune raison de vous suspecter. Au moins pour les prochains jours, d'accord ?

— D'accord. Vous m'avez juste fait peur quand vous avez évoqué mon père.

— Je ne veux pas qu'il vous arrive quoi que ce soit, à votre père ou à vous, et encore que ce soit lié à quelque chose qui a eu lieu il y a des années.

— Moi non plus. Mais là ? Vous m'inquiétez.

— Allez travailler, rentrez chez vous et restez-y, répéta-t-elle. Je ne plaisante pas. Si je trouve quelque chose de sensé, je vous contacterai.

— C'est noté. Mais faites vite, je ne supporte plus cette situation. Je suis déjà complètement stressé et débordé.

— Je comprends, cependant, ça pourrait prendre du temps.

— Pourquoi ça prendrait du temps ? s'écria Nathan, frustré. Je pensais que les gens voudraient aider. Annabelle ne méritait pas tout ça.

Le ton du jeune homme était empreint d'amertume.

— Je vous le confirme. C'était une gentille fille et elle aimait tout le monde. En revanche, tout le monde ne l'aimait pas si on lui a tiré dessus à bout portant.

— J'espère que ce salaud pourrira dans une cellule.

— Moi aussi, consentit Doreen avec douceur. Mais espérer ne nous apportera pas de réponses. Ce dont nous avons besoin, c'est de découvrir qui était présent le soir de la mort d'Annabelle, qui aurait pu le voir. Mais le plus important, c'est le mobile. Pourquoi Annabelle ? Et si c'est lié au meurtre de son frère, alors c'est lié à vous. Et nous devons nous assurer que Kurt ne vous fasse pas tomber à nouveau.

— Je l'ai mérité la dernière fois, admit Nathan. Et je vais passer le restant de mes jours à le payer, mais je n'ai rien à voir avec la mort d'Annabelle.

— Et vous savez aussi que, même si la police essaie d'être juste, si ça colle, ils vous embarqueront au poste en espérant pouvoir vous mettre le meurtre sur le dos malgré tout.

— Je sais, reconnut-il, la voix lourde d'émotions. Vous avez donc quelques jours devant vous, mais c'est tout.

— Ensuite quoi ? l'interrogea-t-elle, sa voix s'élevant en signe d'inquiétude. Vous devez rester en dehors de cette affaire, parce que si ça tourne mal, ça va vous retomber dessus.

Nathan poussa un rire amer.

— J'ai l'impression que c'est déjà en train de me retomber dessus, cingla-t-il. Je veux seulement m'assurer que je ne serai pas accusé de quelque chose que je n'ai pas commis. Je suis le premier à admettre que j'ai merdé la dernière fois. J'ai fait une grosse connerie. Et mon pote s'en est sorti parce que je ne voulais rien de plus que purger ma peine et aller de l'avant. Mais je ne me plierai pas une deuxième fois, pas si c'est inutile. Je n'ai rien fait. Je ne tomberai pas pour cet assassinat. Et, si mon ami est impliqué, vous pouvez être certaine que je vais m'assurer qu'il paie cette fois. Pas moi.

— La seule personne qui paiera, c'est celui ou celle qui a fait ça. C'est tout ce qui nous importe, nous assurer que la vérité éclate et que la mort d'Annabelle ne reste pas impunie. Et je ne sais pas si c'est lié à votre affaire, à l'un de ses clients ou à l'un des clients de son petit ami. Nous devons nous assurer que, quelle que soit l'histoire cachée derrière tout ça, la police puisse condamner le coupable. Nous n'avons pas besoin d'un désastre. Et, comme Mack l'a indiqué, je ne laisserai pas ce type s'en tirer grâce à un vice de procédure.

— J'ai compris. N'oubliez pas, vous n'avez que quelques jours, lui rappela-t-il.

— Mais vous ne devez pas faire de bêtises, ni maintenant ni plus tard, l'avertit Doreen. Je veux quand même retrouver votre ami.

— Bonne chance. Ce ne sera pas facile.

— Peut-être pas, mais maintenant que j'ai un nom, on va pouvoir avancer.

— Peut-être, peut-être pas. Ce type est un caméléon. On était jeunes et idiots à l'époque, mais il a eu huit ans pour se perfectionner. Je n'y compterais donc pas. Il pourrait ressembler à un type lambda, et personne ne verrait la différence.

— Alors, s'il est en ville, et qu'il se déguise, on en revient à Annabelle et à ce qu'elle a pu dire ou voir. Il a peut-être eu si peur qu'il l'a tuée. C'est ce que je veux découvrir.

Chapitre 23

L E NOM DE Kurt Chandler ne quittait pas son esprit. Elle n'arrivait pas à comprendre pour quelle raison il aurait pu contacter Annabelle ou vouloir sa mort. Le seul lien que Doreen imaginait était le meurtre de son frère. Nathan avait déjà été condamné et avait purgé sa peine. Il aurait dû être en sécurité aujourd'hui, être en mesure de passer à autre chose.

Pourtant, Nathan avait revu son ami Kurt une fois, même s'il essayait de ne pas s'en approcher, et il avait également parlé à Annabelle. Toutefois, ils avaient apparemment entretenu une correspondance au fil des ans, tandis qu'il était en prison et après aussi. Elle prit son téléphone, bien décidée à découvrir ce que Joseph Moody avait à dire à ce sujet.

— J'espère que vous avez quelque chose pour que les flics me lâchent, lança-t-il en décrochant.

— Oh, alors maintenant je suis censée me pencher à nouveau sur votre affaire ? répondit Doreen d'un ton sec.

— Ce n'est pas le moment de plaisanter.

— Peut-être pas, mais encore une fois, si vous n'avez rien à vous reprocher, donnez-leur une chance de régler cette question.

— Vous avez vu comme ils se débrouillent bien ? la questionna Joseph avec dégoût. Je suis sur la liste des suspects. Je ne le suis plus. Je le suis. Je ne le suis plus.

— Jusqu'à ce que le problème soit résolu, attendez-vous à figurer sur la liste.

— Je ne peux pas être dessus ! paniqua-t-il. Je dois partir d'ici.

— Je ne vous conseille pas de vous enfuir, car les flics verront cela d'un très mauvais œil, maugréa-t-elle.

— Je ne m'enfuis pas. Mais comment veulent-ils que quelqu'un survive à ça ?

— Comme tous les autres. Vous persévérez. Un jour après l'autre.

Elle l'entendit pouffer à l'autre bout du fil et, s'il avait été là en personne, il aurait sûrement eu d'autres choses à lui dire en face. Or, en l'état, le téléphone lui permettait d'avoir un peu moins d'ingérence personnelle.

— Je ne sais même plus quoi dire, reprit Joseph.

Il avait l'air plus calme.

— Répondez seulement aux questions que les gens vous posent.

— D'accord, mais pourquoi ce genre de questions ? l'interrogea-t-il, perplexe. Je ne sais rien.

— Peut-être que cela traduit quelque chose. Je veux dire, on dirait que vous ne connaissiez pas très bien Annabelle.

Après un moment d'hésitation, il déclara :

— Je commence à m'en rendre compte aussi. Je suis incapable de répondre à toutes ces questions que tout le monde me pose.

— Qui vous a posé des questions ?

— La police. *Vous.*

— Quelqu'un d'autre ?

— Non, non, non et non, scanda-t-il, avant d'ajouter : enfin, si, deux de mes amis. Ils me demandent tous ce qui se passe et pourquoi l'affaire n'a pas encore été résolue. Qu'est-ce que je suis censé répondre ? Je n'ai pas de réponses à leur fournir.

— Vous n'avez peut-être pas de réponses, mais la police y travaille.

— Vous avez plus confiance en la police que moi, s'emporta-t-il.

Doreen se renfrogna. Elle voulait toujours voir les choses de façon positive et elle savait que Mack faisait de son mieux. Aujourd'hui, elle comprenait mieux combien ce travail était difficile, surtout quand les gens mentaient et s'en prenaient aux autres tout le temps.

— C'est vrai. J'ai une grande confiance en eux. Vous devez aussi garder la foi.

— Pourquoi ? Ce n'est pas comme s'ils me rendaient service.

— Ils sont en train d'élucider la mort de votre conjointe, lui rappela-t-elle. Un peu de compassion et de compréhension ne feraient pas de mal.

— C'est des conneries, grogna-t-il. Je n'ai rien à voir avec ça.

— Et maintenant, j'ai d'autres questions à vous poser. Quant à savoir si vous pouvez y répondre, c'est une autre histoire.

— La réponse sera négative d'emblée.

— J'espère que vous pourrez m'éclairer.

— Quoi ?

— Saviez-vous qu'Annabelle était restée en contact avec le meurtrier de son frère pendant qu'il était en prison ?

Le silence se fit sur la ligne.

— Elle a quoi ?

Doreen soupira.

— J'imagine que vous ignoriez qu'elle était restée en contact avec le type qui a été inculpé, condamné et emprisonné pour le meurtre de son frère.

— Pourquoi a-t-elle fait ça ? s'étonna Joseph.

— Pendant tout ce temps, vous ne l'avez pas entendue parler de mails, de lettres ou de visites ?

— Des visites aussi ? Je ne pense pas qu'elle aurait fait quelque chose comme ça. Elle ne m'en a jamais parlé.

— Vous êtes sûr ?

— Comment ça, je suis sûr ? Bien entendu que je suis sûr. Je ne me souviens pas du tout qu'elle ait parlé de lui.

— Elle n'a pas dit qu'elle voulait rester en contact ? Vous ne vous êtes pas disputés à ce propos ?

Un étrange silence s'ensuivit.

— Vous êtes sûr ? insista la jeune femme. C'est très important.

— Vous pensez que cet enfoiré l'a tuée ? gronda-t-il d'une voix sombre et menaçante.

— Non.

— Alors pourquoi posez-vous cette question ? se récria Joseph.

— Parce que c'est un lien que je dois suivre avec quelqu'un d'autre, mais j'ai besoin de découvrir ce qu'elle savait, ce qu'elle faisait et ce qu'elle aurait pu dire à son sujet.

— Je l'ai traité de loser. Et on s'est disputé à cause de ça.

— Ensuite ?

— Ensuite, on n'en a plus parlé.

— Quand avez-vous eu cette dispute ?

— Je l'ai appris il y a peu de temps. Et j'étais déjà énervé à ce moment-là.

— Pourquoi ?

— Comment ça, pourquoi ? Elle entretient une correspondance avec un criminel. Qui fait ça ?

— Beaucoup de femmes, répondit Doreen.

— Je suis au courant de ces prétendues histoires d'amour avec des prisonniers. Je n'aurais jamais pensé que ce serait son genre, c'est tout.

— Les activistes s'occupent également des personnes accusées à tort et emprisonnées. Mais vous n'en savez pas beaucoup plus sur les raisons qui l'ont poussée à agir de la sorte, n'est-ce pas ?

— Non, elle a dit qu'elle se sentait mal. Elle savait que c'était un accident et elle ne voulait pas qu'il aille en prison.

— Et l'autre type ? Elle en a parlé ?

— Quel autre type ? l'interrogea Joseph.

— Deux adolescents étaient impliqués dans l'altercation lorsque le coup de feu est parti.

— Je ne sais rien de tout ça. Elle avait une tendresse particulière pour ce gars, et ça ne me plaisait pas du tout.

— Je vois, parce qu'une fois que l'erreur est faite, ça reste une erreur, c'est ça ?

— Tout à fait. Ce mec a tiré sur un enfant, pour l'amour du ciel. Qui fait ça ?

Ce devait être sa question préférée. Doreen réfléchit avant de reprendre.

— Donc Annabelle n'a pas gardé une trace de sa correspondance avec lui ?

— Je pense que si, dans ses emails, sauf que je n'ai pas son ordinateur portable.

— Vous ne l'avez peut-être pas, mais je suis sûre que vous connaissez son mot de passe.

— En effet.

Il dicta une série de chiffres et de lettres.

Doreen eut juste le temps de le noter.

— Pouvez-vous me donner son adresse email ?

Joseph s'exécuta et elle demanda ensuite :

— Et la vôtre ?

— Pourquoi ?

— Au cas où j'aurais besoin de vous envoyer des informations, indiqua la jeune femme avec douceur.

Il grommela, puis finit par lui donner.

— Vous voulez bien me laisser tranquille, maintenant ? À moins que vous n'ayez quelque chose à fournir à la police pour me sortir de là, je ne veux plus vous parler. Je veux quitter la ville, c'est tout. D'ailleurs, vous avez parlé de cet autre type, mais on s'en moque. Il est sûrement encore en prison.

— Je l'ignore. Je veux seulement m'assurer qu'il n'y ait pas de lien étrange entre ces deux affaires.

— Annabelle avait clairement un lien étrange avec les gens. Néanmoins, je ne peux pas vous dire s'il s'agissait de ce type ou de quelqu'un d'autre. C'était quelqu'un de bien, donc vous n'avez pas le droit de la juger.

— Je n'ai pas du tout l'intention de la juger, se défendit Doreen. Je veux dire que si elle s'est sentie mal parce qu'il a fini par purger une peine, je peux le comprendre.

— Comment ? Comment pouvez-vous le comprendre ? s'écria-t-il de nouveau. Ce type a tué quelqu'un. Et il mérite de payer pour ça.

— Mais il a payé. Vous pensez qu'il ne pourra *jamais* payer sa dette ?

— En ce qui me concerne, jamais. Et s'il est passé à l'acte une fois… j'imagine qu'il le fera de nouveau. Pour moi, c'est lui qui l'a tuée.

— Et pourtant, vous les avez vus.

— Oui. Au moins, j'ai su qu'elle lui avait parlé face à face. Je pense toujours que c'est ridicule. J'étais très en colère, et on a eu une sacrée dispute à ce sujet.

— Vous n'arrêtez pas de dire que vous avez eu une sacrée dispute à ce sujet. Je pourrais me demander si cette dispute n'a pas fait naître en vous une plus grande colère que prévu.

Joseph s'esclaffa.

— Certainement pas. J'ai le droit d'être en colère quand elle passe son temps à échanger avec un ex-détenu ! Vous me mettez son meurtre sur le dos seulement à cause de ça, c'est n'importe quoi !

— Dans ce cas, j'ai besoin de plus d'informations, répliqua calmement Doreen. Tout ce dont vous vous souvenez de la conversation et que vous n'avez pas évoqué. Ont-ils mentionné cet autre homme ?

— Elle n'en a pas parlé.

— Elle n'a jamais cité cet autre criminel au cours des dernières années ?

— Non, pas à ma connaissance. Seulement qu'il était plus coupable que ce Nathan.

Elle s'étonna d'entendre le prénom de Nathan.

— Intéressant, murmura-t-elle.

— Pourquoi ?

— C'est intéressant que le prénom de Nathan ait été évoqué assez souvent pour que vous vous en souveniez.

— Le contraire aurait été compliqué. J'habitais ici quand le meurtre a eu lieu, vous savez.

— Ça aussi, c'est intéressant.

— Pourquoi ? Ça me rend coupable du meurtre de ce gamin maintenant ? s'offusqua Joseph. Vous essayez de trouver quelque chose pour me faire porter le chapeau. Vous êtes censée découvrir quelque chose pour que les flics me lâchent.

Et il raccrocha.

Doreen réfléchit un long moment. Il avait raison. En théorie, elle était censée aider la police à prouver que Joseph n'avait rien à voir avec le meurtre de sa petite amie. Mais en même temps, elle sentait qu'il y avait quelque chose. Il n'avait pas dit auparavant qu'il connaissait Annabelle au moment de l'assassinat de son petit frère. Elle ne s'y attendait pas. Néanmoins, il avait fait partie de la vie de la jeune femme très tôt, donc peut-être que cela avait un lien avec la relation qu'ils entretenaient. C'était peut-être pour cela qu'elle était restée avec Joseph, car il faisait partie de l'affaire de son frère. Bien que l'idée soit un peu tordue, cela lui permettait peut-être de rester connectée à son frère.

Doreen ne doutait pas que les psys feraient leurs choux gras de cette théorie, mais elle était tristement logique. Certaines personnes, comme Joseph Moody, semblaient vouloir s'enfuir et prendre un nouveau départ, tandis que d'autres s'accrochaient au sentiment de familiarité. Elle se demanda si un tel scénario les aidait réellement à oublier leur traumatisme ou s'il les poussait à le garder en eux.

Dans son cas, elle l'avait gardé en elle. Il lui avait fallu beaucoup de temps avant de pouvoir commencer à l'affronter. Cette seule pensée la poussa à envisager de voir un thérapeute. Mais pas tout de suite. Elle avait à faire, comme visiter certains lieux et parler à certaines personnes, notamment Millicent.

Comme si Millicent l'avait entendue, le téléphone de Doreen sonna et elle posa son regard sur l'écran.

— Bonjour, Millicent. Tout va bien ?

Elle n'eut pas de réponse et devint perplexe.

— Vous allez bien ?

— Je… Ça va, répondit la mère de Mack. Je suis un peu distraite.

— Je pense qu'à votre âge, on ne peut pas vous le reprocher. Vous aviez besoin de quelque chose ? Quelque chose vous dérange dans le jardin ?

— Non, le jardin est parfait. Je me suis dit que vous viendriez bientôt.

— Ce n'est pas prévu avant quelques jours. Voulez-vous de la compagnie ?

— Oh, oui. Voulez-vous venir prendre une tasse de thé ?

— Volontiers. J'avais l'intention de vous appeler de toute façon. J'ai quelques questions à vous poser.

— Merveilleux, acquiesça Millicent avec joie. Je me sens mieux.

Doreen rit.

— Vous n'avez aucune raison de vous sentir mal. Je vais venir à pied avec les animaux.

— Avec plaisir, conclut la vieille dame avant de raccrocher.

Doreen se tourna vers ses animaux et leur demanda :

— Au lieu d'aller chez Nan, pourquoi ne pas aller rendre visite à Millicent ?

Mugs aboya, et Thaddeus inclina la tête, son regard rivé sur elle, comme s'il ne comprenait pas.

Elle lui sourit.

— On va aller voir la mère de Mack et jardiner un peu.

Elle jardinerait seulement si quelque chose dérangeait Millicent. Doreen devait garder à l'esprit que Mack payait chaque tâche, alors elle ne pouvait pas tomber dans l'excès pour gagner quelques dollars supplémentaires. Pour l'instant, elle n'avait pas de problèmes financiers, et elle ne devait pas l'oublier.

Une bouteille d'eau à la main, elle sortit accompagnée de sa ménagerie en direction de chez Millicent. Thaddeus voulait marcher cette fois. La marche fut plus longue, mais cela lui allait. Ils y arriveraient dans tous les cas.

Lorsqu'ils arrivèrent, Millicent était en train de jeter un coup d'œil à son jardin arrière. Elle les vit et son visage s'illumina.

Doreen prit conscience de la solitude de la vieille dame. Il ne serait pas difficile de lui rendre visite plus souvent, mais elle était parfois très occupée et elle n'y pensait pas tout le temps. Elle devrait en parler à Mack afin qu'il vienne plus souvent chez sa mère. De plus, Doreen devait parler à Nick pour lui demander s'il avait l'intention de revenir s'installer ici.

Elle sortit son téléphone, tout en marchant vers Millicent, et envoya un SMS à Nick.

Ta mère se sent seule. Tu ne peux pas venir habiter plus près ?

Puis elle rangea l'appareil et alla saluer Millicent.

— Oh, vous voilà, ma chère, s'exclama-t-elle. Parfois, j'ai l'impression que les journées sont interminables et que rien ne change.

La routine de Doreen n'était pas aussi ennuyeuse, mais elle comprenait le point de vue de la vieille dame.

— Je suis là maintenant, la rassura Doreen. Si quelque chose vous dérange dans le jardin, je peux m'en occuper.

— Merci, ma chère. Tout va bien dans le jardin.

Toutefois, elle regardait autour d'elle, comme si quelque chose n'allait pas.

— Ce n'est pas que je cherche du travail, lui rappela Doreen. En ce moment, ça va. Au moins pour un petit moment.

— Dieu merci ! s'écria Millicent. Vous vous débrouillez si bien, et au moins, quelqu'un vous aide.

— C'est toujours agréable de recevoir de l'argent en guise de récompense. Et je suis contente de faire un travail qui aide les autres.

Millicent désigna un énorme percolateur.

— J'ai pensé que vous aimeriez peut-être du café cette fois-ci.

— Je ne dis jamais non à un café, approuva Doreen avec un sourire radieux.

Elle se dirigea vers la petite terrasse et s'assit à côté de son hôte.

Thaddeus, qui avait depuis longtemps cessé de marcher, sortit sa tête des cheveux de Doreen et se récria :

— Thaddeus est là. Thaddeus est là.

Millicent éclata de rire.

— Oh, quelle joie de les avoir ici.

— Ils apportent beaucoup de joie dans ma vie, sans aucun doute, confirma la jeune femme. Surtout Thaddeus, avec toute sa folie.

— Oui, mais c'est une bonne folie, nota Millicent avec douceur. Nous en avons tous besoin.

Doreen sourit et observa la femme âgée la servir. Elle était vraiment heureuse de boire une nouvelle tasse de café.

Lorsque leurs tasses furent remplies et que Millicent se rassit, Doreen annonça :

— Je voulais vous poser des questions sur Annabelle et Joseph.

La vieille dame afficha une expression perplexe, secoua la tête et précisa :

— Je ne les connaissais pas. Je connaissais Nathan, c'est tout.

— D'accord, et Kurt Chandler, l'ami de Nathan ?

Millicent marqua une pause, puis fronça les sourcils.

— Je n'ai pas entendu ce nom depuis très longtemps.

— Il était impliqué dans l'altercation qui a mené au meurtre du frère d'Annabelle.

— Oh là là, c'est une histoire tellement triste, horrible même. Et cette jeune fille, elle était si proche de son frère.

— C'est ce que j'ai cru comprendre. Et apparemment, elle est restée en contact avec Nathan, pendant qu'il était en prison.

La mère de Mack parut surprise par cette nouvelle.

— Je suppose qu'Annabelle pensait que la mort de son frère était un accident et que Nathan n'aurait pas dû purger une peine aussi longue.

— C'est très gentil de sa part, souligna Millicent, mais ce genre d'action ne peut pas rester impunie.

— Et parfois, certains, pas toujours les bonnes personnes, en font les frais plus que d'autres.

La vieille dame arqua un sourcil.

— J'ai cru comprendre que ce Kurt Chandler était présent et que Nathan et lui se sont battus. C'est là que le coup de feu est parti, ajouta Doreen.

— Oui, oui, je m'en souviens maintenant, acquiesça Millicent. Mais c'est Nathan qui a tiré. Et l'autre garçon se défendait.

— Exactement. Or, si c'était l'inverse ?

Millicent fronça les sourcils, confuse.

— Que voulez-vous dire ?

— Et si c'était l'autre jeune homme qui s'en était pris à Nathan et que le coup de feu était parti ?

— Mais ça ne change rien, si ? s'étonna Millicent. C'était l'arme de Nathan. Il l'a apportée avec lui et elle était, soi-disant, dans sa main.

Doreen haussa les épaules.

— Je ne connais pas les détails de cette affaire, mais j'imagine que oui.

— Donc, même s'ils se sont battus, ça ne change rien.

— Non, sauf qu'une personne n'était pas obligée d'en faire les frais.

— Peut-être, n'empêche que personne ne le condamnera pour une affaire vieille de huit ans, surtout si quelqu'un d'autre a déjà purgé sa peine.

— Vous voyez ? C'est ça que je ne comprends pas, déclara Doreen avec un sourire. Il faudra que j'en parle à vos fils.

— Vous savez comment les contacter, s'amusa Millicent, avant de retrouver son sérieux. J'aimerais vraiment voir Mack se poser.

Doreen se figea.

— Oh ? s'étonna-t-elle avec précaution. Vous pensez qu'il n'est pas posé ?

La vieille dame secoua la tête avec vigueur.

— Il n'a jamais été marié, et je l'ai eu très tard. Je commence à ressentir la pression de l'âge.

— Alors, vous voulez décharger un peu de cette pression sur *moi* ? demanda Doreen en riant.

Millicent parut presque soulagée de la réponse de Doreen.

— Vous êtes quelqu'un de formidable. J'espère vraiment que ça marchera entre Mack et vous.

— Je vais vous répéter ce que je dis à tout le monde à ce sujet. Et croyez-moi, vous n'êtes pas la première à aborder le sujet, mais je ne suis toujours pas officiellement divorcée. Donc, tant que tout ça n'est pas réglé, je ne suis pas prête à aller de l'avant.

— J'ignorais que vous étiez encore mariée.

Doreen haussa une épaule.

— Je n'aime pas en parler parce que ça a été une période très difficile de ma vie. Cependant, c'est ce qui m'a poussée à venir ici. Votre fils, Nick, m'aide à mettre un point final à mon divorce.

— Oh, eh bien, dans ce cas, je ne remets pas en cause son expertise.

Doreen partit d'un grand éclat de rire.

— Moi non plus. Je ne sais pas pourquoi ni comment il a décidé de s'occuper de mon cas, mais je peux vous assurer que je lui en suis reconnaissante. Mon mari n'est pas quelqu'un de bien et je ne me réjouis pas de cette bataille.

— J'imagine. C'est votre avocate qui est décédée, n'est-ce pas ? demanda Millicent avec une curiosité proche de la fascination.

— C'est exact, acquiesça la jeune femme avec une grimace. Vous savez ce qu'on dit des avocats.

— En effet, s'esclaffa Millicent. J'ai entendu tellement de blagues sur les avocats dans ma vie. Et j'en racontais aussi, jusqu'à ce que mon fils en devienne un. Et là on commence à se poser des questions, car Nick est un homme bien.

— Je vous le confirme.

— Mais vous craquez pour Mack ? insista la vieille dame.

— Oui, j'aime beaucoup Nick, mais je craque pour Mack, soupira Doreen.

— J'en suis ravie. Je pense que Mack vous adore. Ça lui briserait le cœur si vous ne craquiez pas autant l'un pour l'autre.

Rien que la tournure de la phrase mettait Doreen mal à l'aise. Néanmoins, le terme de « *craquer* » était approprié pour leur situation.

— On réglera ça en temps voulu. Mack sait pertinemment ce que je pense du fait d'être encore mariée.

— Oui, oui, oui. C'est tout à fait honnête, reconnut Millicent, et je vous félicite pour votre moralité à ce propos.

Doreen ne savait pas si elle devait être félicitée. Beaucoup de gens pensaient qu'elle était tout simplement stupide. Toutefois, elle comptait bien vivre sa vie comme elle le voulait. Elle but une gorgée de café.

— Revenons-en aux deux garçons en question, Nathan et Kurt, reprit-elle. Connaissez-vous quelqu'un qui était lié à l'affaire à l'époque ?

— Seulement qu'Annabelle a dû témoigner.

— Il se peut que j'aie besoin de voir ce témoignage.

— Si c'est possible, ça pourrait dissiper toute confusion dans votre esprit, affirma Millicent avec gentillesse.

— Ce serait une aide précieuse.

— Absolument, confirma Millicent. Il n'y a rien de pire que de penser à quelque chose, mais de n'avoir aucun moyen de le prouver ou même de vérifier que vous ne faites pas fausse route.

Les deux femmes changèrent ensuite de sujet.

Alors que Doreen s'apprêtait à partir, Millicent lança :

— Ne le faites pas attendre trop longtemps, d'accord, ma chère ?

Doreen opina du chef et entrevit l'inquiétude et le désespoir maternel dans ses yeux.

— Ce n'était pas mon intention, mais tout se fera au moment voulu.

— Je suis contente que Nick vous aide.

— Moi aussi. C'est un homme bien. Vous avez fait du bon boulot avec vos deux fils.

Le visage de la vieille dame s'illumina.

— Merci. On ne reconnaît pas beaucoup le mérite d'être mère dans ce monde. C'est l'une des tâches les plus dures et, en même temps, l'une des plus gratifiantes.

— Je n'en doute pas, même si je n'ai aucune expérience avec les enfants, admit Doreen avec un petit rire. Donc je ne sais pas quoi vous répondre.

— Vous le découvrirez, laissez-vous le temps. Je vais aller m'allonger maintenant, annonça Millicent en se levant.

— Allez-y.

Doreen observa son hôte rentrer, et elle s'inquiéta de la lenteur de ses mouvements. En revanche, bien que la discussion fut quelque peu gênante, elle avait été nécessaire pour que Millicent se sente un peu mieux.

Beaucoup de gens s'interrogeaient sur sa relation avec Mack, et elle ne savait plus quoi répondre à ces questions. Elle ne pouvait pas dire aux curieux de s'occuper de leurs affaires, alors qu'elle passait son temps à fourrer son nez dans la vie des autres.

Qu'ils fassent de même n'était que justice.

Chapitre 24

D OREEN ÉTAIT À quelques mètres de sa maison quand son téléphone sonna. Voyant que c'était Nick, elle décrocha.

— Salut. Des problèmes ?

— Non, pas de problèmes. Pourquoi m'as-tu envoyé un message à propos de ma mère ?

— Ah, oui. J'en reviens à l'instant. Elle m'a invitée à prendre un café.

— À prendre un café ou pour jardiner ?

— Pour un café. Je pense qu'elle se sentait vraiment seule. Bon, elle en a profité pour faire son *numéro de parent*.

Nick éclata de rire.

— Je ne suis pas sûr de vouloir savoir, mais c'est quoi le *numéro de parent* ?

Doreen se joignit à son rire.

— Quelles sont mes intentions envers Mack.

Après un moment de silence, Nick rit de plus belle. Doreen souriait et il se calma enfin.

— Oh là là, je n'imagine même pas.

— Tant mieux. Je te l'assure. Mon imagination est plus que suffisante pour nous deux.

Il se remit à rire.

— Alors, en tant que frère, est-ce que j'ai aussi le droit de te demander quelles sont tes intentions ?

— Non. Je vais te dire ce que j'ai dit à ta mère. Tant que je ne serai pas divorcée, il n'y aura pas d'avancée. Mack et moi sommes très bons amis, mais je ne suis pas prête à aller plus loin ou dans une autre direction, pas tant que je suis encore mariée aux yeux de la loi.

— J'ai compris, confirma Nick, la voix encore empreinte d'hilarité. Je vais devoir régler ce divorce rapidement, *je me trompe* ?

— Je suppose que ça dépend à qui tu parles et quel jour. Ta mère veut des petits-enfants, donc elle veut que tu te dépêches de remplir la paperasse. Pourtant, certains jours… je pense que ton frère aimerait ne jamais m'avoir rencontrée.

— Je suis sûr que tout le monde vit des jours similaires, mais je suis aussi certain qu'il est ravi de t'avoir dans sa vie.

— Comme c'est gentil de dire ça. Or, ça ne change rien.

— Vraiment ? s'étonna Nick d'une voix taquine. Tu pourrais devenir ma belle-sœur.

— Oh mon Dieu ! Je n'en suis pas encore arrivée au point de penser à ça. N'en parle pas à Mack.

Il éclata de nouveau de rire.

Doreen ferma les yeux et se figea, même si elle n'était qu'au bord du ruisseau.

— Vous en avez déjà discuté ? demanda-t-elle.

— Bien sûr que non. Je ne me mêlerai jamais de ça.

— Tu en serais capable juste après avoir raccroché.

Le rire de Nick résonna de plus belle.

— Je suis contente que tu t'amuses à mes dépens, bougonna-t-elle quand il fut enfin calmé.

— Oh, ce n'est pas à tes dépens, mais je n'imagine

même pas la réaction de Mack quand il découvrira que maman t'a cuisinée.

— C'est un amour et, comme je l'ai dit, elle se sent seule.

— Tu vois comment tu as réussi à retourner la situation ?

Doreen pouvait presque l'entendre secouer la tête.

— Tu es sûre que tu ne veux pas devenir avocate ?

— Non, pas du tout, répliqua Doreen, irritée. Repense à mon expérience avec les avocats.

— Certes. Mais qu'en est-il de moi ?

— D'accord. Toi ? Tu es l'exception, admit la jeune femme, la mine renfrognée. Je n'ai eu affaire qu'à Robin. Pas vraiment époustouflant.

— Parfois, je pense que les avocats ont une mauvaise réputation.

— Oui, et parfois ils le méritent.

Elle rappela une fois de plus à Nick que Robin lui avait pourri la vie.

— Tu as raison, reconnut-il. Néanmoins, je suis en train de mettre de l'ordre dans ma vie afin de pouvoir déménager plus près d'ici.

— Ce serait une bonne chose pour ta mère et pour toi. Je sais que ton frère en serait ravi aussi.

— Tu crois ? songea Nick. On était proches dans notre enfance, mais on a pris des chemins différents, et c'est plus difficile de communiquer maintenant.

— Je pense qu'il est heureux de t'avoir à ses côtés quand tu es là. Il n'y a vraiment pas de période facile une fois que l'on est adulte et que l'on vit sa propre vie. Selon moi, c'est triste qu'il faille du temps pour que les gens tissent à nouveau des liens, et qu'ils ne réalisent pas avant combien l'autre leur a manqué.

— Si je reviens habiter dans le coin, tu me verras beaucoup plus souvent.

Doreen rit.

— Tu me mets en garde ? Peut-être que c'est moi qui devrais te mettre en garde parce que je mets souvent Mack dans le pétrin.

— Tu pourrais peut-être essayer de ne *pas* le mettre dans le pétrin, grommela-t-il.

— Il faudrait pour cela que je ne m'attire pas d'ennuis *moi-même*, nota-t-elle, et apparemment, je ne suis pas très douée pour ça.

— Ce sera un changement de rythme pour nous deux, soupira Nick.

— Mais ce sera une bonne chose. N'oublie pas que Mack est très spécial.

— Je suis content que tu le penses, répliqua-t-il, le ton taquin.

Doreen soupira.

— Pourquoi tout le monde veut-il jouer les entremetteurs ?

— Seulement si ça vous rend heureux. La dernière chose que je souhaite, c'est que Mack ou toi soyez malheureux.

— C'est vrai. Et qui aurait pu penser que je pouvais le rendre heureux ? l'interrogea Doreen. J'ai l'impression de l'agacer la plupart du temps.

— Sûrement à juste titre. On reparlera de tout ça. Je dois y aller, conclut-il avant de raccrocher.

Chapitre 25

DOREEN AVAIT DU mal à comprendre pourquoi tout le monde s'inquiétait pour Mack et elle en ce moment. Ils avaient le temps de régler ce problème tous les deux. Du moins, elle se persuadait qu'ils avaient du temps. Elle ne voulait pas que cela devienne un sujet de préoccupation. De retour chez elle, et des heures plus tard, elle ruminait encore toutes les conversations qu'elle avait eues.

Il lui tardait de trouver l'adresse de ce Kurt Chandler. Elle trouva une nouvelle occurrence dans l'annuaire et appela afin de savoir s'il s'agissait de sa famille.

Une voix grincheuse résonna à l'autre bout du fil.

— Non, il l'écrit différemment, pour l'amour du ciel, marmonna la femme. Vous devriez le trouver avec l'autre orthographe.

— Peut-être, mais je ne le trouve pas dans l'annuaire.

— Je ne sais pas où il est, cingla l'interlocutrice.

— Vous le connaissez ?

— Oui, pourquoi ?

— Je me demandais ce qu'il devenait dernièrement, c'est tout.

— Un bon à rien, comme depuis toujours, répondit la

femme d'une voix nasillarde et stridente. Vous ne devriez pas vous approcher de lui.

— C'est ce qu'on m'a dit. Je dois quand même lui poser quelques questions.

— Il n'est pas du genre à répondre aux questions. C'est un type à problèmes sur toute la ligne.

Sur ce, l'autre femme raccrocha.

Alors que Doreen décollait son téléphone de son oreille, il sonna de nouveau. Cette fois, c'était Nathan Landry.

— Nathan, que se passe-t-il ?

— Il m'a appelé… pour me rencontrer, répondit-il, d'une voix nerveuse.

— *Oh oh*, vous parlez de Kurt ?

— Oui. Il dit qu'il veut juste parler, qu'on se retrouve comme au bon vieux temps.

— Mais avez-vous envie de le retrouver comme au bon vieux temps ?

— Non, pas du tout. Je ne lui en veux pas, mais je pense qu'il n'en dirait pas autant de moi.

— Si vous ne lui avez rien volé à l'époque, pourquoi ce serait le cas aujourd'hui ?

— Je ne sais pas ! s'écria le jeune homme au bord des larmes.

— En avez-vous parlé à votre père ?

— Oui, et il m'a dit de ne même… de ne même pas y penser. Il tient à ce que j'efface le numéro de Kurt et que je ne l'approche pas.

— C'est sûrement une bonne idée.

— Mais je ne peux pas. Il ne me laissera pas tranquille. Et s'il avait quelque chose à me dire ?

— Je n'en doute pas, or j'ai l'impression qu'il veut découvrir ce que vous avez à lui dire.

Le silence se fit sur la ligne.

— Comment ça ?

— Je ne sais pas, mais je ne vois aucune raison, bonne tout du moins, pour qu'il veuille vous rencontrer.

— Bien sûr que si, objecta Nathan. On était amis avant.

Doreen s'interrogea sur ce point, et lui donna raison.

— Peut-être, néanmoins je pense que ce n'est pas une bonne idée. Personne n'a envie que vous ayez des ennuis qui pourraient vous mettre dans l'embarras.

— Qu'est-ce que je suis censé faire ? Je dois le rencontrer, sinon il me harcèlera pour le restant de mes jours.

Doreen aussi avait envie de le rencontrer.

— Et si on y allait ensemble ?

Nathan hoqueta, choqué.

— Non. Je suis sérieux. Il n'est pas du genre à apprécier qu'on se mêle de ses affaires, et vous ? *Vous* n'êtes pas une mince affaire.

La jeune femme afficha une expression perplexe, puis demanda :

— Et si, à la place, vous enregistriez la conversation ou portiez un micro ?

— Non, non, non, non. Je serais trop nerveux et il le remarquerait.

Elle n'en doutait pas.

— En plus, les flics ne me croiront pas, ajouta-t-il. Mon père ne veut pas du tout que j'y aille.

— Naturellement. Il a peur qu'il vous arrive quelque chose de grave.

— Mais c'est mon ami, argumenta Nathan. Enfin, c'était.

— Alors pourquoi êtes-vous nerveux ?

— Je ne sais pas, murmura-t-il, d'une voix faible. Je ne

sais pas. Je crois que c'est vous. C'est vous qui me stressez à propos de tout ça.

Doreen arqua les sourcils.

— Ou bien c'est votre instinct. Peut-être que vous ressentez un problème en vous, et vous devez l'affronter. Toutefois, assurez-vous que votre père ne perde pas son fils à nouveau.

— Non, ce n'est pas ce que je souhaite, mais je ne sais pas quoi faire.

— Où devez-vous le retrouver ?

— À la salle de billard de Rutland, à côté du club de strip-tease.

Elle pensa au club de strip-tease et à Cassandra qu'elle y avait rencontrée la dernière fois.

— Je vois. Plutôt sombre comme lieu de rendez-vous, non ?

— En effet. Mais c'est là où on traînait avant.

— Pourquoi ? Parce que c'était cool ?

— Exactement.

Doreen nota une pointe de culpabilité dans la voix du jeune homme.

— Vous devriez peut-être y aller.

— J'en ai l'intention, affirma Nathan.

Elle marqua une pause, hésita, puis finit par demander :

— Alors pourquoi est-ce que vous m'avez appelée ?

— Je ne sais pas, répondit-il, et sa voix se brisa.

— Vous espériez que je vous en dissuade ?

— Vous ne pouvez pas m'en dissuader.

Doreen ne savait pas quoi en penser, or, cela ressemblait à un appel à l'aide.

— Je suis un peu perdue. Vous pensez que je ne peux pas vous en dissuader, et vous avez l'intention d'y aller, en revanche, vous m'avez appelée. Il est donc évident que vous êtes inquiet. Je ne comprends pas ce que vous voulez que je fasse.

Après un long silence, Nathan souffla :

— Je pense que personne ne peut rien faire.

— Waouh, waouh, waouh, waouh ! s'écria-t-elle.

Mais c'était trop tard, il avait déjà raccroché.

Elle observa son téléphone, l'estomac noué. Qu'était-elle censée faire ? Nathan semblait ne vouloir écouter personne, mais c'était peut-être dû à la paranoïa du jeune homme. Perplexe, elle appela Mack, même si elle ignorait son emploi du temps.

— Salut. Un problème ?

— Comment fais-tu pour deviner qu'il y a un problème ? répondit Doreen, contrariée.

— On parlera de ça plus tard. Dis-moi ce qu'il s'est passé.

Elle s'empressa de lui raconter en détail.

— Nathan est vraiment paniqué à l'idée de retrouver Kurt, ajouta-t-elle, une fois calmée.

— Et pourtant, il a décidé d'y aller ? s'étonna Mack, déconcerté.

— Oui. Je ne sais pas trop quoi en penser.

Le silence se fit, et elle ajouta :

— Je sais. Je sais. Ce n'est pas ton problème, toutefois, je pense que ça va mal se terminer.

— Pourquoi penses-tu que ça va mal se terminer ?

Elle lui expliqua qu'Annabelle avait eu des contacts avec Nathan en prison et que la voisine curieuse l'avait vu chez Annabelle.

— Tu penses que c'est lié ? l'interrogea Mack.

— Oui, vraiment. Je pense que, non seulement, Nathan

est lié à Annabelle, mais que ce Kurt Chandler est aussi lié à la vieille voisine curieuse de l'autre côté du couloir, Hannah Hartley.

— Et ?

— Je pense qu'elle a dit à Kurt que Nathan était passé chez Annabelle.

— Qu'est-ce que ça changerait ?

Doreen hésita.

— Je pense que tout est connecté à la mort accidentelle du petit garçon.

— Tu veux dire le meurtre pour lequel Nathan a fait de la prison ?

— Oui. Et je n'arrive pas à accéder aux emails d'Annabelle, du moins je n'ai pas encore réussi à cracker son mot de passe.

Son regard était rivé sur son ordinateur portable dont elle s'était éloignée par frustration.

— Que comptes-tu découvrir ?

— Je ne sais pas. Mais j'ai le sentiment qu'il y a un lien entre les deux meurtres.

— Tout meurtre est un lien en soi, souligna le policier, mais nous n'avons rien à nous mettre sous la dent dans le cas présent.

— Est-ce que ce serait compliqué de s'assurer que Nathan n'est pas en danger ?

— Non. Tu me demandes d'y aller ?

— Je ne sais pas ce que je demande. Je suis très inquiète. Et ça ne fait qu'empirer.

— Il s'apprêtait à partir ?

— Oui, bientôt. Ils ont prévu de se retrouver à la salle de billard. Un environnement dans lequel je ne suis pas spécialement à l'aise.

— Waouh, waouh, waouh, tu ne vas pas là-bas.

La voix de Mack était neutre, mais elle entendit son ordre.

Doreen s'affaissa sur place.

— Je ne peux pas rester plantée là et voir ce jeune homme souffrir de nouveau !

— Je ne comprends pas pourquoi tu le défends, avoua Mack.

Elle n'était pas habituée à entendre une telle curiosité dans sa voix.

— Je ne sais pas, mais tout dépend s'il était…

Elle se tut, essayant de rassembler ses idées.

— D'après Joseph, Annabelle pensait que Nathan n'aurait pas dû être emprisonné aussi longtemps et que l'autre garçon était tout aussi coupable.

— Malgré ça, personne ne rouvrira cette enquête alors que le coupable a déjà purgé sa peine. Il a avoué, tu te souviens ?

— Je sais. Et si Kurt n'était pas au courant ? Peut-être a-t-il entendu une conversation d'Annabelle, ou bien ce sont ses propres peurs, qui lui font craindre que cette dernière, ou Nathan, essaie de rouvrir l'enquête sur cet ancien meurtre, de sorte que Kurt soit également accusé.

— Pourquoi ça ?

— D'après… commença-t-elle avant de se taire pour essayer de nouveau de rassembler ses idées. Mon Dieu, ça devient confus.

— Tes affaires ont tendance à être confuses, maugréa Mack.

— Quoi qu'il en soit – d'après Annabelle, je crois, et d'après ce que Joseph m'a dit – elle lui avait parlé de sa correspondance avec Nathan en prison, et ils ont eu quelques grosses disputes à ce sujet. Et Annabelle et Nathan avaient parlé de cet autre type, Kurt Chandler. Le coup est parti quand il a attaqué Nathan. Mais, selon les rapports de police – que je n'ai pas vus, ni les dossiers ni les interrogatoires – Nathan a apparemment dit qu'il tenait l'arme, et c'est Kurt qui a affirmé qu'il s'agissait de légitime défense – que Nathan avait sauté sur lui et essayé de le tuer. Selon Nathan, Kurt a pris l'arme des mains de son ami et planifiait avec ardeur un vol à main armée. Il a sauté sur lui, mais Nathan se sentait déjà terriblement coupable d'avoir tué le gamin et a pris la responsabilité.

La ligne était silencieuse.

— Et tu penses que ce Kurt Chandler est mêlé au meurtre d'Annabelle ?

— Je ne vois que cette possibilité.

— C'est différent de la culpabilité, dit Mack d'un ton sec.

— Je sais, je sais, je sais, se lamenta Doreen. Mais qu'est-ce que je suis censée dire ?

— Que penses-tu qu'il va se passer lors de cette rencontre ?

— Je pense que Kurt Chandler essaie de comprendre ce qui s'est dit avec Annabelle et ce que Nathan compte faire.

— Tu penses donc qu'il est en danger ?

— Oui.

— Je n'ai pas de preuve formelle que Nathan soit en danger, mais je peux me rendre là-bas et jouer au billard pendant que j'y suis.

Doreen marqua une pause et observa son téléphone.

— Tu veux bien surveiller Nathan ?

— On m'a demandé de faire des choses bien plus folles dans ma vie. Si tu penses que ce Nathan a des ennuis et qu'il y a peut-être un lien avec notre enquête en cours, alors, oui. Je vais aller jeter un coup d'œil.

— Je peux venir ?

— Non.

Doreen grommela.

— Tu vas te faire remarquer. C'est hors de question.

— Et pas toi ?

— Non, et j'ai quelques collègues qui ont déjà travaillé sous couverture. On peut aller faire une partie de billard et voir comme ça se passe si les deux hommes se retrouvent là-bas.

— D'accord, marmonna-t-elle.

— Tu ne viens pas, c'est compris ?

La voix de Mack était si sévère que Doreen gémit.

— OK, mais tu es vraiment un rabat-joie.

— Un rabat-joie, souffla Mack, avant d'éclater de rire.

— Oh, arrête.

— Tu es vraiment inquiète, n'est-ce pas ? demanda-t-il, s'arrêtant de rire d'un seul coup.

— Oui. Nathan a fait de la prison, alors qu'il n'aurait peut-être pas dû y aller. Et maintenant, je pense que la personne qui aurait dû être condamnée à sa place – et peut-être aussi pour un second meurtre – va essayer d'éliminer Nathan pour protéger Kurt.

Après avoir terminé sa phrase, Doreen raccrocha au nez de Mack.

<h1 style="text-align:center">Chapitre 26</h1>

PLUSIEURS HEURES PLUS tard – de longues et difficiles heures à faire les cent pas, des heures à se demander ce qu'il se passait – Doreen finit par renoncer à essayer de comprendre pourquoi Mack ne l'avait pas rappelée. Doreen passa donc des heures à essayer d'accéder aux emails d'Annabelle. Elle avait son adresse électronique, mais pas son mot de passe. Joseph lui avait pourtant donné quelques identifiants. Mais rien n'y faisait. Elle essaya toutes sortes de choses. Puis, assise à fixer son ordinateur portable du regard, elle éclata de rire. Elle passa un coup de fil rapide à Millicent et lui demanda comment s'appelait le frère d'Annabelle.

Charlie.

Elle s'empressa de le taper dans la case du mot de passe et c'était bon. Les emails d'Annabelle s'affichèrent et Doreen se réjouit. La boîte de réception d'Annabelle n'était pas surchargée, mais il y en avait une bonne quantité à parcourir. Elle avait beaucoup de commandes, de contacts, de fournisseurs, de questions, et enfin Doreen trouva un dossier nommé Nathan. En le parcourant, elle se rendit compte qu'il s'agissait de leur correspondance, et qu'elle était assez conséquente.

Doreen passa les échanges en revue, à la recherche d'un indice pour l'aider dans son enquête. Mais Annabelle s'évertuait surtout à remonter le moral de Nathan, alors qu'il purgeait sa peine de prison. Elle croyait en lui et pensait qu'il ne méritait pas ce qu'il avait subi.

Parfois, il réfutait. *J'ai tué ton frère. Personne ne peut me pardonner.*

Tout le monde a le droit au pardon, avait-elle répondu, ce qui en disait long sur la jeune femme.

Doreen se cala dans sa chaise, les larmes aux yeux. Annabelle était une femme merveilleuse dont la vie avait été trop courte. Alors même qu'elle devait composer avec sa propre souffrance, elle essayait d'aider quelqu'un à gérer la sienne. La tristesse de sa situation n'en était qu'amplifiée.

Enfin, un peu plus tard, Annabelle avait écrit : *Tu sortiras bientôt. J'aimerais qu'on se rencontre.*

Nathan avait répondu par un emoji heureux, accompagné du message suivant : *J'en serais ravi, mais je ne veux pas contrarier ton compagnon.*

La jeune femme avait répondu simplement : *Il n'en saura rien. Je ne lui dirai pas. De toute façon, ce sujet l'énerve.*

Je le comprends. Je suis un détenu.

Arrête. Vraiment. Ce qui est arrivé à mon frère était un accident. Un horrible accident, certes. Et ça a été dur pour tout le monde, mais ça ne doit pas définir qui tu es maintenant.

Plus Doreen lisait ces emails, plus elle aimait Annabelle. Elle avait un esprit doux et tendre. Et elle était remplie de pardon pour un homme qui était rempli de culpabilité.

Tu sais qu'il a menti sur votre bagarre. Tu n'aurais pas dû aller en prison. Ça aurait dû être lui.

La réponse du jeune homme fut sensiblement la même. *Ça n'a pas d'importance. C'est de l'histoire ancienne. J'ai tué ton frère.*

Non. C'est lui qui a tué mon frère.

Ne dis pas ça. Ça ne mènera à rien.

J'ai compris.

Tout cela, et bien d'autres choses encore, se trouvaient dans leurs emails. Pour Annabelle, Nathan avait été attaqué par Kurt. Et le coup de feu n'était pas parti par accident. Kurt avait essayé de tirer sur Nathan. Ce dernier avait esquivé la tentative, la main toujours sur l'arme, et le coup était parti, touchant le frère d'Annabelle.

Mais à cause de sa culpabilité, Nathan avait endossé la responsabilité et continué à croire que la mort de Charlie était de sa faute. Alors qu'en réalité, c'était Kurt Chandler qui avait tué Charlie Hopkins. C'était Kurt qui aurait dû se retrouver derrière les barreaux ou, tout du moins moins, les deux adolescents. Au lieu de cela, Kurt s'en était tiré à bon compte.

Selon Doreen, personne n'ouvrirait une enquête si la mauvaise personne avait été condamnée et déjà purgé sa peine. Sans oublier que Nathan avait avoué. Cette affaire semblait classée d'avance. Elle ignorait ce qu'Annabelle avait déclaré lors du procès. Elle n'avait toujours pas les copies du procès-verbal de l'audience, ce qui pourrait l'aider. Cependant, comme Nathan avait avoué et témoigné que le meurtre était entièrement de sa faute, la police avait tout bonnement clôturé l'enquête.

Elle y réfléchit un long moment, puis appela le père de Nathan.

— Qu'est-ce que vous voulez ? demanda-t-il, la voix lasse, contrariée, presque déprimée.

— Je veux éviter à votre fils de retourner en prison.

— Bonne chance, répliqua-t-il avec amertume. Ce garçon va finir par avoir encore plus d'ennuis et, quoi que nous fassions, c'est comme si... comme s'il avait une attitude suicidaire.

— Peut-être lorsqu'il est allé en prison pour la première fois... Je n'ai pas de copie de la transcription du procès, mais j'ai cru comprendre qu'il avait avoué.

— En effet, grommela M. Landry. Il a avoué et ne m'a même pas dit la vérité, jusqu'à ce qu'il sorte de prison il y a peu.

— Vous voulez dire que Kurt l'a attaqué, qu'il a essayé de le tuer ?

— Tout à fait, répondit-il avant de marquer une pause. Il vous l'a dit aussi ?

— Non, c'était dans les emails d'Annabelle.

— Bon sang, marmonna le père de Nathan. C'était une fille en or. Vous le savez, n'est-ce pas ? Il m'a raconté toute leur correspondance, et comment parfois il était vraiment déprimé, et qu'elle lui remontait toujours le moral. Elle essayait de le rassurer, en disant que ce n'était pas de sa faute.

— Pourtant, il était tellement rongé par la culpabilité à l'époque qu'il a apparemment avoué.

— Oui, et personne n'a pu l'en dissuader non plus, se plaignit son père. Nathan croyait fermement qu'il était responsable et que s'il n'avait pas pris l'arme avec lui ce jour-là, le meurtre de Charlie n'aurait pas eu lieu.

— Je suis d'accord avec lui sur ce point. S'il l'avait laissée, ça ne serait sûrement jamais arrivé. Mais ce n'est pas une raison pour mourir aujourd'hui.

Après un moment de silence, M. Landry demanda :

— Vous pensez qu'il va mourir ?

Sa voix était empreinte à la fois d'une immense peur et de sagesse.

— Vous savez où il est, n'est-ce pas ? soupira Doreen.

— Je lui ai dit de ne pas s'y rendre. J'ai essayé de le convaincre.

— Je le sais. Moi aussi. J'ignore si ça va servir à quelque chose, mais j'ai appelé la police.

— Vous avez appelé la police ? s'étonna le père de Nathan.

— Pas dans le sens que vous croyez, rectifia-t-elle. J'ai appelé l'un de mes amis policiers pour qu'il aille à la salle de billard, à l'heure où avait lieu le rendez-vous, afin de tâter le terrain et voir comme ça se passe. Je voulais seulement que quelqu'un surveille les arrières de Nathan.

Son père ne semblait pas savoir quoi répondre.

— Je ne peux pas vous garantir que ça aidera, ajouta-t-elle, mais je suis également très préoccupée par la possibilité que Kurt Chandler ait tué Annabelle.

— Pourquoi ferait-il ça ? se récria Landry, avant de se taire. Kurt en serait capable.

— Vous en êtes certain ?

— Il est du genre minutieux, cingla-t-il avec amertume. Il aime que tout soit en ordre, et s'il pense que mon fils est sur le point de tout foutre en l'air… vous pouvez être sûre qu'il *va* s'en prendre à Nathan.

— C'est une remarque intéressante, nota Doreen, car, en ce qui me concerne, c'est notre candidat le plus probable. Cependant, sans aucune preuve, la police n'a rien.

— C'est une anguille, confirma le père de Nathan. Je veux seulement… S'il vous plaît, faites en sorte que mon fils ne meure pas.

— J'y travaille. Toutefois, Nathan n'est pas très coopératif, s'exaspéra la jeune femme.

M. Landry laissa échapper un rire amer.

— En effet, et il est toujours rongé par la culpabilité. Maintenant, j'ai peur qu'il se sente coupable pour Annabelle.

— Je suis persuadée que c'est le cas. Il était ici lorsqu'elle a été tuée, et il n'a pas pu empêcher son meurtre. À présent, c'est comme si la vie de cette jeune femme n'avait servi à rien, alors qu'elle soutenait Nathan. Je suis donc sûre que, du point de vue de votre fils, c'est comme s'il avait la poisse.

— Vous avez raison. Mais les flics sont là-bas en ce moment, non ?

— Oui. Votre fils est-il rentré ?

— Non, répondit-il avec inquiétude. Pas encore.

— Ce n'est pas surprenant, après tout ? Il avait l'habitude d'être absent plusieurs heures d'affilée.

— Oui, mais seulement avec ce type. Vous parlez d'une poisse. J'essaie de protéger Nathan, sauf qu'on dirait qu'il n'a rien appris en prison.

— Si, il a appris quelque chose. Qui étaient ses amis. Ce que j'ignore, c'est ce qu'il va faire pendant ce rendez-vous. Est-il probable qu'il essaie de venger la mort d'Annabelle, s'il découvre que ce Kurt a un lien avec ça ?

— Absolument, affirma M. Landry.

— Et c'est ce que nous ne voulons pas. On ne veut pas qu'il soit impliqué.

— Même si je suis d'accord avec vous, je pense qu'on ne peut plus rien y faire maintenant, se lamenta-t-il.

Elle entendit les sanglots dans la voix du père.

— Je voudrais qu'il rentre à la maison, conclut-il, puis il raccrocha.

Doreen se leva et fit les cent pas dans son petit salon. Elle n'avait toujours pas de réponse de Mack. Rien du tout. Et sa nervosité devenait de plus en plus difficile à contrôler, elle était sur le point de craquer. Il faisait nuit noire dehors, et elle savait que si elle se montrait à la salle de billard, elle ne retrouverait pas facilement les bonnes grâces de Mack.

Il lui avait donné un ordre direct. Puisque c'était elle qui l'avait envoyé à ce rendez-vous, elle ne pouvait guère changer cela maintenant. Pourtant, quelque chose n'allait pas. Elle le savait. Elle téléphona au capitaine, faute de mieux. Lorsqu'il répondit, son ton était jovial, comme s'il avait passé un bon dîner en famille.

— Capitaine, je m'inquiète pour Mack.

— Pourquoi ? demanda-t-il d'une voix surprise.

Elle relata rapidement ses inquiétudes à propos du rendez-vous et que Mack s'était porté volontaire pour y aller avec un collègue.

— J'en ai entendu parler, dit le capitaine, alors merci de m'avoir dit la vérité.

La voix du policier se teinta d'une note d'humour lorsqu'il ajouta :

— Et vous savez que la salle de billard est ouverte jusqu'à 2 h, n'est-ce pas ?

— Oh. Non, je l'ignorais.

— Dans tous les cas, Mack est censé m'appeler très bientôt. Laissons-lui le bénéfice du doute et voyons où cela nous mène.

— D'accord, marmonna Doreen.

— On est contents que vous vous inquiétiez pour Mack, s'amusa-t-il. Ça nous rassure. En plus, j'ai misé vingt dollars sur vous.

Le capitaine éclata de rire, puis raccrocha. Doreen se retrouva comme deux ronds de flans devant son téléphone.

— Vingt dollars ? répéta-t-elle en se tournant vers Thaddeus, puis elle s'écria d'horreur : le capitaine a misé vingt dollars sur moi ! Est-ce qu'il fait des paris sur ma vie amoureuse ?

Elle prit conscience que ce n'était *pas* le cas. Le capitaine faisait des paris sur la vie amoureuse de ses hommes. Et elle faisait partie des partenaires impliqués.

Elle ferma les yeux et grommela :

— J'imagine qu'on a encore quelques heures à attendre.

Ainsi, elle monta prendre une douche, puis elle se coucha, espérant être prête pour le moment où Mack déciderait de lui donner de ses nouvelles.

Chapitre 27

Mardi matin...

DOREEN SE RÉVEILLA le lendemain matin, le cerveau embrouillé, le corps épuisé et les oreilles bourdonnantes. Il lui fallut un moment pour se rendre compte que son téléphone sonnait. Elle s'empressa de décrocher et entendit Mack à l'autre bout du fil.

— Mon Dieu, quelle heure est-il ?

— Il est 7 h, répondit-il calmement.

— Qu'est-ce qui ne va pas ?

— Quelqu'un est mort. Et tu avais raison. Il y a eu beaucoup d'action à la salle de billard, mais tu t'es trompé sur un point.

— Quoi donc ?

— Ce n'est pas Nathan qui a des ennuis. Enfin peut-être que si, parce que Kurt Chandler est mort.

Doreen se redressa et fixa son téléphone d'un regard étonné.

— Quoi ?

— Oui, qui l'aurait cru ? déclara Mack.

— Comment est-il mort ?

— On lui a tiré dessus. Mais il n'y a pas encore de rapport balistique.

— Oh, non, non, non. Vous avez arrêté Nathan ?

— Oui. Et on le gardera chez nous jusqu'à ce que l'on comprenne ce qu'il s'est passé.

La jeune femme ferma les yeux et se pinça l'arête du nez.

— J'espérais vraiment éviter tout ça en t'envoyant là-bas.

— J'aurais préféré. C'est une longue histoire, mais disons que Nathan et Kurt se sont retrouvés à l'arrière de la salle, résuma le policier. La nuit a été très longue, et le capitaine vient de me téléphoner pour me dire que tu l'avais appelé hier soir.

Doreen entendit les reproches dans la voix de Mack.

— Si tu m'avais contactée, je n'aurais pas eu à l'appeler, répliqua-t-elle sur la défensive. D'ailleurs, je savais que quelque chose clochait, mais je ne savais pas quoi exactement.

— C'est mon travail, soupira-t-il. Tu le sais, n'est-ce pas ?

— Et mon travail est de m'inquiéter, apparemment. Je peux rendre visite à Nathan en cellule ?

— Pourquoi ?

— Parce que j'ai lu les emails d'Annabelle.

— Et ?

— Il était évident qu'elle essayait de le sauver. À mon avis, c'est impossible que Nathan l'ait tuée.

— Et donc tu… tu penses que Nathan a tué Kurt, car, selon lui, Kurt a tué Annabelle ?

— C'est le plus logique. Comment étaient-ils dans la salle de billard ?

— Ils parlaient et plaisantaient. La discussion s'est un peu envenimée à plusieurs reprises et, à un moment donné, elle a passablement mal tourné et ils ont fini par sortir. Je suis passé par la porte de derrière et mon collègue par la porte d'entrée. C'est là qu'on a entendu les coups de feu. Quand on est arrivés, Kurt était déjà mort.

— Et Nathan ?

— Il était assis à côté de lui et hurlait à l'aide.

— D'accord. Il y avait quelqu'un d'autre ?

— Je ne pense pas.

— Ce sera compliqué à expliquer pour Nathan, n'est-ce pas ?

— En effet, confirma le caporal.

— Et l'arme ?

— C'est le problème. Elle était sur le sol à côté d'eux.

— Que dit Nathan ?

— Il m'a regardé d'un air abattu, puis il s'est levé sans rien dire.

— Est-ce que tu lui as demandé ce qu'il s'est passé ?

— Évidemment. Il m'a raconté qu'un autre type avait tiré sur Kurt.

— Personne n'a vu de tierce personne, je suppose.

— Exactement.

— D'accord. Je veux quand même lui parler.

— Je ne suis pas sûr que ce soit une bonne idée.

— Peut-être pas, mais je veux lui parler.

— Je verrai ça quand je retournerai au bureau. Je vais dormir quelques heures, puis je t'appellerai après, annonça Mack avant de raccrocher.

Doreen traversa sa cuisine, lança une cafetière, ouvrit la porte arrière et sortit. Deux hommes lui vinrent aussitôt à l'esprit comme potentiels tireurs. Le problème, c'est ce que Kurt n'était pas quelqu'un de bien, et il aurait pu s'agir de n'importe quelle personne voulant l'éliminer. Mais elle persistait à penser que deux d'entre eux avaient peut-être quelque chose à voir avec cette histoire.

La question était de savoir comment le découvrir et comment s'assurer qu'il se fasse prendre. Elle y réfléchit un long moment, puis Nan l'appela.

— Tu as entendu parler du meurtre ? se récria sa grand-mère.

— Oui, je viens d'avoir Mack au téléphone. Kurt, que je pensais être l'assassin d'Annabelle, a été tué cette nuit.

— C'est fou, marmonna Nan. Nous vivons dans une petite ville agréable et calme.

Elle n'avait pas parlé au passé. Doreen haussa les épaules.

— C'est ce que tu m'as dit avant que j'emménage ici. Je ne te crois plus vraiment.

Nan rit.

— Tu as l'impression que je t'ai menti, compte tenu de tout ce que tu as découvert ces derniers temps, mais honnêtement, je ne suis pas de cet avis. Je pense que la bonté n'a pas quitté notre ville.

— Peut-être. Je n'en suis pas si sûre pour l'instant, maugréa sa petite-fille.

— Savent-ils qui a tué ce Kurt ?

— Pas encore. Ils sont d'autant plus frustrés, car des policiers étaient sur les lieux. Pourtant, quelqu'un a soi-disant surgi de nulle part et abattu Kurt.

— Soi-disant ? répéta Nan avec délicatesse.

— Oui, mais tu ne dois rien ébruiter, Nan, l'avertit Doreen.

— Bien sûr. Que dirais-tu de venir boire une tasse de thé ? Tu as l'air ébranlée.

— Je le suis, confirma la jeune femme. Néanmoins, je ne suis pas certaine de l'être pour les bonnes raisons.

— Peut-on être ébranlé pour une *bonne raison* ?

— Peut-être pas, grommela Doreen.

— Tu dois venir boire un thé, répéta sa grand-mère.

— D'accord. Mais je viens de lancer une cafetière.

Elle se tourna vers ledit appareil et fronça les sourcils. Elle n'avait pas encore appuyé sur le bouton.

— Je corrige. Je n'ai pas appuyé sur le bouton pour que le café coule.

— Il faut absolument que tu viennes ici, insista Nan. Je vais voir si je peux te trouver du café dans la cuisine.

Sur ce, la vieille dame raccrocha.

Doreen resta plantée là, le regard rivé sur la cafetière, se demandant combien elle était ébranlée.

Elle sentait quelque chose au fond de son cerveau, et elle s'efforçait de le formuler. Elle marcha lentement vers Rosemoor avec les animaux. Dès qu'elle eut posé le pied sur la terrasse de sa grand-mère, celle-ci arriva d'un pas pressé, Richie à ses côtés.

Ce dernier jeta un coup d'œil à Doreen et marmonna :

— Oh, ma pauvre. C'est dur pour toi, je me trompe ?

— Ça va, répondit Doreen avec un sourire.

— Tu as une mine affreuse.

On ne faisait pas plus franc que Richie.

— Mais je t'ai trouvé du café, ajouta-t-il en lui tendant une énorme tasse de café fumant.

La jeune femme poussa un cri de joie.

— Ça va m'aider à me remonter le moral.

— Je l'espère, dit-il en tapotant l'épaule de Nan, avant de disparaître dans le couloir.

Doreen l'observa partir et demanda :

— Tu lui as dit ?

— Non. Seulement que tu étais inquiète à propos d'une affaire.

— C'est une façon de le dire.

— Tu as une idée du coupable ?

— Une bonne, même. Le problème, c'est que je suis partagée entre deux suspects.

Nan la regarda avec surprise, puis avec ravissement.

— C'est merveilleux.

— Non, pas vraiment, bougonna sa petite-fille. Je dois découvrir lequel a tiré, et ça va être un problème.

— Pourquoi ?

— Parce que je n'ai pas envie que la mauvaise personne aille en prison, une fois de plus.

— Une fois de plus ? répéta Nan.

— Oui, je suis persuadée que c'est Kurt qui a tiré sur le frère d'Annabelle il y a des années. Et maintenant ? Je ne sais plus quoi penser.

— Oh, ma chérie. Bois ton café, lui intima sa grand-mère. Ton cerveau fonctionnera mieux.

Doreen s'esclaffa et but son café à petites gorgées. Il était si épais et si corsé qu'elle se demandait si elle arriverait à le finir. Nan se leva et revint avec quelques biscuits et un petit pot de crème.

La jeune femme sourit et versa une cuillère bombée de crème dans son café.

— Le café est un peu fort, non ?

— Ce sera meilleur avec la crème.

Les deux femmes orientèrent leur discussion sur un sujet plus agréable. Lorsque Doreen eut terminé son café et mangé quelques biscuits, elle se sentait un peu plus elle-même. Cependant, au moment de partir, Nan parut inquiète. Doreen, qui s'était levée, se pencha vers sa grand-mère, l'embrassa sur la joue et la rassura.

— Je vais bien. Je dois seulement mettre un peu d'ordre

dans ma tête.

— Tu as une tête incroyable. Tu y arriveras en un rien de temps, je n'en doute pas.

Doreen gloussa.

— Je l'espère… mais je n'en suis pas sûre du tout.

— Tu vas t'en sortir. Fais ce que tu fais toujours. Prends les animaux, va te promener et laisse les choses se bousculer dans ta tête.

Elle acquiesça, puis, d'un signe de la main, salua Nan et conduisit tous les animaux jusqu'à la rivière. Dès qu'ils furent au bord de l'eau, Mugs voulut s'y jeter. Elle le laissa s'amuser un moment, tout en continuant à avancer lentement vers sa maison. Elle s'arrêta plusieurs fois le long du ruisseau pour profiter de la vue. Il était important qu'elle se fasse une idée générale de tout cela, néanmoins comment était-elle censée savoir quel suspect était le bon ?

Lorsque les aboiements de Mugs se transformèrent en hurlements, elle fit volte-face et vit Goliath qui était grimpé sur le dos du chien.

— Goliath, arrête ! lui cria-t-elle en se précipitant vers eux.

Elle retira ses chaussures et pénétra dans l'eau. Le froid la fit hoqueter.

— Viens ici, tout de suite, lui ordonna-t-elle.

Il plaqua ses oreilles en arrière, puis il s'assit et observa Mugs qui se tenait immobile sous lui.

Le chat la prit ensuite au dépourvu en s'élançant en avant pour se jeter dans ses bras.

Doreen s'assit, à moitié sur les rochers, l'eau ruisselant sur ses jambes, tandis que Goliath miaulait avec force dans son oreille. Il s'empressa de retrouver sa sécurité sur le sentier. Bien sûr, il se servit de l'épaule de Doreen comme tremplin.

Elle gémit en essayant de se lever et de se frayer un chemin sur les rochers glissants. Elle retrouva son chien et son chat, allongés côte à côte, qui l'attendaient sur le chemin.

C'est alors qu'elle l'entendit…

— Héhéhé.

Thaddeus, qui avait réussi à rester non seulement en sécurité, mais aussi au sec.

Elle leur adressa un regard noir et se précipita chez elle, les pieds trempés émettant un *splash* à chaque pas.

Mugs la rattrapa au moment où elle s'engageait sur son chemin et se mit à pleurnicher. Elle se pencha pour le caresser.

— Hé, bonhomme. Tout va bien, le rassura-t-elle. Et malgré mon état, je vais bien aussi.

Les frasques de ces dernières minutes ne l'avaient pas aidée à résoudre ce problème de bon ou mauvais suspect.

Elle ne pouvait pas leur téléphoner. Dès qu'elle passerait l'appel, ils sauraient ce qu'elle avait découvert. Et il y avait fort à parier qu'aucun des deux n'avait d'alibi. C'est pourquoi, une fois rentrée chez elle, elle appela le poste de police pour demander si elle pouvait parler à Nathan. Au lieu de cela, elle fut redirigée vers le capitaine.

Celui-ci se montra courtois, mais elle ne manqua pas son air débordé.

— Doreen, vous ne pouvez pas le voir pour l'instant. Il a avoué le meurtre.

— Oh, mon Dieu, se récria-t-elle en fermant les yeux. Ce n'est pas lui le coupable.

Un silence stupéfait s'étira, puis le capitaine s'enquit :

— Ce n'est pas lui ?

— Non. J'avais peur qu'il passe aux aveux. S'il vous

plaît, laissez-moi venir lui parler.

— À quoi bon ?

— Peut-être que je pourrai le convaincre de nous dire la vérité cette fois-ci.

Le capitaine hésita.

— Comment ça, *cette fois-ci* ?

— S'il vous plaît, capitaine. Nathan a déjà purgé une peine pour un meurtre qu'il n'a pas commis.

— De quoi parlez-vous ?

Doreen lui résuma l'essentiel.

— Mais ça ne fait que renforcer sa motivation à éliminer Kurt, fit-il remarquer. Vous ne plaidez pas en sa faveur.

Après y avoir réfléchi, elle proposa :

— Si je ne plaide pas en sa faveur, je ne ferai pas de mal non plus, si ?

Le capitaine grommela.

— S'il vous plaît, le supplia-t-elle.

— D'accord, vous pouvez venir lui parler, néanmoins je veux que Mack soit avec vous.

— D'accord, mais c'est vous qui le réveillez, pas moi.

Il soupira avant de rire.

— Très bien. Mais c'est la condition.

— Entendu, maugréa Doreen.

Elle s'habilla de façon plus professionnelle, puis laissa les animaux à la maison, même si elle détestait cela. Puis elle se rendit compte qu'ils avaient un pouvoir thérapeutique sur elle, alors elle repassa la porte d'entrée et les emmena avec elle. Elle les chargea dans sa voiture et conduisit jusqu'au commissariat de police, où elle se gara sur le parking. Le temps qu'elle fasse sortir tout le monde et qu'elle se dirige vers l'accueil, Mack était déjà là, imposant, les bras croisés et le visage renfrogné.

— Ne fais pas cette tête, dit-elle en gravissant les marches. Je n'ai pas d'ennuis.

Il se contenta de la fixer du regard.

— D'accord, d'accord, peut-être que j'ai des ennuis, se défendit-elle en levant les deux mains. Mais je t'assure que Nathan n'a rien fait.

— Tu n'étais pas là. Tu n'en sais rien.

— En effet, alors, laisse-moi aller lui parler.

— J'ignore comment tu as convaincu le capitaine de te laisser faire ça, admit Mack en secouant la tête. Toutefois, tu sais que tu ne devrais pas t'en mêler.

— Je sais. Je ne me suis pas mêlée de ton enquête actuelle, je te le jure. C'est à propos de l'ancienne affaire.

— D'accord, mais Kurt est mort maintenant, donc il n'y a personne à qui s'adresser pour le premier meurtre.

Doreen sourit.

— Non, mais je pense que dans ce cas… Nathan porte le chapeau à la place de quelqu'un d'autre. Mais là aussi, il a tort.

— Tu vas devoir m'expliquer.

— Inutile d'expliquer quoi que ce soit tant que je n'ai pas parlé à Nathan pour voir si j'ai raison, répliqua la jeune femme, haussant les épaules. Viens avec moi.

— Je ne vais certainement pas me gêner.

Elle soupira. Ils pénétrèrent dans le commissariat et Mack la guida dans une autre pièce. Elle était vide. Assise, Doreen scrutait autour d'elle. Deux de ses animaux étaient à ses pieds, Thaddeus sur son épaule, tous tranquilles et prudents, comme s'ils savaient que le moment était important. Mais elle ne savait pas de quelle occasion il s'agissait vraiment.

Quelques minutes plus tard, Mack entra avec une tasse

de café qu'il posa devant elle.

— Nathan sera là d'ici peu de temps.

Elle acquiesça et le caporal quitta la salle. Lorsqu'il revint accompagné de Nathan, celui-ci fronça les sourcils. Doreen fit de même.

— Vous vous souvenez quand je vous ai dit de ne pas vous attirer d'ennuis et de ne pas aller au rendez-vous afin de ne pas en avoir d'autres ? l'interrogea-t-elle gentiment.

— Pourtant, je m'en suis attiré.

— Non, objecta Doreen, le ton enjoué. Je ne vous laisserai pas aller en prison une deuxième fois pour un crime que vous n'avez pas commis.

Nathan la fusilla du regard.

— La mort d'Annabelle ne vous a pas suffi ? Ne payez pas les pots cassés pour quelqu'un d'autre encore une fois.

Le jeune homme prit un air buté et croisa ses bras sur son torse.

— Vous ne pouvez rien y faire. J'ai déjà avoué.

— En effet, mais comme vous avez tort, ce que vous dites ne compte pas. Vous mentez. Ça change tout.

— Pas si j'affirme que je suis coupable.

Elle sentait la peur émaner de lui. Elle prit sa main de l'autre côté de la table en acier et chuchota :

— Ce n'est pas lui, vous savez ?

Nathan la dévisagea avec stupeur.

— De quoi parlez-vous ?

Elle serra ses doigts, et Thaddeus en profita pour descendre le long de son bras avant d'observer leurs mains entrelacées.

Nathan fixa l'oiseau du regard et secoua la tête.

— Bon sang, comment es-tu entré ici ?

— C'est soit ici, soit l'asile.

— L'asile, ça m'a l'air pas mal, déclara Nathan avant de reporter son attention sur Doreen. Et de quoi parlez-vous ? Je suis coupable. Je suis déjà passé aux aveux. L'affaire est réglée. Je veux retourner dans ma cellule.

Cette dernière phrase était adressée à Mack.

— Dommage, lança Doreen avant que le caporal n'ait eu l'occasion de parler. Vous n'avez pas besoin de le défendre. Votre père n'a pas tué Kurt.

Un silence de plomb s'installa dans la pièce.

Nathan la dévisagea et sa lèvre inférieure se mit à trembler.

Elle lui serra à nouveau la main, et Thaddeus sauta de son bras à la main du jeune homme, où il frotta doucement sa tête sur son poignet.

— Votre père n'a pas tué Kurt, répéta-t-elle.

Nathan se cala dans sa chaise.

— Vous pouvez le prouver ? demanda-t-il d'une voix rauque.

— Mack vous le prouvera.

— Ah bon ? souffla Mack.

— Bien sûr, affirma Doreen.

— Pourquoi pensez-vous que votre père est coupable ? l'interrogea Mack, le regard tourné vers Nathan.

Nathan resta silencieux et Doreen répondit à la question de Mack.

— Parce qu'il a toujours su que Kurt Chandler avait une mauvaise influence sur la vie de son fils. Son père sait que Kurt est celui qui aurait dû être inculpé pour la mort du frère d'Annabelle. Et il sait que Nathan a un talon d'Achille et qu'il est souvent incapable, et j'espère qu'il ne le sera plus, d'affronter des types comme Kurt, qui semblent avoir cette capacité à lui faire faire des choses dont il ne sait pas comment se dépêtrer.

— Donc son père avait peur de l'influence que Kurt avait sur son fils, alors il est venu à la salle de billard pour tuer Kurt ? résuma Mack.

— Je suis persuadée que c'est ce que pense Nathan ici présent.

Ce dernier se tourna vers Mack.

— Mais tu ne sais pas qui a tué Kurt, n'est-ce pas ? questionna Doreen à l'attention de Mack.

— On aurait pu creuser un peu plus, si Nathan n'avait pas avoué un meurtre qu'il n'a pas commis, cingla le policier, son regard noir rivé sur le jeune homme.

— Il ne l'a pas commis, répéta Doreen, d'une voix triste. Mais il est retombé dans ce complexe de culpabilité, où il pense que tout est de sa faute, car il sait combien son père détestait Kurt et combien il voulait que Nathan n'ait rien à voir avec lui. Et tout ce qui était lié à Kurt était un problème. Il n'a jamais payé le prix de ses actes, qui ont ruiné la vie de son fils. Donc, dans sa tête, Nathan a peur que son père ait tué Kurt. N'est-ce pas ?

Elle conclut en se tournant vers lui.

Il opina lentement du chef.

— Si un seul indice porte à penser qu'il est coupable, alors j'assume la responsabilité.

— Alors que ce n'est pas vous le coupable, insista Doreen en s'affaissant sur sa chaise, avant de tourner ses yeux vers Mack. Peut-être que tu pourrais lui soutirer quelques détails qui t'aideront.

Mack fronça les sourcils et pivota vers Nathan.

— Avez-vous tiré sur Kurt la nuit dernière ?

Nathan secoua la tête.

— Je vous ai dit quand vous étiez sur la scène que

quelqu'un d'autre l'avait tué.

— Et ensuite, vous avez changé votre histoire. Pourquoi ?

— Parce que Nathan pensait avoir reconnu le tireur, intervint Doreen. Mais tu trouveras un autre homme avec une autre idée derrière la tête, qui mesure à peu près la même taille que M. Landry. Mais le tireur se mouvait avec beaucoup d'énergie, n'est-ce pas ? Beaucoup plus que ce que l'on peut attendre de votre père.

Nathan fronça les sourcils, puis hocha lentement la tête.

— C'est vrai. Je n'y avais même pas pensé, mais mon père a du mal à se déplacer ces temps-ci, reconnut le jeune homme, laissant échapper une grande bouffée d'air. Vous pensez qu'il est innocent ?

Il cherchait le regard de Doreen, qui opina.

— Oui, Nathan, il est innocent. Et il aurait le cœur brisé de savoir que vous êtes retourné en prison.

— Alors, ne lui dites rien.

Doreen rit.

— Oh, je vous laisse le soin d'en discuter avec lui, approuva-t-elle avec un sourire. L'essentiel, c'est que tant qu'on vous pense coupable, l'autre gars pense qu'il s'en tire à bon compte. Vous devriez rester ici, du moins pour l'instant. Qu'en dis-tu, Mack ?

Il se contenta de la dévisager, et elle ne ressentit pas de la colère, mais une force tout aussi désagréable.

Elle soupira.

— Mack est aussi en colère contre moi, chuchota Doreen en se tournant vers Nathan. Surtout à cause des circonstances, parce que maintenant ils ont perdu un temps précieux pour arrêter la personne qui a réellement commis ces meurtres. Êtes-vous enfin capable de dire que ce n'est pas vous qui avez tué le frère d'Annabelle ?

Nathan sursauta de surprise, puis acquiesça lentement.

— Comment l'avez-vous su ?

— J'ai lu les emails d'Annabelle. Et encore une fois, vous avez avoué à l'époque, car vous étiez rongé par la culpabilité, alors que vous n'auriez pas dû être condamné. Vous saviez qu'il allait vous tuer hier soir, je me trompe ?

— Qui ? l'interrogea Mack, qui s'efforçait de suivre la conversation.

— Suis un peu, Mack, répliqua Doreen, puis elle reporta son attention sur Nathan. Vous saviez que Kurt allait vous éliminer hier soir, non ?

— Je me suis posé la question, répondit Nathan, mais j'étais tellement en colère à la fin que je n'y pensais plus, et je suis sorti à l'arrière de la salle avec lui, pour qu'on puisse régler nos différends. Mais on n'a même pas eu l'occasion d'en parler.

Le jeune homme serra les poings.

— Parce que le tireur était déjà là, devina-t-elle. C'est vous qui deviez vous faire tirer dessus, pas Kurt.

Il la dévisagea.

— Je me suis jeté sur Kurt sous l'effet de la colère alors qu'on se disputait, et on a fini par se battre. Il est donc tout à fait possible que le tireur ait essayé de me viser. Mais ensuite, quand Kurt est tombé, je n'ai pas compris ce qu'il se passait. Les flics sont arrivés en un instant.

— C'est parce que j'avais demandé à Mack de se rendre sur place, de garder un œil sur vous, pour que vous ne vous retrouviez pas dans une telle situation, précisa-t-elle.

— Eh bien, c'est raté, déclara Nathan, les sourcils froncés vers le policier.

— Parce que vous avez joué les imbéciles avant d'avouer

quelque chose que vous n'avez pas fait. *Encore une fois*, asséna Mack.

Les épaules de Nathan s'affaissèrent.

— Je comprends, dit Doreen au jeune homme. Vous avez essayé de bien faire à chaque fois.

— Oui, sauf qu'en voulait bien faire, j'ai mal fait.

Doreen sourit.

— Ce qui est bien, c'est que vous avez une nouvelle chance de continuer à vous racheter maintenant.

— Pour qui ? J'essayais de devenir quelqu'un de meilleur pour Annabelle, afin qu'elle reste dans mon univers. C'était une belle personne.

— Votre père ne mérite pas non plus ce que vous venez de faire, mais quand il comprendra pourquoi, cela lui fera chaud au cœur.

Nathan la dévisagea et un petit sourire se dessina au coin de sa bouche.

— Avant ou après qu'il m'ait donné une bonne correction ?

Doreen sourit de plus belle.

— Votre père a été sévère, mais il a toujours été de votre côté. Cette fois, il sait que les rôles se sont inversés, et ça fera la différence.

— Je l'espère. J'ai quand même un mauvais pressentiment.

— On n'a encore aucune idée de l'identité du meurtrier de Kurt, leur rappela Mack.

— En effet, mais je soupçonne fortement que j'aurai de la visite, aujourd'hui ou demain.

— Tu veux bien être plus précise ? l'interrogea Mack, droit comme un I.

— Et si tu venais passer la journée chez moi ? Tu pourrais faire une sieste ou deux en attendant ?

— Je ne sais même pas qui vous recherchez.

— Dans ce cas, moins vous en savez, mieux c'est. Vous restez ici en prison, en sécurité, et Mack va venir avec moi. Et peut-être quelqu'un d'autre, suggéra-t-elle, avant d'y réfléchir à deux fois. Je ne sais pas. L'arme était sur la scène de crime ?

Mack acquiesça.

— Elle est en notre possession maintenant.

— La question porte donc sur sa méthodologie, grommela Doreen. Je vais rentrer chez moi maintenant.

Elle se leva et tendit le bras à Thaddeus, qui le longea et remonta sur son épaule.

— Ramène Nathan dans sa cellule, s'il te plaît, et viens ensuite chez moi.

— Tu vas m'expliquer ?

— Oui, mais je pense qu'il vaut mieux que Nathan n'en sache rien, chuchota-t-elle.

— Je serai là dans cinq minutes.

Doreen sortit sans regarder derrière elle et rentra chez elle.

Chapitre 28

LORSQUE DOREEN OUVRIT la porte d'entrée à Mack un peu plus tard, celui-ci se tenait debout, les mains sur les hanches, et lui jetait un regard noir. Elle posa ses yeux au-delà du policier et fut heureuse de constater qu'il avait garé son véhicule à l'abri des regards.

— Je veux vraiment une explication, et je veux un nom.

— Je peux te donner le nom, répondit-elle, mais c'est la même personne depuis le début.

— Je ne comprends pas.

— Je sais, et je ne sais pas si on obtiendra les réponses dont on a besoin, à moins qu'on puisse parler à ce type.

— J'espère que tu sais ce que tu fais.

— Sûrement pas, mais je l'ai appelé et l'ai invité.

— Tu as invité un assassin ici ?

— Oui, admit-elle, avant d'afficher une expression per-plexe. Tu voulais que je fasse quoi ?

— Oh mon Dieu, souffla Mack en se pinçant l'arête du nez. OK, et quand est-ce que cette personne arrive ?

— Bientôt. Très bientôt. Tu devrais peut-être aller te cacher.

— Tu t'attends à ce qu'il t'attaque ? s'étonna le policier.

— Non, mais j'espère qu'on aura des réponses. Avec le désordre actuel, des aveux seraient les bienvenus pour régler le problème.

Mack secoua la tête.

— C'est une incitation au crime.

— On ne fera que parler chez moi. Tu as eu une dure journée et tu faisais la sieste, puis tu es descendu et as tout entendu.

Le caporal la dévisagea, puis éclata de rire.

— Qu'est-ce qui te fait penser qu'il va te parler ?

— Jusqu'à présent, il m'a parlé, mais ça ne veut pas dire qu'il continuera à partager ses informations avec moi maintenant.

Mack ne savait même plus quoi dire.

Doreen entendit un véhicule et chuchota :

— Allez, allez, allez.

Il se précipita à l'étage et elle alla ouvrir la porte d'entrée.

Dès que Joseph sortit de son véhicule, il se dirigea vers elle et lui demanda :

— De quoi vouliez-vous discuter ? J'ai fait mes bagages et je suis prêt à partir.

— Ah. Seulement quelques détails. Vous avez parlé à la police ? l'interrogea Doreen en lui faisant signe d'entrer.

Il n'avait pas l'air décidé à obtempérer.

— Vous ne devriez pas rester dehors. Mon voisin est très curieux, ajouta-t-elle à voix basse.

Un râle se fit entendre de l'autre côté de la clôture.

Elle hocha du menton, comme pour dire à Joseph : *Je vous l'avais bien dit.* Ce dernier observa la clôture, secoua la tête, puis céda.

— Mon Dieu, vous êtes bizarre.

Ils pénétrèrent tous les deux dans la maison.

— Merci, s'exclama Doreen avec joie. Je sais que beaucoup de gens n'ont pas l'habitude.

— Vous ne plaisantez pas.

— Alors, pourquoi partez-vous déjà ?

— Je vous l'ai dit. Je veux passer à autre chose.

— Oui, mais…

La jeune femme se tut, hésita, puis reprit.

— Est-ce que les flics… sont d'accord pour que vous quittiez la ville ?

— Pourquoi refuseraient-ils ? Ils ont déjà leur tueur.

— C'est vrai. J'ai entendu dire que Nathan avait été arrêté pour le meurtre de quelqu'un en ville.

— À quoi vous vous attendiez ? cracha Joseph. Je veux dire, le gars fait de la prison, et la première chose qu'il fait quand il sort, c'est… il tue quelqu'un.

Il lâcha un rire amer.

— C'est le comportement typique des détenus. Ils ne supportent pas la vie à l'extérieur, la trouvent trop dure, et ils commettent un délit ou un meurtre pour pouvoir y retourner, continua-t-il.

— Qui voudrait retourner en prison ?

— J'en sais rien, mais on en entend parler tout le temps.

Doreen avait eu vent d'histoires de condamnés qui faisaient ce genre de choses, donc la réponse de Joseph était justifiée.

— Voulez-vous un café ? proposa-t-elle avec un sourire. J'allais justement en préparer.

— Si ça vous fait plaisir, marmonna-t-il. J'imagine que vous voulez de l'argent pour m'avoir aidé avant mon départ. Sauf que j'en ai pas.

— Je n'ai pas demandé d'argent au début non plus, répliqua Doreen en entrant dans la cuisine. D'ailleurs, vous m'avez demandé de vous tirer d'affaire, mais vous avez l'air de penser que c'est déjà le cas.

— Comment ça, *j'ai l'air de penser* que je suis tiré d'affaire ?

— Je ne sais pas si vous êtes au courant, mais le gamin ? Il n'est pas coupable.

— Il n'est pas coupable ? répéta Joseph avec stupeur.

— Nathan Landry… il est innocent. Je lui ai parlé au poste ce matin.

— Vous êtes allée au commissariat pour lui parler ?

— Oui, affirma-t-elle en pivotant pour le regarder. Comment pourrais-je obtenir des réponses autrement ?

Joseph secoua lentement la tête.

— Vous êtes la personne la plus étrange que j'aie jamais rencontrée.

Doreen se renfrogna.

— Je commence à prendre conscience que je suis un peu bizarre.

— Un peu ? s'étonna-t-il. Vous êtes plus qu'un peu bizarre.

— Soyez gentil, protesta-t-elle.

Elle ouvrit la porte de la cuisine et proposa :

— On peut s'asseoir dehors, si vous le souhaitez.

— Pourquoi pas, accepta-t-il, même s'il paraissait réticent.

— Quand vous dites que vous avez fait vos bagages, la voiture est chargée ?

— Oui, je prends la route juste après. Je ne veux pas rester. D'ailleurs, j'aimerais partir tout de suite.

Il était évident qu'il commençait à s'impatienter.

— OK, avant de partir, vous voulez bien répondre à quelques-unes de mes questions ?

— Quoi, encore des questions ? se récria-t-il, frustré.

— Oui. Et la plus importante est : pourquoi avez-vous tué Annabelle ?

JUSQU'AUX ORTEILS DANS LES TULIPES

— Quoi, encore des questions ? se récria-t-il, frustré.

— Oui. Et la plus importante est : pourquoi avez-vous tué Annabelle ?

Chapitre 29

DOREEN COMPRIT QU'ELLE avait choqué Joseph au plus haut point. Il la dévisagea et elle remarqua la colère lui monter au visage.

— Espèce… d'idiote ! hurla-t-il. Je ne l'ai pas tuée !

— Si. Outre le fait qu'ils se tournent toujours vers le conjoint en premier, vous aviez aussi un alibi, puis vous n'en aviez plus, *bla-bla-bla*. Ensuite, vous avez trouvé le parfait bouc émissaire. Sans oublier l'autre problème avec Kurt Chandler. Le mêler à cette histoire était un coup de génie.

Joseph ne cessait de la fixer du regard.

— Après tout, Annabelle vous a dit que c'était Kurt qui était coupable du meurtre de Charlie. Faire croire à Kurt que Nathan rouvrirait l'ancienne affaire de meurtre pour s'assurer qu'il paie pour ses actes, c'était tout simplement brillant. Mais vous ne pouviez pas savoir comment les événements se dérouleraient, alors vous vouliez vous assurer qu'il meure.

— Qui ? Nathan ou Kurt ? la questionna-t-il.

— Vous espériez que Kurt tue Nathan. Au final, vous avez fini par tirer sur Kurt.

Il la regarda avec stupeur et secoua la tête.

— Vous savez que vous êtes folle ?

Il se leva et se dirigea vers la porte.

— Je ne suis pas obligé de rester ici pour écouter ces conneries !

— En effet, reconnut Doreen joyeusement. Tout a déjà été enregistré pour la police.

— Enregistré comment ? Personne ne sait rien.

— Sauf Nathan. Il était assez proche d'Annabelle.

— Trop proche, gronda Joseph. C'était une relation tordue et malsaine. Et elle s'attendait à ce que j'accepte de laisser entrer ce détenu dans ma vie. Je ne l'aurais jamais toléré.

— Donc vous deviez le tuer ?

— Je ne l'ai pas tué.

— Je sais, néanmoins, c'est peut-être lui que vous vouliez tuer. Peut-être que vous ne vouliez pas tuer Kurt non plus. Nathan était votre cible depuis le début. Vous avez essayé deux fois, en vain. Peut-être que vous n'avez pas considéré ça comme un échec, si ? Je veux dire, après tout, tuer un méchant ou un autre, quelle différence ça fait ? N'empêche que ça n'explique pas pourquoi vous avez tué Annabelle. C'était l'enfant chérie de tous.

Joseph la fustigea du regard.

— Oui, mais elle avait cette obsession maladive, elle voulait l'aider.

— Aider Nathan ?

Il acquiesça.

— Ça allait plus loin que ça. Elle m'a dit qu'elle l'aimait, qu'elle voulait passer du temps, sa vie même, avec lui, répondit Joseph, avec une expression répugnée.

— Elle vous l'a avoué ?

— Ce n'était pas nécessaire. Je m'en doutais. Personne ne fait ce genre de choses avec un détenu sans aucun sentiment. Quelque chose de dégoûtant, de mal.

— Elle aidait Nathan parce que Kurt avait accidentellement tué son frère. Elle savait que ce n'était pas Nathan. Elle savait qu'il était impliqué et elle savait pour Kurt. Pourquoi n'aurait-elle pas voulu aider Nathan ?

— Je me fiche de savoir pourquoi. Je me fiche de tout ça ! cria-t-il. C'est mal, c'est tout. C'est un prisonnier et il aurait dû rester en prison. Maintenant, il va retourner à sa place.

— Vous croyez ? Parce que vous venez d'avouer le meurtre de votre petite amie.

— Non. C'est Kurt qui l'a tuée.

— Non. C'est vous, et vous avez tué Kurt. Je pense qu'en fin de compte, ce que vous désiriez vraiment, c'était vous assurer que Nathan meure aussi. Mais comme vous avez échoué, vous voulez qu'il passe plus de vingt ans derrière les barreaux.

L'expression de Joseph passa de celle d'un barman idiot qui se moquait de tout à celle d'un homme méchant qui avait été le dernier à affronter Annabelle.

— Où vous êtes-vous procuré l'arme ? lui demanda Doreen.

— Ça s'achète facilement, répondit-il, désinvolte.

— Kurt, par hasard ? devina la jeune femme avec un sourire.

Joseph lui lança un regard foudroyant.

— Votre intelligence vous perdra, la menaça-t-il.

— Une autre raison d'éliminer Kurt. Après tout, il aurait pu vous mettre l'arme dans la main. Une preuve qu'il aurait pu utiliser contre vous.

Le regard de l'homme en face d'elle restait sombre et il serra les poings.

— Tout ce que vous vouliez, c'était partir, n'est-ce pas ?

— Tout à fait. Vous me le permettez ?

Doreen haussa les épaules.

— Peut-être, mais ils vous retrouveront quand même.

— Non. J'ai beaucoup appris de Kurt. Ça a pris du temps, croyez-moi, mais j'ai fini par y arriver.

— Ah bon ? Enfin, vous avez tué Kurt, piégé Nathan et assassiné votre petite amie. Vous êtes sur une bonne lancée, *hein* ?

Il se contenta d'esquisser un sourire, tel un lion acculé.

— Vous voyez ? Je n'ai plus qu'à m'occuper de vous, et je serai libre.

Doreen lui sourit.

— Les gens aiment proférer ce genre de choses. Mais ce n'est pas si facile. Combien d'armes avez-vous achetées, d'ailleurs ? Vous en avez déjà perdu deux, se moqua-t-elle.

Joseph était furieux.

— Et alors ? Ça ne veut pas dire que je ne sais pas où en trouver une troisième.

— Vous êtes sur toutes les lèvres en ce moment, souligna Doreen. À mon avis, personne ne voudra vous vendre une arme de sitôt. Pourtant, je me suis déjà trompée. J'ignore comment cela pourrait encore arriver. Peut-être au juste prix, n'est-ce pas ? Et vous avez volé une belle somme à Annabelle dans l'appartement ? Des acomptes de commandes, de l'argent qu'elle économisait et pour quoi ? Pour aider Nathan à reprendre ses études et démarrer une nouvelle vie, ou peu importe ce qu'il désirait faire, parce qu'elle se sentait mal pour lui.

— Oui, elle se sentait mal, confirma Joseph, le visage tordu. C'était écœurant de la voir se prosterner devant lui. Ils élaboraient tous ces plans pour se rencontrer, mais pas avec moi, oh, non, non. Je n'avais pas le droit de le rencontrer.

— Parce que vous ne l'approuviez pas. Et ils le savaient tous les deux.

— Bien sûr, mais ils n'avaient pas besoin de s'en cacher.

— Et alors ? Ils l'ont caché, et vous avez immédiatement pensé au pire, je me trompe ? Vous pensiez qu'Annabelle n'avait d'yeux que pour lui.

— C'est la vérité, asséna Joseph.

— Elle n'avait d'yeux que pour vous, mais elle essayait de réparer une erreur avec Nathan, rectifia Doreen. J'ai de la peine pour elle. Elle essayait de bien faire, et vous étiez si jaloux et si enragé que vous ne l'avez pas laissé faire.

— C'est faux ! J'en avais marre, c'est tout. Je n'en avais plus rien à faire.

— Si vous n'en aviez rien à faire, vous ne l'auriez pas tuée, s'emporta Doreen. Mais après l'avoir tuée, vous deviez couvrir vos arrières.

— C'est la vieille qui a déclenché l'affaire. Annabelle était au téléphone quand Hannah a frappé à la porte, demandant si elle avait entendu quelque chose d'étrange. Sauf qu'Annabelle parlait à Nathan, et Hannah a entendu la conversation. Elle l'a dit à Kurt, qui me l'a dit. Et je suis rentré à la maison pendant ma pause. C'était trop facile.

— Donc une fois que Kurt a eu vent de cette histoire, vous avez compris qu'il serait un problème, c'est ça ?

Joseph jura, le regard noir.

— Oui, ce mec veut voler l'argent de tout le monde. Il me faisait chanter. Je n'avais pas d'argent, et il n'arrêtait pas de me menacer, qu'il allait tout balancer aux flics à propos d'Annabelle et Nathan, et que je finirai en prison, comme Nathan. Mais je ne finirai jamais derrière les barreaux, et vous ne m'arrêterez pas.

Il s'élança en avant, saisit Doreen par le cou et la poussa contre la table.

— Je vais t'étouffer ! hurla-t-il. Tu ne m'empêcheras pas de partir !

Elle s'efforça d'articuler un mot, de respirer, lorsqu'il poussa un cri de douleur. La jeune femme grimaça quand il dégagea sa main d'un coup sec et elle recula jusqu'à la porte de la cuisine.

Goliath enfonça ses griffes dans les épaules de l'assaillant et glissa lentement le long de son dos. Mugs l'avait mordu et restait accroché à son postérieur. Le perroquet le fixait, les yeux dans les yeux, en hurlant : « Thaddeus est là ! Thaddeus est là ! » tandis qu'il le frappait au visage avec ses ailes.

Comme si cela ne suffisait pas, son ange vengeur, Mack, se tenait dans la cuisine, jetant un regard noir à Joseph.

— Tu veux bien rappeler ta meute ? demanda le caporal à Doreen.

Elle siffla et appela les animaux. Mugs se remit sur ses pattes et courut vers sa maîtresse, la queue remuant furieusement. Thaddeus se posa sur l'épaule de Mack et Goliath prit son temps pour sauter par terre avant de se diriger vers elle en trottinant, la queue en l'air.

— Tu es folle ! Complètement tarée ! Et eux aussi ! se récria Joseph en les observant.

— C'est parce que vous m'avez crié dessus et que vous avez posé vos mains sur moi qu'ils se sont énervés. Alors, je vous conseille de baisser d'un ton avec moi.

— Elle est cinglée. Vous le savez, n'est-ce pas ? Elle est malade, insista Joseph en la pointant du doigt, le regard tourné vers Mack.

— Elle a une folie particulière. Manifestement pas votre genre.

Mack sortit une paire de menottes, fit pivoter le jeune homme, et lui passa en lui lisant ses droits. Puis il se tourna vers Doreen.

— Tu es contente maintenant ?

— Oui. Dis à Nathan de rentrer chez lui et de serrer son père dans ses bras.

Mack s'esclaffa.

— Peut-être, mais tu vas devoir te plonger dans la paperasse.

— Non, plus de paperasse ! s'écria-t-elle avec horreur.

— Dommage. Alors, prends les animaux avec toi et allez au commissariat tout de suite.

Elle grommela et se tourna vers Joseph.

— Vous voyez dans quel pétrin vous m'avez mise ?

— Dans le pétrin ? répéta-t-il. Vos animaux m'ont attaqué. Je vais porter plainte contre vous. Vous êtes une femme affreuse…

— Légitime défense, riposta Doreen entre deux injures. Vous m'avez attaquée. Les animaux m'ont uniquement protégée. Vous irez en prison.

Elle dégagea ses cheveux blonds de sa gorge afin que Mack puisse constater.

En voyant cela, un muscle se contracta dans la mâchoire de Mack, et il fit face au criminel.

— Vous avez fait ça ? Vous avez essayé de l'étrangler ? rugit-il.

Même Joseph avait assez de bon sens pour reculer face au ton irrité de Mack.

— Vous ne comprenez pas. Elle est folle. Il faut la mettre à l'asile, pour que le reste du monde soit en sécurité, se défendit le jeune homme.

Mack lui lança un regard noir.

— Je ne discuterai pas de ça avec vous. On va au poste.

— Je dois aller à l'hôpital ! s'écria Joseph.

— Non. On soignera vos égratignures.

— Le chien m'a mordu. Cet oiseau est une menace. Il a essayé de m'arracher les yeux !

Joseph se remit à hurler des insultes lorsque Mack le conduisit à l'extérieur.

Doreen marcha lentement jusqu'à la porte d'entrée et s'appuya contre le chambranle.

— Tu viens ? lui demanda Mack, une fois le coupable monté dans son véhicule.

— Je vais prendre ma voiture.

— Allons-y.

— Je t'en prie, déclara la jeune femme avec un sourire.

Il leva les yeux au ciel et acquiesça.

— Oui, dit-il, avant de reposer son regard sur elle. De même.

— Tu vois ? On forme une bonne paire, s'amusa-t-elle.

— Tant que tu le sais, tout va bien.

Doreen guida ses animaux jusqu'à son véhicule et chargea tout le monde pour se rendre au commissariat. Elle ne pouvait qu'espérer que cette visite serait de courte durée. Les animaux commençaient à s'habituer à aller là-bas.

En outre, elle voulait rentrer chez elle et passer l'après-midi, avec Mack, si possible. Mais vu la quantité de paperasse qu'elle venait de lui donner, elle craignait que cela tombe à l'eau. Si elle avait de la chance, il lui pardonnerait peut-être assez pour venir préparer le dîner. Elle attendait toujours la leçon de cuisine sur le bœuf Stroganoff qu'il lui avait promise il y a longtemps, sans trop savoir ce qui avait contrecarré ses plans.

Elle entra dans le commissariat derrière Mack et lui demanda :

— Tu viens toujours cuisiner ce soir ?

Il lui jeta un coup d'œil et le coin de ses lèvres se retroussa.

— Un problème ? Tu as peur de ne plus être dans mes petits papiers ?

— Non, tu me pardonneras.

— Qu'est-ce qui te fait penser ça ?

— Tu ne m'as pas encore tuée, et tu ne vas pas envisager ça maintenant, chuchota-t-elle, avant de darder un regard malicieux sur le policier. De plus, je sais de source sûre que tu craques pour moi.

— Quoi ? s'enquit Mack, faisant volte-face.

Elle opina du chef.

— Oui. Au cas où tu n'aurais pas parlé à ta mère ou à ton frère, ils jouent tous les deux les entremetteurs.

Il la dévisagea et le rouge lui monta aux joues. Doreen gloussa, se pencha, lui tapota doucement la joue et ajouta :

— Oh, oui, tu devrais vraiment leur parler.

Ainsi, elle le précéda dans le commissariat pour s'occuper de la paperasse.

— Tu n'as toujours pas répondu ! lança-t-elle.

— Oui, on dîne ensemble ce soir.

— Bien, se réjouit-elle avec un sourire radieux. Tout ça m'a ouvert l'appétit.

— Mais c'est moi qui cuisine.

— Oh, parfait. Au moins, on aura quelque chose de comestible à manger.

Les animaux dans son sillage, elle passa devant leur public fasciné, qui les observait. Elle sourit au capitaine.

— Bonjour, capitaine. On a résolu cette enquête.

Son rire tonitruant résonna dans le poste de police.

— Seigneur, Doreen, vous êtes une force quand vous n'êtes pas bridée.

— En effet, acquiesça-t-elle en se frottant les mains avec allégresse. Alors… c'est quoi la suite ?

Épilogue

QUELQUES JOURS PLUS tard, Doreen marchait le long du cimetière de Glenmore, Mack à ses côtés, les animaux se promenant tranquillement en laisse autour d'eux. De nombreux habitants de la région avaient assisté à l'enterrement d'Annabelle. Doreen était heureuse de voir la foule nombreuse, de voir les gens qui aimaient Annabelle et à qui elle manquerait.

Elle respira profondément et étira ses bras.

— La vie est belle, parfois, constata-t-elle.

— Au moins, tu as l'air un peu plus détendue, après avoir pris quelques jours de repos, sans penser à ton passe-temps bizarre.

— Et je me sens mieux, affirma-t-elle avec un sourire radieux. Cette dernière affaire a été un peu effrayante.

— Un peu ? s'amusa-t-il. Tu te souviens que tu étais censée ne plus te faire attaquer ?

— Tu te souviens que tu étais censé intervenir au bon moment pour me sauver ?

Mack soupira.

— Crois-moi, je n'en suis toujours pas fier.

— Quoi ? D'avoir suivi mes instructions ou d'avoir résolu cette enquête ?

— Ce n'est même pas une question d'avoir résolu l'enquête. On a obtenu les aveux, sur le papier, et ça nous facilite grandement la tâche, nota-t-il en souriant. Mais je vais faire des cauchemars pendant des semaines, rien que de penser à la folie qui a régné.

— Toi aussi ? Et Nathan a besoin de voir un psychologue.

— Son père est là pour lui. Je n'imagine même pas leur conversation.

— Ça n'a pas dû être facile. Mais j'ai eu de leurs nouvelles depuis, et ils vont mieux. Ils vont s'en sortir.

Mack sourit et embrassa le front de la jeune femme.

— Tu es quelqu'un de bien.

— Je sais. Toi aussi.

— Parfois, je me le demande, répliqua-t-il en riant.

Doreen observa le mausolée composé de petits tiroirs fermés à clé.

— Ils sont remplis d'urnes ? Je suppose que c'est pour les gens qui ont été incinérés et qui ne veulent pas être enterrés.

Le policier acquiesça.

— Pour les gens qui ne veulent pas être enterrés et pour les membres de la famille qui désirent avoir un endroit pour rendre visite à leurs proches.

Il désigna les magnifiques plaques apposées sur les faces en marbre de chaque tiroir.

Tout en marchant, la jeune femme lut certains noms.

— Certains d'entre eux sont anciens.

— Oui, c'est une pratique assez courante partout dans le monde.

— Je n'ai pas souvent eu affaire à la mort, nota Doreen. En dehors de, tu sais…

— Je sais, confirma-t-il avec un sourire.

— Kelowna m'a été bénéfique, s'esclaffa-t-elle.

— En effet, et pour moi aussi. Et, oui, j'ai parlé à mon frère et à ma mère.

Mack conclut sa phrase en levant les yeux au ciel.

Doreen rit.

— Au moins, on sait qu'ils ont les meilleures intentions du monde.

— Bien sûr, mais ça fait longtemps que ma famille ne s'est pas intéressée à ma vie amoureuse.

— Je n'ai jamais vraiment connu ça, alors je trouve ça très mignon, glissa-t-elle avec un sourire.

— C'est loin d'être mignon, objecta Mack. Même mon frère était dans le coup.

— Je sais, mais réfléchis. Peut-être que mon ex finira par accepter le divorce et qu'on pourra se débarrasser de lui.

— Peut-être, concéda-t-il en l'examinant. Tu ne cesses de dire que, jusqu'à ce que tu sois officiellement divorcée, tu n'iras pas de l'avant.

— Non, et tu le sais.

— En effet.

— Ou bien tu changes d'avis ? l'interrogea-t-elle d'une voix hésitante.

Le caporal se figea et lui lança un regard noir.

— Est-ce que j'ai l'air de changer d'avis ? Tu connais beaucoup de personnes qui se promènent dans les cimetières ?

— On est venus pour Annabelle, ce n'est pas inhabituel.

— Peut-être, soupira-t-il. Mais non. Je ne change pas d'avis. J'attends. Patiemment.

— Parfois patiemment, pouffa Doreen.

— D'accord… Impatiemment.

— Et je t'en suis reconnaissante. C'est juste que je n'ai pas l'impression de pouvoir aller de l'avant tant que je n'aurai pas réglé les histoires de mon passé.

Mack fit courir sa main le long du bras de la jeune femme, puis entrelaça ses doigts aux siens. Elle lui serra la main en retour.

— Cet endroit est magnifique pour une dernière demeure, murmura-t-elle, d'une joie tranquille. Il y a tellement d'histoire.

Ils contournèrent le mausolée et Doreen hoqueta.

— Regarde !

L'un des tiroirs avait été forcé.

Mack se renfrogna et lâcha la main de Doreen pour s'approcher.

— Le vandalisme est un autre problème, sauf que ce n'est pas courant ici, soupira-t-il.

— Certes, mais…

Elle se tut, puis scruta la zone.

— L'urne est toujours là, enfin il y a bien quelque chose.

Mack alluma le flash de son téléphone.

— On la voit encore. C'est déjà ça, dit-il.

— Il y a autre chose à côté, indiqua Doreen qui s'était penchée pour y voir plus clair. Je ne vois pas très bien.

Il enfila une paire de gants et, après avoir écarté une partie du marbre, il réussit à ouvrir suffisamment le tiroir pour que sa lampe de poche éclaire l'espace sombre et qu'ils puissent découvrir ce que c'était.

— C'est noir. Qu'est-ce que c'est ? l'interrogea Doreen.

Le policier marmonna un juron.

— Il faut vraiment qu'on travaille sur ton vocabulaire.

— Dit-elle…

— Qu'est-ce que c'est ?

Mack passa un appel.

— Qu'est-ce qu'il y a ? insista-t-elle, perplexe.

Il posa un doigt sur ses lèvres et répondit rapidement aux questions posées à l'autre bout du fil.

Après qu'il eut raccroché, Doreen demanda :

— Un Uzi ? Tu as dit qu'il y avait un fusil de type Uzi là-dedans ?

— Non, pas du tout, réfuta Mack, le regard noir.

Les lèvres de la jeune femme tressaillirent. Elle l'avait parfaitement entendu, et après cela, personne ne pouvait l'arrêter.

— Dans une jarre ! s'écria-t-elle. Il y a donc… Attends !

— Non, je ne t'écoute pas.

Il plaqua ses mains sur ses oreilles.

— Je m'en moque ! Tu peux t'enfuir, mais tu ne pourras pas te cacher. Ma nouvelle affaire concerne *un Uzi dans la jarre* !

Doreen éclata de rire, car elle venait de trouver une nouvelle enquête, et le nom lui vint naturellement : *un fusil dans la jarre.*

C'est la fin du tome 20 de *Jolis Jardins Maudits,*
Jusqu'aux orteils dans les tulipes.
Découvrez *Un fusil dans la jarre : Jolis Jardins Maudits,*
tome 21

Jolis Jardins Maudits : Un fusil dans la jarre, tome 21

Une nouvelle saga cosy mystery de l'auteure best-seller de *USA Today*, Dale Mayer. Suivez la jardinière et détective amatrice Doreen Montgomery et ses amusants (et vraiment adorables) chat, chien et perroquet, tandis qu'ils attrapent les meurtriers et résolvent des crimes dans la merveilleuse ville de Kelowna, en Colombie-Britannique.

De la richesse aux haillons… Des armes cachées… Des blessures anciennes, mais non oubliées… et un trésor enfoui !

La découverte d'un Uzi dans l'urne du mausolée profané est à la fois excitante et frustrante. Pourtant, Doreen ne peut pas se plonger dans cette enquête, et Mack a été ferme à ce sujet. Elle s'efforce de se concentrer sur d'autres affaires, issues de ses dossiers de journaliste, en particulier le dossier

Bob Small. Mais son plan déraille lorsque Nan et ses acolytes se présentent à sa porte, avec le bus de Rosemoor, avec l'intention de se rendre au cimetière où l'agitation règne.

Lorsqu'une tombe est ouverte et révèle son contenu choquant, la ville est en état d'alerte : des membres de gangs arrivent, assiègent la ville, à la recherche d'un trésor enfoui, lié à un homme mort six mois plus tôt. Entre les avocats véreux, les membres de la famille avides, les changements de cap et tous ceux qui sont à la recherche d'un trésor enseveli, le caporal Mack Moreau est sur le qui-vive. D'autant plus que Doreen et ses animaux se retrouvent une fois de plus au milieu de l'enquête.

Mais personne n'aurait pu imaginer que cette affaire se termine dans le cimetière où tout a commencé…

Le tome 21 est disponible !
Pour en savoir plus, visitez le site web de Dale Mayer.
https://geni.us/DMSFRUzi

Note de l'auteure

Merci d'avoir lu *Jusqu'aux orteils dans les tulipes : Jolis Jardins Maudits, tome 20* ! Si vous avez apprécié le livre, merci de prendre un moment pour laisser votre avis.

Chers lecteurs,

J'aime avoir de vos nouvelles, alors n'hésitez pas à me contacter sur mon site web : www.dalemayer.com ou sur ma page d'auteure Facebook. Pour être informés des nouvelles parutions et des offres spéciales, inscrivez-vous à ma newsletter ou suivez-moi sur BookBub. Si vous souhaitez rejoindre mon groupe de lecteurs, voici la page d'inscription sur Facebook.
http://geni.us/DaleMayerFBGroup

À bientôt,
Dale Mayer

À propos de l'auteure

Dale Mayer est une auteure de best-sellers au classement de *USA Today*, connue pour ses romances militaires sur les forces spéciales, sa série *Psychic Visions* et sa série *Jolis Jardins Maudits*, dans le genre cozy mystery. Ses romances contemporaines sont vibrantes d'émotion et de passion (série *Broken But... Mending, Hathaway House*). Ses thrillers vous laisseront à bout de souffle (séries *By Death* et *Kate Morgan*) et ses comédies romantiques vous feront rire aux éclats (*It's a Dog's Life*, une novella hors-série, et la série *Broken Protocols* avec Charming Marvin, le chat).

Elle laisse libre cours aux séries qui lui viennent… dont certaines sont carrément folles, enfreignant toutes les règles et croisant différents genres !

En plus de ses romans de fiction, elle écrit également des textes documentaires dans de nombreux domaines, dont la rédaction de CV, le jardinage de loisir et le système de crédit immobilier américain. Elle a récemment publié la série professionnelle *Career Essentials*. Tous ses livres sont disponibles aux formats papier et ebook.

Contactez Dale Mayer en ligne

Site web de Dale – www.dalemayer.com
Twitter – @DaleMayer
Facebook Page – geni.us/DaleMayerFBFanPage
Facebook Group – geni.us/DaleMayerFBGroup
BookBub – geni.us/DaleMayerBookbub
Instagram – geni.us/DaleMayerInstagram
Goodreads – geni.us/DaleMayerGoodreads
Newsletter – geni.us/DaleNews